上海古籍出版社

圖書在版編目(CIP)數據

湯顯祖集全編/(明 湯顯祖著. —上海: 上海古籍出版社, 2015.12 (2023.9 重印)
ISBN 978-7-5325-7724-8

Ⅰ.①湯… Ⅱ.①湯… Ⅲ.①傳奇劇(戲曲)—劇本—作品集—中國—明代 Ⅳ.①I237.2

中國版本圖書館 CIP 數據核字(2015)第 163649 號

湯顯祖集全編

(全六册)

[明]湯顯祖 著

徐朔方 箋校

上海古籍出版社出版發行

(上海市閔行區號景路 159 弄 1-5 號 A 座 5F 郵政編碼 201101)

(1)網址:www.guji.com.cn

(2)E-mail:guji1@guji.com.cn

(3)易文網網址:www.ewen.co

浙江新華數碼印務有限公司印刷

開本 890×1240 1/32 印張 100.75 插頁 32 字數 1,693,000

2015 年 12 月第 1 版 2023 年 9 月第 6 次印刷

印數: 4,351—4,950

ISBN 978-7-5325-7724-8

I·2946 定價: 528.00 元

如有質量問題,請與承印公司聯繫

湯顯祖畫像

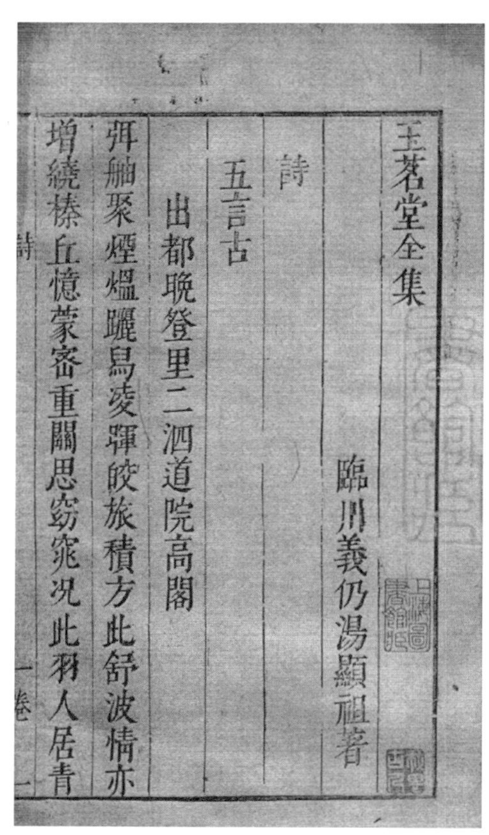
玉茗堂全集

臨川義仍湯顯祖著

詩

五言古

出都晚登里二泗道院高閣

弭舳聚煙熅躧舄淩蹕皎旅積方此舒波情亦

增繞榛丘憶蒙密重關思窈窕况此羽人居青

詩　卷一　一

明天啓元年刻本《玉茗堂全集》書影

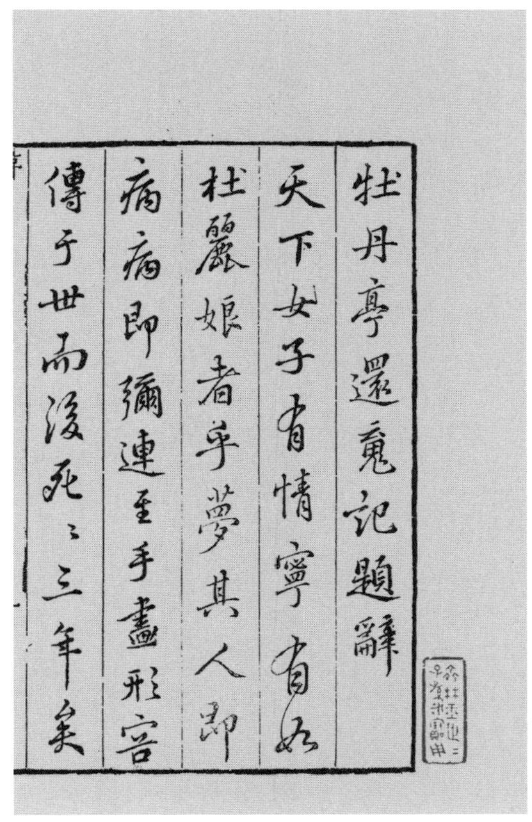

牡丹亭還魂記題詞

天下女子有情寧有如杜麗娘者乎夢其人即病病即彌連至手畫形容傳于世而後死〻三年矣

明萬曆初刻本《牡丹亭還魂記》書影

湯顯祖手跡

出版説明

湯顯祖（一五五〇——一六一六）是明代文學家、戲曲家，字義仍，號海若、若士，别署清遠道人，江西臨川人。所居名玉茗堂。一五八三年中進士，曾任南京太常寺博士、禮部主事、徐聞典史、遂昌知縣等職。一五九八年辭官告歸。他的作品，在戲曲方面，有傳奇紫釵記、還魂記（即牡丹亭）、南柯記、邯鄲記四種，合稱臨川四夢或玉茗堂四夢；另有一種紫簫記，實際上是紫釵記的初稿本。他還寫了不少詩文，其中詩作即達二千二百餘首。

湯顯祖的著作，在他生前刊行的，有紅泉逸草，收入他二十六歲以前的詩文；雍藻，約收入他二十七歲時的詩文，今佚；問棘郵草，收入他二十八至三十歲時的詩文；臨川湯海若玉茗堂文集，在他五十七歲時刊行，係由友人選定的詩文集。在他去世後五年（天啓元年，一六二一年），韓敬刊行了玉茗堂集（又名玉茗堂全集），收入他三十歲以後的詩文。在他去世後二十年（崇禎九年，一六三六年），沈際飛編輯刊行的獨深居點定玉茗堂集，實爲選集，除收入他的詩文外，還編入了他的戲曲創作。

一九六二年中華書局上海編輯所（即上海古籍出版社前身）出版的湯顯祖集，收入已知存世的湯顯祖的全部詩、文、戲曲等作品，並根據各種版本，進行了校勘。該集詩文部分由徐朔方先生箋校，戲曲部分由錢南揚先生校點。「文革」期間，中華書局上海編輯所改組爲上海人民出版社的古籍編輯室，將一九六二年版湯顯祖集稍加整理，重印出版。一九八二年，易名後的上海古籍出版社將徐、錢二氏合編的湯顯祖集分爲湯顯祖詩文集、湯顯祖戲曲集，分别印行，收入中國古典文學叢書，合編的湯顯祖集則不再出版。

徐朔方先生後獨力編成湯顯祖全集，一九九九年由北京古籍出版社印行。該全集詩文部分以已出版的湯顯祖詩文集爲主體，加以增刪訂補，並據湯海若先生制藝一書增補制藝一卷，對補遺及附録略作考訂，定其去留；戲曲部分則别擇版本，旁求文史，加以校點。

此次湯顯祖集全編的出版，是對一九九九年版湯顯祖全集的全面增訂。由於徐朔方先生已於二〇〇七年辭世，經徐朔方先生家屬授權，由上海古籍出版社社長高克勤與上海戲劇學院教授葉長海牽頭，成立「湯顯祖集全編編輯出版工作委員會」，邀請復旦大學中文系教授江巨榮、湯顯祖作品輯佚專家龔重謨、中國人民大學文學院副教授鄭志良共同擔綱湯顯祖作品的續補遺工作，上海古籍出版社承擔續補遺部分的編次和全書箋校内容的修訂。今湯顯祖集全編收録徐朔方先生生前未曾發表的對全集的勘誤、修訂；同時吸收十餘年來學界研究成果，修訂原書疏誤，新增湯顯祖佚文四十餘篇而成「湯顯祖詩文續補遺」一卷； 將原分别附於全集詩文卷、戲曲卷末的湯顯祖詩文、戲曲各集題詞和序文加以編次，移至全書之後，連同傳記材料、諸家評論和徐朔方先生所撰湯顯祖年表，重編爲全編附録； 核正徐朔方先生校點戲曲各集所用底本，並據徐朔方先生原詩文箋校凡例和此次增修實際，新撰全編凡例，以明全書編校、增修之體例。 惟書首保留徐朔方先生爲湯顯祖全集所撰前言、編集緣起，以尊前賢。

二〇一六年是湯顯祖逝世四百周年，謹以湯顯祖集全編的出版作爲對湯顯祖的紀念，並以此滿足廣大同好研讀所需。

上海古籍出版社

二〇一五年十二月

湯顯祖集全編總目

戲曲卷

附録

前言

湯顯祖（一五五〇—一六一六）字義仍，號若士，江西臨川人。他二十一歲考取江西省第八名舉人。因爲謝絶首相張居正的延攬，在張去世的次年（一五八三）纔得以低名次考中進士。又因爲不接受兩位内閣大臣的接引，被派到南京太常寺當一名博士，主管祭祀和禮樂。萬曆十七年（一五八九）由臨時安插的詹事府主簿，陞爲南京禮部主事，正六品。萬曆十九年（一五九一）由于上奏論輔臣科臣疏，抨擊朝政，貶官到廣東徐聞任典史。萬曆二十一年（一五九三）量移浙江遂昌知縣。五年後仍然未能返回朝廷，他就逕自棄官回家。同年秋，他完成傑作牡丹亭還魂記。三年後正式罷官。正式罷官的那年秋季，他完成最後一本戲曲邯鄲記，這是僅次於牡丹亭的又一力作。

湯顯祖的戲曲創作在方式上有一個特點：紫簫記（約一五七七—一五七九）完成一半而中斷後十年，作者又撰寫同一題材的紫釵記（一五八七）。將近晚年完成的南柯記

（一六〇〇），次年又有題材相似的邯鄲記，將佛家故事改爲道家傳説而後來居上。英國詩人勃朗寧有一首詩説，小鳥兒唱歌總是唱兩遍。它怕人懷疑它美妙悦耳的啼囀只是不自覺地偶一流露而無法重複。湯顯祖則是没有竭盡一個題材應有的意藴，不會中途罷手。即使罷手，也要在以後重來。唯有他的傑作牡丹亭卻是一錘定音。它的每齣下場詩全部採用唐詩，詩句卻同劇情吻合無間，好像那些唐代詩人特地爲他預先撰寫一樣。然而第十齣的驚夢卻把「張生偶逢崔氏」的會真記或西厢記誤成崔徽傳。如果説牡丹亭下場詩集唐，作者是獅子搏兔，全力以赴，那崔徽傳的筆誤卻表明全劇並未從容推敲，認真校訂。

湯顯祖和莎士比亞（一五六四—一六一六）同一年去世。他卻比後者早生十四年。莎士比亞全心全意投入戲劇創作和舞臺生活不少于二十五年。消耗湯顯祖精力的第一是官場生活十五年，其次是科舉，時間略少于官場生活。他的創作以詩賦古文爲主，戲曲創作只是他的業餘遣興，所花時間不會超過莎士比亞所花時間的五分之一。

有人把湯顯祖列爲臨川派或駢儷派的爲首人物，以之與沈璟（一五五三—一六一〇）爲首的吴江派或格律派抗衡。戲曲作家同輩如張氏鳳翼、獻翼兄弟，屠隆，梅鼎祚，晚輩如佘翹、鄭之文，都是湯顯祖的友人。他們作風不同，風格各異，不是同一個流派。以文學語言而論，駢四儷六的湯氏早期作品和簡潔明净的「二夢」，難以簡單地用「駢儷」一詞加以概括。紫簫、紫釵不比沈璟的紅蕖記濃艷，沈璟對紅蕖記就有過自我批評①。沈璟的墜釵記摹擬牡丹亭，他似比任何一位劇作家都更有資格被列入臨川派，但以沈璟爲首確實有一個吴江派。他要求當時的戲曲創作和演出一律遵從規範化的格律。湯顯祖則和高明琵琶記以下的許多曲家一樣繼承宋元民間南戲的傳統，相鄰韻部不妨通押。其實在崑腔崛起之前，從永樂大典南戲三種（張協狀元、小孫屠、宦門子弟錯立身），荆、劉、拜、殺四大南戲和高明的琵琶記，到舊題邱濬、實爲無名氏的伍倫全備記，王濟（一四七四—一五四〇）的連環記，鄭若庸（一四八九—一五七七）的玉玦記，李開先（一五〇二—一五六八）的寶劍記，高濂（一五二七或略前—一六〇三或略後）的玉簪記以至玉茗堂四夢都不爲崑腔創作。後來這些劇作都以崑腔演出，那是移植的結果。湯、沈矛盾主要是聲腔之争，不是其它。硬把同湯顯祖年代不相及的一些曲家拼湊成臨川派，那是某些戲曲史的杜撰，並非事實。

梅鼎祚的玉合記（一五八七）本來也爲傳入皖南的海鹽腔的一個分支即宜黄腔而創作，後來他的長命縷記（一六〇八）卻改宗崑腔，并且對湯顯祖頗有微詞。屠隆鄭重其事地以一封長信投寄湯顯祖，湯氏只報以一紙短柬。湯顯祖在文人曲家中獨往獨來，他倒同地位低微的宜黄腔藝人交情頗爲深厚。

---

① 王驥德轉述沈璟的自我批評「歉以紅蕖爲非本色」。見曲律卷四雜論第三十九下。

湯顯祖的友人中有不少理學界的知名人士。東林黨的頭面人物高攀龍盛贊湯氏的理學著作粵行五篇（一五九三年版）説：「往者徒以文匠視門下，而不知其邃于理如是。」顧憲成爲李三才致書執政引起一場風波時，湯氏勸告他：「大有義理而細欠商量。」顧憲成復信説：「獨弟血性未除，又于千古是非叢中添個話柄，豈非大癡。幸老兄一言判此公案。」誠懇表示接受。但是湯顯祖既不是東林黨，也不是理學家。他同他們同中有異。如東林黨抨擊湯賓尹爲韓敬考試作弊時，湯顯祖站在他們的對立面。他認爲韓敬不需要作弊考取狀元。

對湯顯祖思想影響最深的人莫過于禪宗大師達觀。他多次勸誘湯氏出家没有成功，雖然對朱熹哲學的批判他們所見略同。湯氏牡丹亭題詞説：「第云理之所必無，安知情之所必有邪。」這是他對尊理而貶情的達觀和尚和當時理學家的隱約的答覆。達觀曾對他指出：「情有者理必無，理有者情必無。」這原是爲了批判湯顯祖的「情」和戲曲創作而説的。湯顯祖卻作進一步引申：「諦視久之，並理亦無。」實際上堅持「情之所必有」。這是牡丹亭的立足點。

湯顯祖同當時思想界的名流廣泛接觸，交鋒、請益，對老一輩的宿學，尊敬他們有如師長，對同輩則看作畏友，但在思想觀點上他從不含糊，可説是錙銖必較，寸土必争。

當他的師友李贄、達觀先後被害後，他在慟世詩中寫道：「便作羽毛天外去，虎兄鷹弟亦無多。」隨着師友一一離去，他把眼光轉移到新的一代人身上。他向鄭之文（約一五七二——一六四一後）推薦了旗亭記的題材，完成後又爲它撰寫題詞。他爲周朝俊的紅梅記作評點，稱道它：

「詞壇若此者亦不可多得。」他盛贊王玉峯的焚香記説：「何物情種，具此傳神手……真尋常院本中不可多得。」與其説是客觀的評論，不如説是他對同行後進的殷切期望。

雙目失明的梅花草堂集作者張大復（一五五四——一六三〇），雖然困于場屋，同他無一面之交，湯氏卻爲他寫下情深意厚的家傳張氏世略序。湯顯祖爲了解救非儒非俠的奇人江陰李至清（？——一六〇八後），後者正以通匪之嫌下獄，湯氏寫信給當地知縣的至親、前江西巡撫許弘綱，南直隸常州鎮江分巡道蔡獻臣和常州通判陳朝璋爲他求情。可能由于罪證確鑿或其它緣故，湯顯祖不遺餘力的斡旋，只能延緩而不能免除他的死刑。湯顯祖去信告誡他本人，暗中卻又爲他費盡心機而不讓他知情。用意周全，令人感動。湯顯祖不會同情他的胡作非爲，但他看出了李至清離經叛道，非同尋常。李至清要同舊生活決裂，而又找不到新的安身立命之地，只能在沉淪中滅亡。這是時代的悲劇。湯顯祖本人在某一意義上也可以説是封建社會的叛逆，但他的社會地位以及理學和禮教對他的熏陶都在約束他，即使在無關實踐的思想上，他也不可能像李至清一樣遠離正常的處世之道，另一方面，他也不至于像李至清那樣消沉墮落，那恰恰是幻滅和絶望的表現。

湯顯祖留下卷帙浩繁的詩文創作，包括二千二百首以上的詩和文、賦。早在問棘郵草裏，湯顯祖就以綺麗的六朝詩風取代「詩必盛唐」的通病。在短期試探之後，他又以艱澀的宋詩風格去修正流行的所謂盛唐濫調。他推崇宋代古文：「宋文則漢文也。氣骨代降而精氣滿勁，行其法而通其機一也。」(與陸景鄴)他抬高較近的宋代詩文是爲了和古老的西漢文、盛唐詩抗衡。他反對摹擬而提倡靈氣。他在合奇序中説:「予謂文章之妙,不在步趨形似之間。自然靈氣恍惚而來,不思而至。怪怪奇奇,莫可名狀。非物尋常得以合之。」接着他又説:「蘇子瞻畫枯株竹石,絶異古今畫格,乃愈奇妙。若以畫格程之,幾不入格。米家山水人物,不多用意,略施數筆,正使有意爲之,亦復不佳。故夫筆墨小技,可以入神而證聖。」湯顯祖的所謂靈氣主要在于趣味和性靈,這恰恰是後來公安派所提倡的東西。湯顯祖不像公安派袁宏道等人那麽强調趣味和性靈,那麽爲反摹擬而流于纖巧和單薄,他對後來反對後七子的先驅作用是值得一提的。他的詩有的也在典雅中見出功力,但不是前後七子那樣的假古董。他不像公安派詩人那樣明白如話,但也不像他們那樣有時流于油滑。時有獨創的聲調,却不像竟陵派詩人那樣幽僻險仄。七絶如津西晚望、新林浦、内人入齋、武家樓西望塔下寺、天台縣書所見等都是清新可誦的作品。使人覺得不足的是藝術上有特色的往往是一些小詩,而比較有社會意義的作品,如在一五八八年寫的關於大饑荒的詩,却顯得比較粗拙。七律常有警拔的好句,而通體完美的却不多。古文因爲和當時的科舉有關,特别長于議論,精于章法。至于合奇序、溪上落花詩題詞等則又是空靈小巧的晚明小品的先聲。特别值得一提的是他的書信。有的如行雲流水,舒卷自如,有的嬉笑怒駡,痛快淋漓。或長或短,或莊或諧,得心應手,無不如意。即使有時是駢文,也不乏流利生動之姿。賦這種文學形式本身的局限性大,而它和科舉的關係又很密切,湯顯祖用力雖勤，卻不像詩文那樣有成績。

一六〇六年，當湯顯祖五十七歲時，以前由他的友人帥機等選定的玉茗堂文集在南京刊行。在他逝世後五年，韓敬編印了較爲完全的玉茗堂集，通稱湯若士全集，收三十歲後的詩文。戲曲和早年的紅泉逸草、雍藻（佚）、問棘郵草都没有編入。後來沈際飛編的玉茗堂選集，增加了戲曲部分，詩文卻是問棘郵草和玉茗堂集的選録，另外還有新收的三篇作品。一九六一年秋，由錢南揚先生校點戲曲，我就詩文集加以編年箋校，各自爲政，合爲湯顯祖集，由原中華書局上海編輯所即後來的上海古籍出版社印行。現在由我重編全集，不敢因循守舊，力求面目爲之一新。承北京古籍出版社和責任編輯韓敬群先生大力支持，並得到吕天成曲品的校注者吴書蔭教授、美國芝加哥大學中文圖書館馬泰來館長和海南省文化廳龔重謨先生的協助，加以三十多年來的繼續探索，得以編成全集，以就正于同好。

徐朔方　一九九五年新春之吉于杭州大學

編集緣起

一九六二年中華書局上海編輯所出版了湯顯祖集。本文作者負責詩文部分及全書前言，錢南揚先生負責戲曲部分。雖無全集之名，卻是編印全集的一次嘗試。

説起全集，早在湯氏身後五年即天啓元年（一六二一），韓敬曾編印湯若士全集，一名玉茗堂集。韓敬是萬曆三十八年（一六一〇）的狀元。據説考官湯賓尹爲了取中韓敬而作弊，引起東林黨人的反對。湯顯祖爲湯賓尹和韓敬而憤憤不平。這是有案可查的湯顯祖和東林黨的一次少有的政見分歧。韓敬的這個全集，既不收紅泉逸草，也不收問棘郵草，更不收戲曲作品。所謂全集云云，有名無實。

一九六二年的湯顯祖集，前一年約稿，限定次年出版。我以晚輩和錢氏並列，並由我撰寫全書前言，錢氏不會感到高興。錢氏湯顯祖戲曲集校例所説「湯氏尚有酒、色、財、氣四劇，今佚」以及他的後記所説牡丹亭呂家改本就是毛氏汲古閣六十種曲本的呂碩園改本等等失誤，我也無法同意。按，碩園改本的編者不姓吕。據該劇明刻本序，編者姓徐名日炅，一作日曦，西安（今浙江省衢縣）人。見西安縣志卷二五。我和錢先生的另一分歧是湯顯祖劇作的腔調問題。他的論文見南京大學學報（人文科學）一九六三年第二期，拙作原刊戲劇論叢一九八一年第三期。兩人的合作全憑上級的意志，實際上是各管各的，互不通氣。

拙作湯顯祖集前言在人民日報上發表之後，出版社來信告訴我，「中央負責同志」看了之後不滿意，必須修改。我回信説我只能在重新研究以後纔可以修改，怕他們急于出版，不能等待。他們又來信告訴我可以參照侯外廬最近發表的湯顯祖論文加以修改。侯外廬是當時中國科學院歷史研究所所長，多卷本中國思想通史的主編，而我當時是不到四十歲的一個講師。侯氏的論文寫得似乎很漂亮，但他引用的湯氏詩文以及他對它們的詮釋往往違背原意，無法令人信服。爲此我寫了一篇批評文章關於南柯記第二十四齣風謠及其它發表在一九六二年二月十八日光明日報文學遺産。我答覆出版社，根據百家争鳴的原則，我不能按照侯外廬的觀點進行修改。權威不可觸犯，而編校者的意志也不能隨意踐踏，虧他們想出一個兩全之計，侯和我的兩篇前言同時採用，都排在卷首。

一九六六年開始的十年動亂結束之後，我寫信給那位「中央負責同志」，指出湯顯祖集採用兩篇彼此矛盾的前言是出版史上没有前例的事件，我要求得到糾正。果然，後來湯顯祖集不再按照原樣出版，而是分成湯顯祖詩文集和湯顯祖戲曲集分別出版。這樣就可以删去侯外廬的代前言而不至于使他感到不被尊重。

據「四人幫」控制下的報刊的揭露，「中央負責同志」指當時中共中央宣傳部周揚副部長，他通過前杭州大學林淡秋副校長告訴我同意我的要求。他們和當時中華書局上海編輯所（今上海古籍出版社的前身）李俊民所長都已作古，但是中華書局上海編輯所遵照「中央負責同志」的意旨給我的來信應該歸檔，萬一不歸檔，當時光明日報批判周揚副部長的論文可以作證。十年動亂之後，副部長爲本書落實政策的努力令人贊賞。

以上是一九六二年湯顯祖集徐、錢兩人「合作」，最後又加上侯外廬代前言的前後經過，它從反面説明湯顯祖全集應予重新編印的必要。

就湯氏詩文的原本而論，當時存在如下不足：

一、湯氏的第三個詩文集即現存的第二個詩文集問棘堂郵草，大陸只有二卷本（當時我不知道北京還有十卷本）。承姚白芳女士之助，她爲我複製了臺灣故宫博物院所藏的謝廷諒序、全部目録和全書正文的三分之一。今年五、六月我訪問臺灣，又承華瑋博士、陳益源博士的引導和代校，我自己也親自作了校閲。十卷本反而比二卷本缺贊七首。

現在可以斷言兩書都不是原刻本。兩卷本卷首徐渭與湯義仍書及讀問棘堂詩都不是原書所固有。

兩卷本卷上齡春賦小序云：「余太母爲魏夫人，年九十一二矣。」下文叙作者和祖母的感情十分親密，難以想象作者竟不知道祖母當時是九十一歲或九十二歲。可能本來没有這篇小序，後來憑記憶追加，没有核算，匆匆寫下一個近似的數字。

兩卷本卷下秋憶黄州舊游，據玉茗堂文卷一三澄源龍公墓志銘「比行，而當庚辰（萬曆八年）正月大計吏，則又奪公守倅黄……當事者强之攝黄岡邑篆」，龍宗武此時以黄州倅（通判）兼代黄岡知縣。他是湯氏黄岡之游的東道主。胡亦堂選輯湯義仍先生集此詩標題無「秋憶」二字。胡刊本雖爲後出之書，其依據則可能早於兩卷本。此二字當是以後所追加。

二、韓敬編刊的玉茗堂集即湯若士全集，上文已經指出它不全，名不副實，而且編印草率，錯誤不少。一九六二年編印時，對其中一些問題雖然有所發現，並提出疑問，經過三十多年的繼續研究，發現問題更多。可見當年韓敬辜負了湯顯祖生前對他的賞識。試舉部分例證如下（以湯氏詩文集先後爲序，頁碼見該書）：

甲、第二五三頁署客曹浪喜

南京禮部不設主客司主事，湯顯祖此時官銜是祠祭司主事，簡稱祠曹。詩云：「客省經知無印開，祠曹報説添人管。」詩句和題目不相適應，這只能是編者或校刻者的失誤。詩題當作署祠曹浪喜。

乙、第二五五頁送何衛輝，時喜潞藩新出

承張國風教授抄示衛輝府志有關記載，當時知府霍鵬，以南京工部郎中陞任。霍當由音近誤爲何。這不會是湯氏本人的失誤。

丙、第三八三頁謫尉過錢塘，得姜守冲宴方太守詩，悽然成韻

據杭州府志卷一〇〇，姜守冲名奇方，萬曆十年任杭州通判，當時歙縣人方揚任知府。又據湯氏的至親好友劉應秋劉大司成集卷一四與湯若士，湯氏于該年五月間離開南京，溯長江而上，經皖南，取道鄱陽湖回臨川。劉應秋曾收到湯氏自采石、蕪湖、南陵、青陽等地寄出的書信多封，這時湯氏不可能同時經過錢塘。詩題當作謫尉過□□，得姜守冲錢塘宴方太守詩，悽然成韻。□□，指皖南的一個地名。

丁、第四六五頁秋雨九華館送屠長卿，便入會城課滿

詩與題目不相適應。萬曆三十四年玉茗堂文集作秋雨九華館憶屠長卿，當從。

戊、第六四八頁送黃太次上都

此詩結句：「麻源殊可游，靈妃方想像。」送友人往南城麻姑山，與「上都」無關。這首和它的下一首詩説明黃氏于閏十一月到臨川，後面有詩分別注明除夕、元旦、人日、社日、花朝、上巳……根本没有時間「上都」。清初胡亦堂編湯義仍先生集作送黃太次，是。「上都」二字衍。

己、第七八九頁喜賀闇伯成進士

闇當作函。賀函伯名世壽，萬曆三十八年成進士。他的父親名學仁，字知忍。以鄉貢謁選，授文華殿中書舍人。詩云：「少年新領帝城春，乃父中書一後人。」同上述情況相合。

三、湯海若先生制藝一書，當時未見。書中都是八股文，萬曆十年作于杭州。評批者所指的應予汰除的「禪學中語」以及其它一些「疵謬」，都可以看出湯氏偏離正統的八股文格範，但仍被後人列爲舉業八大家之一。雖然八股文説不上是文學作品，在全集中應增列一卷。

就編輯工作而論，應作三方面的改進。

一、玉茗堂詩分編年、按年代分階段、不編年三部分。由于三十多年來的繼續研究，原來不能編年的詩，其中一百多首的創作年代已經查清，原來弄錯的將予以糾正。

二、佚詩佚文有的是僞作，如補遺附録所列的玉茗堂批訂董西厢序、艷異編序、秋夜繩床賦應予删去，董解元西厢題辭也以不載爲宜。此外，補遺中的與汪昌朝程伯書登鳩兹清風樓聯句、千秋歲引、坐隱乩筆記也是僞作，應予删去。論證見拙作晚明曲家年譜各有關部分。應予增補的湯氏佚文則有溪山堂草序，承吴書蔭教授提供；湯氏爲老師何鏜編游名山記所作的序文；龔重謨先生湯顯祖佚文輯注所收的華蓋山志序、黄太次詩集序、懷魯公傳贊、蘄州同知何平川先生墓志銘、何母劉孺人墓志銘（見戲曲研究第二十二輯，北京），單松林、程章二先生所輯的葉夢得像贊、題葉氏重修家譜序，紀勤、松林二先生所輯的房州尉克寬公像贊，以上見遂昌縣文聯、遂昌縣湯顯祖研究會合編遺愛集，一九八五年。對聯、匾額，本書不收。

箋文是對每一首作品的人事關係和創作年代的考訂。湯顯祖的人際關係千頭萬緒，不啻是當時整個中上層社會形形色色的人事關係的再現，在四個世紀之後要將他們一一辨認清楚，簡直是不可能的事。明朝文人喜歡給自己取許多不同的字或號，而地方志以及明史列傳一般只交代一個字或號。要從官銜和别號中去查證有關人物的真實姓名，有時只得依據已知事實作一些推論。這很容易造成失誤，但此外又没有更好的辦法。

如湯顯祖在萬曆十九年上奏論輔臣科臣疏，這時有兩位姓李的御史（其中一位是前御史）奏上性質相近的奏疏。玉茗堂尺牘卷二有兩封書信答李舜若觀察、寄李舜若侍御。李舜若是誰呢？上奏時已經陞官的那位前御史是江西豐城人李琯。另一位是現任御史李用中，河南杞縣人。他是第二次彈劾首相申時行，後來陞任山西兵憲，可以稱爲觀察。李琯原來是御史，上奏時是福建按察使僉事，也可以稱爲觀察。李琯受削籍處分，後來回家養親。他的傳記附在明史湯顯祖傳之後。傳記説：「顯祖建言之明年」，李琯奉表進京，奏上這道奏章。事實不是「明年」，而是同一年。豐城縣志錯成「戊子」即萬曆十六年，也不可信。兩人都做過御史，之後都陞至可以稱之爲「觀察」的官位，後來又都以養親爲名請求回家。李琯是削籍，削籍前估計到處境不妙，也可以主動要求退職。這兩封信無論對李用中或李琯都没有明顯不合，但事實只有一個。後來在縣志中查到李用中字見虞，劉應秋給湯顯祖的書信卻稱他爲建宇。虞、宇兩個字同音異寫，在明朝人的名字中，就管見所及已是第二例。另一例是湯顯祖的友人劉復初字天虞，潘之恒鸞嘯小品卷三醉張三卻作劉天宇。由見虞、用中可以聯想到舜若，三者都由尚書大禹謨中的文句命名。寄李舜若侍御説：「昨楚陽書來，終不致私謝。」楚陽是當時蘇州知府石崑玉。

李用中彈劾申時行的奏疏，曾提到石崑玉因對申府的家人不加寬縱，受到上級刁難。有了這兩點依據，纔確定李舜若是李用中，不是李琯。考證了不少功夫，只寫了三四百字一條箋文。

又如尺牘卷四有一封信與趙南渚計部，不知道此人是誰，做的是户部的甚麽官。直到看了不少明代詩文集，纔知道南渚是世卿的别號。他是萬曆三十年到三十九年的户部尚書。信説「聞明公已待放于郊」，這同萬曆三十八年他「拜疏出城俟命，明年十月乘柴車逕去」相合。這在明史卷二二〇本傳和七卿年表中都有記載，但要查出趙世卿號南渚，卻只有依靠平時的積累。

以上應箋而未箋的都已增補，但由于才疏學淺，留下的空白仍然不少。已作考證而可議或應加改正的一定不少，這只有等待讀者的指正了。

湯氏尺牘四百四十六通，對深入了解他的生平活動、社會關係和思想發展是不可多得的寶貴文獻。本書爲了讀者閱讀的方便，將同一收信人以及寄送他的父子兄弟的信件都集中在一起，以資醒目，並以箋語略作考證。這是本書的又一改進。

錢氏編校湯顯祖戲曲集，對清代葉堂的納書楹玉茗堂四夢曲譜（一七九一）很推崇，遠不止他在校例中所説的那樣：「校勘中亦曾加參考，間或引用。」説得明白一些，他對葉譜「引用」多，必要的辨證則極爲少見。如同當時蘇州曲家恣意竄改玉茗堂四夢的原文以炫耀自己是陽春白雪的知音，葉譜也對湯氏原文輕易加以校訂。

葉譜的改訂可分兩種情況：一、如邯鄲記第十七齣將【惜奴嬌序】改爲【夜行船序】；

二、同劇第十四齣將【鬬雙鷄】改爲【滴溜子】。錢氏都跟着這樣做。

第一種情況是正確的。可能是由於這兩支曲牌句格相似，原作者把它弄錯了。第二種情況卻是庸人自擾，多此一舉。【鬬雙鷄】和【滴溜子】本是同一曲牌的兩個異名，不必强加區別。

對上述第一種情況，本書只在校文中略作解釋，不逕行修改，以示對原作的尊重。

葉譜所作的不必要的删改，還有另外情況。如南柯記第二十五齣【山桃紅犯】，葉譜和錢校本改爲【小桃紅】。據南詞新譜卷四，早在晚明就有人將【小桃紅】稱作【山桃犯】，即【山桃紅犯】。曲家只要有成例在先，他就可以照搬。葉、錢二氏未免多此一舉。

葉堂對沈璟原作、後經族侄沈自晉修訂的南詞新譜（一六五五）避而不提，其實他倒是襲用了南詞新譜的不少見解。如邯鄲記第十四齣【望吾鄉犯】，第二十三齣【普天樂犯】、【朱奴兒犯】實爲【望鄉歌】、【普天樂】犯【玉芙蓉】、【朱奴兒】犯【玉芙蓉】，南詞新譜卷一和卷四都已經考訂清楚，並不是葉堂的創見。

對曲句的考訂只限於曲牌的句格，而將詞義和文意置於次要地位，這是蘇州派曲家的通病。葉堂作出的一些校訂，可説難能可貴。如邯鄲記第十齣【前腔】（【玉芙蓉】）：「秋波得似俺花前後」；第二十齣【北醉花陰】：「整日價紅圍翠匝」，「俺」、「價」原誤作「掩」、「假」。錢氏原來對葉譜亦步亦趨，不知怎的這兩個字，他卻撇開葉譜而獨行其「是」，令人難以索解。不過話還得説回來，校勘一遇上難題，葉堂就力不從心了。如南柯記第二齣【急板令】：「道西歸迎鸞鎮頭」，他和所有各本一樣，不知道「迎鸞」是「迎鑾」之誤，這是實實在在的一個地名，即今江蘇省儀徵縣。又如邯鄲記第三十齣第四支【沈醉東風】「除了籍看茱黍邯鄲縣人」，葉譜把朱墨本的「茱黍」改作「秫黍」。他不知道曲家在這裏借用王維九月九日憶山東兄弟詩「遥知兄弟登高處，遍插茱萸少一人」，指盧生已在邯鄲縣的凡人中除名，成爲仙人了。原文「黍」應是「萸」之誤。

一九九五年八月初

凡例

徐朔方先生作湯顯祖詩文集編年箋校時，曾撰凡例，在編校湯顯祖全集之時，由於詩文編年箋校内容前後有所修訂，且需補入戲曲校點相關内容，凡例已有修訂。今全編之編輯出版又有增修續補，原有凡例已無法涵蓋全編實況，故以徐朔方先生所撰凡例爲基礎，增訂凡例如下：

一、全編由詩文和戲曲兩部分合成，書後另有附録。其中詩文卷一至卷五〇取自湯顯祖現存各集，卷五一爲徐朔方先生所編詩文補遺，詩文卷末有「湯顯祖詩文續補遺」一卷，爲此次增輯。

二、詩文卷一至卷二爲紅泉逸草，以南京圖書館藏萬曆三年（時湯顯祖二十六歲）刊本為底本，無别本可校；卷三至卷五爲問棘郵草，以南京圖書館藏兩卷本爲底本，校以臺灣故宫博物院藏十卷本，其選入沈際飛輯玉茗堂選集（即獨深居點定玉茗堂集）者，則以沈本校之；卷六至卷四九爲玉茗堂集（一稱玉茗堂全集），該集初爲天啓元年韓敬所刊，今以康熙刊本爲底本，校以他本。卷五〇爲制藝，以國家圖書館藏涌泉堂刊本萬曆癸未海若先生文（一名湯海若先生制藝）爲底本。

三、以康熙刊本玉茗堂集爲底本的詩文校勘另參校以下版本：（一）臨川湯海若玉茗堂文集（板心題玉茗堂集選），萬曆丙午（三十四年，時湯顯祖五十七歲）刊於金陵文棐堂。計賦二卷、詩十三卷。書中簡稱「萬曆本」。此本係用傅惜華先生藏本。（二）韓敬編玉茗堂集，天啓刻本。簡稱「天啓本」。（三）沈際飛輯玉茗堂選集，明刻本。簡稱「沈際飛本」或「沈本」。（四）翠娱閣評選湯若士先生文集。内署「竟陵鍾惺伯敬選，仁和江之淮道行、錢塘陸雲龍雨侯評」，原書二卷，計賦、序、題詞、記、文、説、頌、尺牘，合共三十六首。此本係用路工先生藏本。（五）清初臨川文獻本湯義仍先生集，胡亦堂選輯。計文二十八篇、詩二百二十七首、賦二篇。簡稱「胡本」。

四、萬曆本與韓刻本歧異頗多，後者實爲作者定稿。凡屬作者有意修訂之處，萬曆本雖間有文義稍勝者，正文仍從韓刻本，不徑爲改正。

五、詩文從潘次耕編顧亭林集例，詩編年，文分體。紅泉逸草、問棘郵草、玉茗堂集，按其編印先後爲序。湯氏早年另有雍藻，今佚。

六、紅泉逸草、問棘郵草、玉茗堂集所收詩作，次序均已按年重編，玉茗堂詩數量較多，爲方便讀者查閲原書計，於目録所列詩題下附一括弧，繫以數碼。如第六卷第一首己卯歲同方汝明海寧禪院，題下附以(三・六三)字樣，指此詩原爲玉茗堂詩第三卷第六十三首。餘類推。

七、戲曲部分收紫簫記、紫釵記、牡丹亭、南柯記、邯鄲記。其中紫簫、紫釵二記，徐朔方先生原凡例云以古本戲曲叢刊第一集所用明刻本爲底本，今查核戲曲正文及其校記，可知二記實以六十種曲本爲底本。牡丹亭以明刻懷德堂重鐫繡像牡丹亭還魂記爲底本，南柯記以明萬曆刊本為底本，邯鄲記以明刻朱墨本爲底本。其他參校本詳見諸記題下箋語。諸記均有簡明校記。

八、附録由序跋題詞、傳記文獻、諸家評論和徐朔方先生所撰湯顯祖年表四部分組成，序跋題詞部分或有徐朔方先生箋語，今予以照録。諸家評論中有議論失當或與事實不符者，不一一辨正。

九、此次增修有不便徑改或需特别交代處，附以編者按語予以説明。

湯顯祖集全編

詩文卷

湯顯祖集全編詩文卷目録

第一卷　紅泉逸草之一

詩二十首（一五六一—一五七四，十二歲—二十五歲）

第二卷 紅泉逸草之二

詩五十五首（？—一五七四，？—二十五歲。序次依原本）

第五卷　問棘郵草之三

賦二篇（一五七七—一五七八，二十八歲—二十九歲）

賦一篇、贊六首（約一五七七—一五八〇，二十八歲—三十一歲）

第六卷　玉茗堂詩之一

詩六十九首（一五七九—一五八四，三十歲—三十五歲。任官南京太常博士前）

第七卷　玉茗堂詩之二

詩五十八首(一五八四—一五八五，三十五、三十六歲。在南京太常博士任)

第八卷　玉茗堂詩之三

詩三十七首（一五八六——一五八八，三十七歲——三十九歲。在南京太常博士及詹事府主簿任）

第九卷　玉茗堂詩之四

詩八十二首(一五八九—一五九一，四十歲—四十二歲。在南京禮部祠祭司主事任)

第十卷　玉茗堂詩之五

詩一百五十八首（一五八四—一五九一，三十五歲—四十二歲。在南京任官時作，年月不詳）

第十二卷　玉茗堂詩之七

詩一百七首(一五九二—一五九八，四十三歲—四十九歲。徐聞歸及任官遂昌知縣時作)

第十三卷　玉茗堂詩之八

詩八十首（一五九三—一五九八，四十四歲—四十九歲。作於遂昌知縣任，年月不詳）

第十四卷　玉茗堂詩之九

詩一百六十二首（一五九八—一六〇一，四十九歲—五十二歲。棄官家居）

第十五卷　玉茗堂詩之十

詩一百二十二首(一六〇二—一六〇六，五十三歲—五十七歲。棄官家居)

第十六卷　玉茗堂詩之十一

詩一百五十首（一六〇七—一六一六，五十八歲—六十七歲。棄官家居）

第十七卷　玉茗堂詩之十二

詩一百二十首(一五九八—一六一六，四十九歲—六十七歲。

第十八卷　玉茗堂詩之十三

詩一百九十首(一五九八—一六一六，四十九歲—六十七歲。作於棄官家居後，年月不詳)

第十九卷　玉茗堂詩之十四

詩二百三首(一五九八—一六一六，四十九岁—六十七岁。作於棄官家居後，年月不詳)

第二十卷 玉茗堂詩之十五

不編年詩一百六十九首

第二十一卷　玉茗堂詩之十六

不編年詩一百八十一首

第二十二卷　玉茗堂賦之一

第二十三卷　玉茗堂賦之二

第二十四卷　玉茗堂賦之三

第二十五卷　玉茗堂賦之四

第二十六卷　玉茗堂賦之五

第三十一卷　玉茗堂文之四——序

第三十二卷　玉茗堂文之五——序

第三十三卷 玉茗堂文之六——題詞

第三十四卷 玉茗堂文之七——記

第三十五卷 玉茗堂文之八——碑

第四十四卷　玉茗堂尺牘之一

第四十五卷 玉茗堂尺牘之二

第四十六卷　玉茗堂尺牘之三

第四十七卷　玉茗堂尺牘之四

第四十八卷　玉茗堂尺牘之五

第四十九卷　玉茗堂尺牘之六

第五十卷　制藝

大學

中庸

上論

第五十一卷 補遺

詩

文

湯顯祖詩文續補遺

記

尺牘

評語

對聯

啓

湯顯祖集全編詩文卷一　紅泉逸草之一

詩二十首　一五六一——一五七四，十二歲——二十五歲。

亂後　有序

杉關賊大入，破下縣，連數千里，守令閉城束手。臨川十萬户，八九逃散，歷二秋而定。歸來掃葺舊室，四望蕭條。鄙人終星耳，遭此不禁仰憶。横流之世，何云可淑。

地雁與天狗，今年歲辛酉。大火蚩尤旗，往往南天有。海曲自關阻，越駱生戎首。下邑無城郭，掩至安從守？轉略數千里，一朝萬餘口。太守塞空城，城中人出走。寧言妻失夫，坐嘆兒捐母。憶我去家時，餘粱尚棲畝。居然飽盜賊，今歸亂離後。親鄰稍相問，白日愁虚牖。太尊猶可禁，阿翁遂成叟。死別真可惜，生全復杯酒。曰余才稚齒，聖御嬰戎醜。況復流離人，世故遭陽九。

【箋】

作於明世宗嘉靖四十年(一五六一)辛酉，時年十二歲。三十九年八月，原募禦倭兩廣民兵馮天爵、袁三等奪閩清縣庫起事，西進沙縣、將樂，攻入泰寧，趨江西廣昌、建昌、新城、南豐、樂安、永豐等縣，殺守備王禮。四十年二月，天爵等爲南贛兵邀擒。閏五月，破官軍於泰和鸛朝鎮。清軍副使汪一中，指揮王應鵬，千户陳策、應鼎敗死。七月，南贛巡撫楊應志革任回籍。命浙直總督尚書胡宗憲兼節制江西，發兵往援，限九月勘平。九月，袁三等自江西轉趨閩浙邊區。十月，自邵武轉進江西鉛山、貴溪等處。總督胡宗憲檄參將戚繼光自浙江引兵赴之。袁三等敗於貴溪上坊。被擒斬六百餘人。乃奔福建建寧。還，攻入江西宜黄，爲南贛兵所敗。始引去。以上據明實録南京國學圖書館本各該年月條。馮天爵、袁三軍所至之建昌、宜黄，皆臨川之鄰邑。顯祖去家當在去年秋，歸在今年十月後。

射鳥者呈游明府

平原落日盡，白門征馬寒。芳柯并渝采，寧云桑葉乾？好鳥難蔽虧，啾啾遶林端。繡鞲誰家兒，緑弓藍薄間。第言飛肉美，誰念報恩環？睥睨瞀空響，應聲蘇合丸。彼鳥散魂魄，此人含笑顔。凌雲起光色，委身空翠盤。

【箋】

約作於嘉靖四十二年（一五六三）癸亥，十四歲。據撫州府志卷三五，臨川令游日章之前任爲林潤，後任爲蔣夢龍。又據明史卷二一〇，林潤以抗禦馮天爵、袁三得統治者賞識，徵授南京御史，其離任當在嘉靖四十年，即馮等被鎮壓之年。又據府志卷三九，蔣夢龍，嘉靖乙丑（四十四年）進士，授臨川令。如是游日章之任當在四十一年至四十三年。

入學示同舍生

上法修童智，齊莊入老玄。何言束脩業，遂與世營牽？軟弱諸生後，軒昂弟子員。青衿幾曾廢，漆簡自應傳。騄耳團珠澤，光鱗出紫淵。唐虞將父老，孔墨是前賢。小畜方含雨，中孚擬徹天。高明曾有舊，垂髮更齊年。爲汝班荆道，無忘伐木篇。

【箋】嘉靖四十二年（一五六三）癸亥，十四歲作。據玉茗堂詩與麗陽何家昆仲。吾師何公起家進賢令，視江右學，予年十四補縣諸生。令平昌，懷舊作此。

祥符觀閣侍子拂先生作，呈劉大府

高士南州領法筵，横經曉坐石臺前。懸知飛兔能千里，不道童烏蚤數年。海嶠流雲紆斷嶂，霞城采旭鏡行川。俱歡講德從容地，封禪還容弟子先。

【箋】約作於嘉靖四十二年（一五六三）癸亥，十四歲。據撫州府志卷三五，知府劉玠，海鹽人，去年自南京工部郎中陞任。其後任馮符四十三年任。

〔祥符觀〕在臨川東城。

〔子拂先生〕徐良傅，字子弼。東鄉人。嘉靖戊戌（十七年）進士。官吏科給事中時，會迎仙宫成，朝議稱賀。良傅謂異端充塞，不能匡救，忍從諛乎？語侵權貴，幾罹不測。罷歸，築廬臨川擬峴臺下，以古文法教授里中。所著有愛吾廬、槍榆等集。以上據撫州府志卷五〇。又，陳田輯明詩紀事戊籤卷二〇録良傳詩三首。據同書小傳，愛吾廬集爲八卷。玉茗堂詩負負吟序云：「予年十三，學古文詞於司諫徐公良傳。」按「拂」通「弼」，子拂即良傳也。

送夏別駕總兑淮上

秋水霞陰肅，離亭木葉紛。笙簫慈姥石，繡纈美人雲。自柏淮源遠，維揚海運勤。江南卑薄地，還得至尊聞。

【箋】

約作於嘉靖四十二年（一五六三）癸亥，十四歲。據撫州府志卷三五，夏崑是年任通判，其後任黄士元四十四年任。

分宜道中

白日下申酉，夜明過子丑。天道有傾移，況此浮人壽，錦袍横白玉，驅馳遂成叟。此道不坐進，滿堂爲誰守？探珠偶乘寐，傅翼飛寧久？常時風雨人，鳴鶴與芻狗。一旦收奴客，何言捕子婦？土木詎宜勝？鬼怪無不有。難言召康悦，已落高平手。戴盆復何望？解酲還用酒。百身天網罣，一老皇情厚。寧謂拆中台？將需調北斗。今羅四凶一，初稱八元九。萬死歸田里，無從謝殃咎。猶牽舐犢愛，險掛咸陽首。賢哉楚孫叔，善建在身後。

【箋】

據明史世宗本紀，嘉靖四十一年（一五六二）五月嚴嵩罷。又據同書卷二一〇林潤傳，四十三年冬，林潤馳疏言嵩子世蕃罪狀，詔潤捕送京師。又據世宗本紀，次年三月，世蕃伏誅。觀詩意，似作於四十三年，十五歲。時世蕃未死，故但云「何言捕子婦」，不及死事。嚴嵩，分宜人。此詩不及嚴氏父子之奸佞，但以老氏之旨，抒其感慨。少年顯祖受道家思想之深，於斯概見。

〔難言召康悦，已落高平手〕周公旦既誅武庚，以殷餘民封康叔爲衛君。康叔能和集其民，民大悦。及成王長用事，舉爲司寇。以上見史記卷三七。漢韋賢以老病免相，魏相遂代爲丞相，封高平侯。以上見漢書卷七十四。全句指徐階代嚴嵩爲首輔，嵩更無復召之望。

〔一老皇情厚〕明史卷三〇八嚴嵩傳云：「嵩初歸至南昌，值萬壽節，使道士藍田玉建醮鐵柱宫。田玉善召鶴，嵩因取其符籙並己祈鶴文上之。帝優詔褒答。」此在嚴嵩罷歸之後。

西城晚眺呈沈郡丞

春氣乘闉矚遠空，西陵殘日雨聲中。千章緑樹歸遊鳥，一道青巒界宛虹。花溪客棹紛容與，竹嶼人煙美鬱葱。見説雲霞多獎契，還留清詠守山東。

【箋】此詩或作於嘉靖四十四年（一五六五）乙丑，十六歲。據撫州府志卷三五，同知沈陽是年任，其後任包大爟次年任，實未視事。郡丞，同知之别名也。

畢别駕手持張揖博雅舊本，過城東草堂就家君是正繙梓，家君命代筆謝之

傳來使君駕，敢學賢人逃。自少銘龍骨，談雄落麈毛。蹲鴟窺不誤，天禄校猶勞。老□□□摘，餘光仰佩刀。

【箋】

或嘉靖四十五年（一五六六）丙寅作，十七歲。據撫州府志卷三五，通判畢效欽，歙縣人。是年任。其再後任郭奇逢隆慶二年（一五六八）任。

〔城東草堂〕湯氏故居在江西撫州臨川東門外文昌橋東偏北之江邊。四十九歲後始移居城内沙井巷玉茗堂。

〔家君〕湯顯祖之父尚賢，弱冠受餼於邑庠。是年三十九歲。見文昌湯氏家譜。

答華別駕 有序

明公姿材外耀，通脱儀檢，欲以控緤人才，攬納聲價。夫且弋不可以留鳳，鰌鯊不可以游龍，此易明也。僕雖軟穉，而倍蒲衣之歲矣。人各有心，固難縻絡。來問僕山中何狀，感爲言之。

春華良易泄，民生苦長勤。高箱被綸藻，冀以定絲棼。三英所以貴，正直陰陽分。目有離婁照，耳無虚美熏。言談響幽韻，行動遠高芬。伏軾幡屏裏，端拱號神君。使君廣顱頷，鬚髮美如雲。口目似江河，楄壁遺詩文。無爲步輕脱，誰使慮縯紜？美言豔巖室，寧知心所云？松子有神陂，竹花空紫氛。真人友龍鳥，乘雲度煙氳。聊爲在深昧，百鏹奉耕耘。

【箋】

或嘉靖四十五年（一五六六）丙寅作，十七歲。參看前詩箋。

〔倍蒲衣之歲〕十六歲以上。尸子卷下：「蒲衣生八年，舜讓以天下。」

【校】

〔華别駕〕檢府志，撫州通判無華姓者，係「畢」字之誤。

丙寅哭大行皇帝

日落悲同軌，天王棄八埏。凝神奄大紫，厭御已重玄。乙乙殷王端，庚庚夏后賢。龍顔初躍漢，鶉翼自冲天。廓落神州網，峥嶸帝座權。五雲恒旦旦，一夕幾乾乾。文物開周禮，中和採漢宣。恩光塞雪盡，殺氣海雲連。罷望甘泉火，高燒太一煙。珠星垂照老，珍館正祈年。碧海三神闕，鍾山九化傳。重輪新日月，遺詔舊山川。直是威神異，猶疑帝上仙。

【箋】詩作於嘉靖四十五年（一五六六）丙寅，十七歲。據明史世宗本紀，皇帝朱厚熜十二月庚子卒。

明河詠 有序

甲子迴運，聖壽作人。是年八月，諸生各赴鹿鳴之飲，余病未能。仰明河而側歎，呈沈郡丞。

析木東頭星漢懸，西南兩道泛天舡。初驚短瀑橫簷落，更訝長雲拂樹連。銀繩度曉光還瀉，匹練含秋景倍鮮。閤道往來誰得問？空知引領望遥川。

【箋】詩作於隆慶元年（一五六七）丁卯，十八歲。以病不赴秋試。

〔沈郡丞〕見本卷西城晚眺呈沈郡丞詩箋。

秋思，丁卯年作寄豫章諸反

涼年悲急節，風色坐閨陰。蛩促木蘭織，螢飛林邑金。裙斜寬錦襻，鬟動響珠簪。寄謝天河影，寧聞擣素音。

【箋】

詩作於穆宗隆慶元年（一五六七）丁卯，十八歲。

張郡丞枉過就別

雲花布空碧，風色動春津。茶鐝依軒竹，琴床玩沼蘋。留連三語契，感發四愁人。是夕虛檐月，重令桂樹新。

【箋】

或作於隆慶三年（一五六九）己巳，二十歲。玉茗堂詩負負吟序：「爲諸生時，太倉張公振之期予以季札之才。」據撫州府志卷三五，隆慶首尾六年，撫州同知凡三易人，張振之列第二人，詩姑繫於三年。

庚午過孟嘗君墓

三川淪寶鏡，煙飛四海分。關東滿豪傑，結駟何繽紛。咸言四公子，食客首田文。大魚生羽翼，東帝偃秦軍。美人列鐘鼓，珠履蔭華棼。干戈走辭辨，際會有恩勳。虹摇滄海日，雨絶泰山雲。時事一朝異，土偶竟誰云！狡兔窟何所？魁梧數尺墳。隆碣厲鵰吻，葬劍掩龍文。人生忽至此，安知玄與雲？愚賤同堙滅，亮節良有聞。千秋萬歲後，人識孟嘗君。

【箋】

作於隆慶四年（一五七〇）庚午，二十一歲。

〔孟嘗君墓〕墓在今山東滕縣境。詩當是年冬顯祖爲明年春試赴北京途中作。

壬申歲哭大行皇帝

日窟傳東景，天王已上登。銅龍居日久，翠鳳幾時乘？顯定三才立，蟺蜎百慮澄。推恩牛酒復，攬秀鶴書徵。馬骨和戎市，魚鱗税户增。清矑停醮籙，黄髮備韜縢。舜帝堪垂拱，康王豈晏興？紫庭芳未沫，黄道氣初凝。詎掩金樞夕，翻成華几仍。六年春太短，萬歲怨難勝。轂野沉飈振，梧雲逝晷憑。皇靈緘玉縷，帝寶罷金繩。呦鹿曾霑宴，號烏竊撫膺。相風歸晚蹕，燎火下窮燈。乙帳仙何靡，丁年杞再崩。徒聞中使竹，遠隔大槃冰。廣柳新王馭，扶桑太子昇。愁笳深遏密，悲思冷凌兢。儻侍春園薦，南山拜壽陵。

【箋】

作於隆慶六年（一五七二）壬申夏，二十三歲。據明史穆宗本紀，皇帝朱載垕五月庚戌卒。

送譚尚書行邊 有序

明公於今才子少儔，於古名將無比。坦步葱雪，被服藻粉。再起東山，言徂北落。諸公莫不祖帳青門之外，小子獨自卧病紅泉之間。未奉殷勤，何勝恨惋！謹具古刀雙口、鳳味琴一張、金鈴三道、扇一把、詩一首上。

上林飛雁滿金河，殺氣邊頭赤羽多。相國南來徵竹箭，尚書北上擁雕戈。終知熱坂熏嵐浄，待要寒門氣色和。入塞定多鐃吹曲，傳來帳下美人歌。

【箋】

作於隆慶六年（一五七二）壬申秋，二十三歲。據明史卷二二二譚綸傳，綸，撫州宜黄人。神宗即位起兵部尚書。又據同書七卿年表，知爲是年七月事。〔紅泉〕銅山别名，一名銅陵，在撫州城西三十里，以謝靈運詩「銅陵映碧澗，石磴瀉紅泉」而得名。紅泉館亦爲湯顯祖之齋名。

重酬譚尚書 並序

尚書受我一刀，還我一刀。不知兩口原號雌雄，誓不離分。若離，夜半必有響動光明，令人怖不敢寐。便附來信更上。來書云：「足下兼資文武，惜僕猶未追蹤絳灌耳。」皇恐復酬一首。

古刃珠生緑水文，夫妻鑄就不曾分。雙飛自合輝乘斗，持贈真令氣決雲。不遣虹蜺生絶障，還如龍雀定飛勳。床帷獨漉孤鳴擲，會自乘垣望我軍。

【箋】

作於隆慶六年（一五七二）壬申秋，二十三歲。參看前詩箋。

壬申除夕，鄰火延盡余宅，至旦始息。感恨先人書劍一首，呈許按察

赤帝驕玄武，商丘被鳥帑。禳災朝玉鮮，辟火夜珠虛。大道文昌里，青門帝表閭。比鄰風易繞，夜作水難儲。雲氣皆煙火，虹蜺出綺疏。盡拚羊酒謝，保及燕巢餘。梁氏甾仍逸，黴之起不徐。焚輪吹翠鵲，沃水露池魚。未反江陵雨，徒悲大火墟。龍文銷故劍，鳥篆滅藏書。正旦成都酒，縻家好婦車。直將天作屋，真以歲爲除。不慎炎洲草，俱焦藻井蕖。鄭玄驚火事，陶令愛吾廬。越俗須重構，林枯不自如。

【箋】

作於神宗萬曆元年（一五七三）癸酉，二十四歲。詩係火後追記。

〔鳥篆滅藏書〕問棘郵草之三廣意賦云：「鳩遺書蓋四萬卷餘兮，招余曾與余祖。」湯氏先人藏

書甚富，不幸燬於火。

留別大司馬譚公 有序

明公天人也，雄望寡兩。顯祖鄉里後進，西羌東魯，獨立無伍。願一相見，道其所有。佐時運之光華，垂列昆吾之鼎，天禄之匱。凡四板謁，并報一飲某太守，一白將軍計事，一報卧，最後老兵引入坐，食時聞中有瓊雉之呼，玄龍之笑。小子不自妥便，輒復引去。如聞明公於里郎處有所云云，詰旦顯祖出都門矣。一面何時？謹奉別言。

聖代和戎賜玉鍾，旗門人醉偃春風。朝開六著香奩上，夜采三花錦襪中。太守祇知鴻雁美，將軍數奏畫蛇功。芬芳接近蓮花府，惆悵西山晚鬱葱。

【箋】

作於萬曆二年（一五七四）甲戌，二十五歲。時在春試不第南歸之前夕。

上侍郎王公 有序

明公晬藴清躬，芳澤黎首。受夕郎之奏復，貳春伯之威儀。往使南宗，館我青門之舊宅。僕裁十齡，數倍雲契矣。兩入華京，謁不得上。丁丑三獻，知拜明公殿閤耳。

遶閤青槐枝葉芬，粉郎奏事啓高文。朝回翠陌霑香雨，入侍金鑪對美雲。弄麈門前粗可憶，泣麟時候不相聞。懸知色笑皆桃李，托道年來樹梓枌。

【箋】

作於萬曆二年（一五七四）甲戌南歸前。二十五歲。

〔侍郎王公〕序云「貳春伯之威儀」，知是禮部侍郎。查明實録，此時禮部二侍郎俱非王姓。萬曆元年二月丁卯陞禮部右侍郎管國子監祭酒事汪鏜爲禮部左侍郎兼翰林院侍讀學士，萬曆三年二月猶在任。王或爲汪之誤。又據孫繼皋宗伯集卷八通議大夫吏部左侍郎兼翰林院侍讀學士掌詹事府事贈吏部尚書文裕王公墓志銘，王希烈江西南昌人。嘉靖三十六年，若士八歲，王充節使封益藩。益藩封地在臨川南。隆慶三年擢禮部右侍郎。萬曆元年已改任吏部左侍郎，與「貳春伯之威儀」句微有不合，或以行文不密，未加區別。若士以江西籍後學往謁先達，可能似更大。

〔兩入華京〕湯顯祖此年再次赴北京春試。

湯顯祖集全編詩文卷一一　紅泉逸草之二

詩五十五首

?——一五七四，?——二十五歲。序次依原本。

紅泉家燕

父老乘雲歌紫芝，紅亭花柳發參差。氤氳晝雨香全濕，葱翠陰煙影薄移。人世百年難自得，陽春萬物有恩私。歡今少長崇嘉慶，藉草斟蘭不敢辭。

【箋】

〔紅泉〕見卷一送譚尚書行邊詩箋。

許灣春泛至北津

芳皋駘蕩曉春時，暮雨晴添五色芝。玉馬層巒高似掌，金鷄一水秀如眉。輕花蝶影飄前路，嫩柳苔陰緑半池。好去長林嬉落照，莫言塵路可棲遲。

【箋】

〔許灣〕一作滸灣。在臨川城東南郊。

〔北津〕北津渡距文昌橋三里。

〔玉馬〕一名白馬峯。在金谿縣東四十里。

〔金鷄〕金鷄城在撫州北。齊岡水會合諸水後，至此入汝水。

靈谷對客

秀色紅亭春自饒，薜蘿閒受小山招。疎窗夜色寒青竹，密苑朝光暖翠條。厭世轉尋丹臼訣，懷人空散白雲謡。拚將海日窺岑寂，定有人吹紫玉簫。

【箋】

〔靈谷〕在撫州城東南四十里。谷口有謝靈運祠。王安石曾讀書其上。

送段將軍

殿前初散羽林軍，石鎧珠旗照海雲。解得燕文少顔色，不勞圖畫送昭君。

紅泉別友

掩袂空山裏，素絲從此分。行當黄鵠舉，性非黄雀羣。蘭葉被幽厓，乘風生遠芬。秀谷何逶迤，與予俱樵耘。一道送白日，千嶂列殘雲。緑氣自陰鬱，金芝殊綺紛。厭卧玉華席，貪策銀臺動。余慕蒲衣子，君過倉海君。誰憐桂枝晚，摇落思氤氲。

【校】

〔倉海君〕原作「滄海君」。據史記留侯世家改。

春筵送遠

羅綺若浮雲，青埃逐吹生。歌隨鳳味管，酒酌龍頭鐺。翠壁光華動，金車容與行。重逢桂枝晚，回憐芳樹情。

和大父雲蓋懷仙之作

爲言樵采路，竟作仲長園。桂樹俱攢嶺，桃花有別源。牙盤餐竹子，錦瑟泛桐孫。第少仙童色，空承大父言。

【箋】

〔大父〕湯顯祖之祖父名懋昭，字日新，號西塘。其仙道思想，參看本卷和大父遊城西魏夫人壇故址詩。

〔雲蓋〕山名。在宜黃東北，與臨川接界。

登西門城樓望雲華諸仙

窈窕泛金瑟，逶迤臨白門。余慕青裙子，風尚宿彌敦。殘峯標落日，照耀紅泉奔。同人罷機對，且復詠蘭樽。東王揚妙氣，西府結金魂。尋師發伊洛，煙駕遠相存。玄符方自此，密約採飛根。弟子各乘雲，浮丘不可原。葱蘢西北山，桂枝寧得援？恒棲薜荔人，披簪朝上元。而余乏雙虬，短翼未飛翻。豫章出丹釜，羊角留清言。蓮華紫玄洞，反景成朝暾。悢悢北帝文，檢制復何論。生没黄埃中，黑業無朝昏。故是舊城門，但多新冢垣。悵然遠心慮，罷醴歸南軒。且挹朱源水，往復注龍轅。

【箋】

〔雲華〕華蓋山、華子崗在撫州城西，華姑山在西南，雲山在城北。

〔羊角〕在撫州城内。有石筍出土中如羊角。傳説有童子稱蜀青城山使者，扣角致書而石開。後人神之，曰羊角洞天。

【校】

〔題〕仙，疑爲「山」字之誤。

對楊生

詎是桓元鳳？楊烏更妙年。風亭留格五，雲路擲秋千。白日功名費，清時笑語連。無緣占氣色，長夜劍光懸。

文昌橋遇饒崙

獨上飛梁俯白沙，逢君吐屬自清華。生煙翠氣紆寒日，染月紅雲作暮霞。夾岸莎鷄鳴自促，翻林荻雁影迴斜。游鯈未厭臨秋水，餘論時能借五車。

【箋】

〔文昌橋〕在撫州東門外。湯家即在橋東偏北之江邊。

〔饒崙〕字伯宗，江西進賢人。與湯顯祖同學於撫州三年餘，交誼甚篤。萬曆十一年（一五八三）同舉進士。詳見玉茗堂賦之五哀偉朋賦。

廣昌哭王守備廟

萬里軍書始折膠，推鋒直上擣蠻巢。朝輝板楯團金嶂，夜響刀環帶月凹。壯士常乘隴上馬，將軍曾擊水中蛟。平原遠路空魂魄，落日玄雲繞吹鐃。

【箋】

據明實録，嘉靖三十九年（一五六〇）八月，原募禦倭民兵馮天爵等奪閩清縣庫起事，西進江西廣昌等地，殺守備王禮。詩當作於次年事平之後。年月無考。

經黄華姑廢壇石井山

龜原壇觀即龜山，鹿苑經曾射鹿還。九曲蓮池皆到賞，七層花樹好難攀。雲開綵纚遊天上，電捲紅紗出世間。石井桐床煙霧裏，飛丹滴竇轉人顔。

【箋】

〔石井山〕在撫州西二十餘里，相傳黄華姑棄家之初曾駐此。

艾蒳園立夏試葛憶謝子

彩日爛青雲，霞埃染淥津。兒郎竹馬路，才人花鳥春。葛子二時雨，冰丸六癸神。遠寄香囊客，誰當采艾人。

玉皇閣

萬華宫闕靄琳琅，桂女香鑪奉玉皇。雉堞紅霞標日觀，龍楣紫漢落天梁。朝揮列缺清霄遠，夜檢酆都緑字光。人世無緣列仙從，空知延首詠霓裳。

【箋】

〔玉皇閣〕在臨川城東大臣巷五皇廟内。

侍大父白雲橋秋望

歲光苦難閲，鳴溜啓荆扉。石竹煙紛靄，金松雲翠暉。書從羊洞寄，人在鹿門歸。祖德還高綺，孫枝托寶徽。

送人入蜀求道書

去去蜻蜓縣，昂昂驄馬行。煙書發紫腦，雲吹落清聲。蕙帳晨朝冷，蘭缸今夜明。峨嵋窺石鏡，閨陰繁恨生。

【校】

〔蜻蜓縣〕據漢書地理志，蜀有青蛉縣，「蜓」疑爲「蛉」之誤。

春暮南城道中

束髮慕神賞，春遊時復爲。雲霞開障疊，風日守漣漪。蛺蝶香勻粉，蜘蛛晴吐絲。那能芳樹下，重見爵釵垂？

【箋】

〔南城〕在臨川東南。

【校】

〔蛺蝶〕蛺，原誤作「蜨」，即「蝶」字。今改正。

秋從白馬歸，泛月千金口問謝大

江上才人有一丘，同時把釣坐玄洲。雲林羃歷桂枝晚，霞水孤清蓮葉秋。出谷並緣窺月色，乘橈知是逐風流。銅陵未合繙經老，結屐何年雙遠遊？

【箋】

〔白馬〕一名玉馬峯。見本卷許灣春泛至北津詩箋。

〔千金口〕千金陂之口。陂在文昌橋南，去湯家甚近。

〔謝大〕即謝廷諒。參看本卷送謝大東安詩箋。

〔銅陵未合繙經老〕銅陵，見卷一重酬譚尚書詩箋。撫州城内寶應寺有繙經臺。宋謝靈運集沙門於此繙譯大涅槃經，因以爲號。

和大父遊城西魏夫人壇故址詩 有序

家大父蚤綜籍於精黌，晚言筌於道術。捐情末世，托契高雲。家君恒督我以儒檢，大父輒要我以仙遊。其遊南岳故院題云：「元君寶胤出三台，細小南遊竹院開。金屑獨餐修武縣，玉文徵到始陽臺。飈車紫劍空聞去，繡像幡花不見來。並道胡蔴能治老，無緣清晤發仙才。」題畢，命孫行和之。

南岳夫人弟子多，西瑶福地比嵯峨。瓊華夜息三青鳥，香樹朝飛五色蛾。爲道赤鑪恒飲日，誰言金闕蚤榮河。沓颯滿壇松桂美，風來時得會真歌。

【箋】〔魏夫人壇故址〕在撫州城西北。顯祖祖父篤信道教。祖母魏氏，與南岳魏夫人同姓。相傳母之生也，里夢南岳夫人降世。死時人以爲尸解。見帥機陽秋館集卷三魏夫人誄。凡此迷信都和詩旨有關。

聶家港園飲謝大就別

白馬停鑣拂羽巵，小園裁賦暮春時。玲瓏綵露光團葉，宛轉和風入細枝。絳足捎花嬌作囀，畫眉穿桁巧來窺。無人解贈雲中翼，一水悠悠歌笑期。

【箋】

〔謝大〕即謝廷諒。見本卷送謝大東安詩箋。

【校】

〔捎花〕捎，原誤作「梢」，今改正。

秋原獨夜有懷

巑岏艱軫石，窈窕徑玄林。雨盡秋天遠，雲空野壑深。徒然登隴首，誰與眷芳心？竟夕軒蘭底，光燈表玉琴。

送姜元叙往八公山

送子之廬九，紛吾厭術阡。高材難伏櫪，薄别且從船。飽進雕胡飯，長謡白馬篇。桂枝青偃蹇，歲晏始尋仙。

挽徐子拂先生 有序

先生經爲人師，行無機辟。閲世六十年，疽後而逝。先時頗有懷仙之致，其詩有云：「夜半敲冰煮石，朝來茹朮餐苓。老子解遊玄牝，羲之錯寫黄庭。」示詩復有「若不盡捐煙火瘴，教君何處住蓬萊」之語。契念甚深，然已後之矣。僕自登徐公之門，輒以魯連相待。哲人下壽，哀何時已？

笑絶施生手，青霞掩末途。凌雲空玉麈，入地有香罏。服食誰令晚？豐肌日就無。惟餘餐玉法，留以代含珠。

【箋】

〔徐子拂〕見卷一祥符觀閤侍子拂先生作，呈劉大府詩箋。

獨酌言志

微雲生遠薄，流月泛虚園。彩熠霑林落，文禽逐浦喧。隨年開志藻，即事委情源。故協滄洲趣，新雕文木尊。

鳳鳴渡夕別楊四

鳳鳴門外九秋初，紅樹幽滋遠不如。箇是錦袍違洛浦，年時竹簡問林閭。宵尊半落陰虬箭，春訊相教陽鳥書。并道華京美遊俠，獨能無緒往公車。

【箋】

〔鳳鳴渡〕在撫州東城鳳鳴門外。

秋嘆

白日下朱氾，玄林表素秋。顔華春葉改，世務海煙浮。有契隨龍杖，無情是鹿裘。幽山饒杜若，比作樹忘憂。

哭徐先生墓歸示其季子一議

飛舄蘭陵給事中，玉人埋處鬱葱蘢。年時愛劍空徐主，向後遺書無所忠。繞室繐帷非絳帳，雍門琴曲是哀桐。鍾情獨有侯芭異，至性皆憐鄭小同。

【箋】

〔飛鳥蘭陵給事中〕徐良傅曾爲吏科給事中。見卷一祥符觀閣侍子拂先生作，呈劉大府詩箋。

風亭置酒勸饒崙遊

邃館朝遥衍，虚簾夕獻酬。竹宜涼月灑，花要暖風抽。采色常難定，韶春本易遒。徑須出門去，可説臣樓遊。

高空山曉望呈益殿下一首

曲水縈尊醴，諸峯揖冕旒。晨霞標彩觀，宿霧靄玄洲。玉葉千秋樹，銀床百尺樓。紫庭風日好，花柳亦忘憂。

【箋】

〔高空山〕在建昌府城内。

〔益殿下〕據明史卷一〇四，當爲益恭王厚炫。嘉靖三十六年（一五五七）進封，萬曆五年（一五七七）卒。就藩建昌，在撫州東南。

古意

羅帳春風結，翠墀春樹晴。柳邊尋笑緒，花裏寄芳情。秀色朝雲重，悲端夕露盈。蕙樓空緬邈，珠柱與誰清？

梧桐園春望

梧桐真自語，桃李竟何言？但道春人賞，長令芳樹存。鴛鴦媚蘭渚，蛺蝶展花軒。時物幸多覽，悠悠春思繁。

【校】

〔蛺蝶〕蛺，原誤作「蜨」，即「蝶」字，今改正。

贈伍二無念

柯葉豫章山，托根一何固。一旦風雲披，會有班王顧。取結黄金臺，發色青霞路。華榱君子蔭，高窗綵鸞度。離分寧足閔？酷烈有微遇。七歲已可辨，寧言在中路。

狻猊石別饒崙

蘭風吹棹滿清河，勝友臨筵嘆別多。石上歊雲籠暮竹，煙空遥月擺春蘿。寧愁上鼓催離析，自有光燈接笑歌。解到星闌無得語，祇應分淚與行波。

【箋】

〔狻猊石〕土名獅子名，一名玉石臺。在撫州城西十五里。

遊碧澗同外父

童子春年戲，孫公漱石情。懸崖虧日色，複澗隱松聲。虎跡憑崖見，龍鬚拂水生。西華從此度，長坂即金精。

【箋】

〔碧澗〕在銅陵。見卷一重酬譚尚書詩箋。

〔外父〕顯祖妻父與外祖皆吴氏。

松林頭送客往豫章

何處松林吹鳳搊？遊人秋暮指龍沙。雲霞曳月舒金彩，水石驚風揚白華。鐵鹿滿帆乘夜色，闌干幾曲送天涯。芳洲早自難留賞，待到雲霄肯折麻。

【箋】

〔龍沙〕在江西新建縣北，此指南昌。

過伍祖訓宅

陽旭變交鶯，行園到友生。青苔蕪石徑，緑水動簾旌。色泛天門酒，香傳地髓羹。看君眼如電，巖下亦分明。

送第五從叔從軍

吾宗苦涼德，叔也戍炎荒。樹壤分椰子，蘭家乏女郎。丹蛇崖霧斷，黄雀海風長。西征歷頭痛，南望涕心傷。瘴墮三時雨，寃飛六月霜。星樓連柝起，日本峭帆張。舊是良家子，新登結客場。爲雄多汗馬，餘鈔似燒羌。浩淼招魂地，威遲反景鄉。僰人隨鼻飲，伍伴立顔行。雲脚開風母，潮頭謝海王。坐持釵擊鼓，立見穎垂囊。夜睡行青綍，朝醒指白鍚。弩開千石勁，藥備萬金良。丹唇余好武，白羽士僑裝。妄齒終童少，徒悲楚國殤。聲華存桂蠹，貧餓乞檳榔。御宇咸嘉靖，番隅尚小康。謀臣揮麈尾，戰士拂魚腸。黨備鉛刀往，相從解鐵襠。

送謝大東安

蘭吧甚芳華，雕尊集水涯。秋雲湛甘露，晚漲肅高霞。葉響吟蟲急，枝危繞鵲斜。兒童自相匹，天上兩匏瓜。

【箋】

〔謝大〕名廷諒，字友可。金谿人。其父相時任東安知縣。明史卷二三三有傳。

【校】

〔匏瓜〕匏，原誤作「瓠」，今改正。

鍾陵遊萬氏池館

便自江南鼓吹山，佳人置館白雲間。叢蘭照水客年急，選木開春人晝閒。晝月可來香閣上，行雲多在板橋灣。難言翠燭遺簪履，繡户鍾鳴欲上關。

【箋】

〔鍾陵〕江西進賢縣。

天子鄣送人往泰山觀目

彩嶂出分風，乘流不住空。虎啼三笑北，人在四愁東。夜鼓鷄潮隔，雲裝鳥路通。待拂行雲觀，應爲辨日童。

【箋】

〔天子鄣〕在廬山。

送人使南海進香

仙槎出海國，之子愛神區。鳳尾留書篋，龍涎上玉罏。分麾緑油幰，别酒青絲壺。爲問安期棗，何如漢主蒲？

承春閣酒樓上逢姜十以劍換酒留别

姜公昔作朝歌屠，老婦輕之成逐夫。今日姜生提玉壺，金鐺歷皪酒家胡。顔色佯佯真使氣，酒中那有沙糖味？節鼓鈴盤日將暮，杖頭有錢不曾娶。與君被酒酒莫闌，今日不樂來日難。但願廚中千萬斛，不妨樓上再三彈。樓下麾幢是太守，車馬甸甸大道口。赴拍催歌不停酒，姜生捋鬚衆揺手。紅日西歸玉石臺，青騣白馬高徘徊。風流更脱蓮花劍，月下還開竹葉杯。竹葉蓮花俱照眼，朝酲更酌流黄盞。萬古榮華一擲間，男兒破盡千金産。

【箋】〔玉石臺〕在撫州城西十五里。

秋夕樟原贈客

秋色自淒清，登高含遠情。玄林户豹隱，彩燭天鷄鳴。月露茫無際，川塗浩已征。枯桑薊門外，冰雪有人行。

【箋】〔樟原〕一作樟源。在臨川西北三十里。

當壚曲

蕙閤藻雲鮮，嬌人並可憐。芳風比翼扇，滿月對文錢。蹋草銷長日，看花入曉烟。歸來逢上客，擫瑟酒壚前。

真珠潭逢謝大

桃花春漲緑如雲，畫渚芳濃陌草熏。鼓吹山前人不見，真珠潭底忽相聞。歌飄激楚陽魚出，舞罷前溪彩翠分。並醉綈袍沾酒濕，不堪長袖拭氤氲。

【箋】

〔真珠潭〕或指珍珠泉。在浙江湖州。

〔鼓吹山〕在湖州。

送周處士還菱塢

菱湖秋水白，君作采菱行。九月禽花笑，十年凫藻情。哺麋對妻子，彈劍識公卿。相憐無長物，緑樹有男貞。

送姜十遊淮上

混帝何年鑿？盧生秪解遊。關河良夜月，書劍滿樓秋。荻浦三山路，桐淮泗水流。懸知白雪唱，欲傍翠雲裘。

送趙十遊湘零便入桂林

送君芳草月，謁帝蒼梧雲。桂水徒盈望，歌山不可聞。鐵槎分藻色，銅鼓聚花紋。是處丹砂廣，無愁蔄露熏。

湧金曲

珠巾鏤襵稱雲衣，一種行光出繡扉。麗日樓前花鳥思，熏風陌上草蟲飛。盈盈渌水窺還笑，步步嬌春懶是歸。别後懷人隔心語，琉璃榻上紫桐徽。

今别離

君看合離草，還看兔絲花。不在株根屬，精氣自籠加。鈆匝樓櫨曲，吹綸被空紗。娟娟玉睇流，靡靡蘭心嗟。滴滴明月水，皎皎青雲霞。照耀春人姿，變化威儀多。紬瑟彈輕宫，窈窕緒風過。峩峩彩翠裹，璆實鳴相和。南國送佳人，手抉樹鴉螺。去珠萬里道，沉珠千層波。坐開雲母屏，曲瓊垂四阿。形影不復連，夢寐疲關河。無死尚能來，冀此春年奢。青芝若翠羽，服食君如何？

【校】

〔鋏匝樓欙曲〕樓，當作「鏤」。

孟冬閒步後池園田，偶至正覺院

秋日自孤清，雲山好天氣。酌水翠疑空，漱石寒猶未。倚木嘯鶩吹，行園惜鶩卉。原隰望彌博，龍鱗互經緯。春疇已罷築，冬稌尚云溉。呼豨嫂不避，飲牛或相謂。入羣無俗采，知希未言貴。白林在空藹，光雲時靉靆。通闢一正見，開軒四無畏。花幡妙女持，暗燭燈王乞。欲借蘧廬住，復恐香廚費。西眺但城邑，至人絶髣髴。

【箋】

〔正覺院〕正覺寺在撫州東門外文昌橋東。其西南不遠之江邊即湯家所在。

【校】

〔倚木嘯鷩吹〕鷩，或當作「鸞」。

大父日新府君忌日上墳

松子無良藥，竹孫空翠紋。少微銷寶月，里社宿光雲。手樹霑桃李，心香結梓枌。清齋白環餅，徂籥淚氤氲。

孤桐篇遺沈侍御楠

且停張女彈，聽我孤桐嘆。且罷蜀國絃，聽我孤桐篇。孤桐高百尺，雙椅還會秋天碧。蒼岑託體來悲涼，肅肅苕苕在鄒嶧。旁臨雲谿下無極，瓊雲陗削珍柯直。夜聞玉醴霤穿石，朝看玄猿墮空蹠。上有丹鸞愁特棲，下有姊歸思婦鳴鶗鴂。三春綵日無人見，十月玄飆空自悽。龍德龍門苦攀陟，孫瑣孫枝愁絶梯。雷霆霹靂生野火，吹臺自發鈞天音。九子空珠耳，三疊枉琴心。君不見鐵力琵琶象牙撥，匙頭鳳眼金環抹。箜引纂絃盼鉻垂，雲文柱子雕龍末。何似孤桐埋雪時，峨峨崇山人不知。

送吴道士還華山

子到西瑶殿，雲霞似赤城。自言世雲後，作使鐵舡行。白鶴掛泉杪，青松滿石枰。能傳吞景法，冠絶步虚聲。紫氣朝乘斗，金光晏吐榮。石榴方藥避，芝草吉雲生。酒婦書何得？琴高道已成。枕中多閟札，無忘玉環盟。

【箋】

〔華山〕在江西崇仁。

戲贈瑶江諸少年二首

花影風心轉不妨，千金人著艷歌傷。珍珠潭畔緑珠女，玉石臺邊白石郎。問渚移蓮須是嵍，持媒打翠自相當。淋漓竹子逢新粉，莫忘枯蘭是故香。

出門獨鹿東家王，玉手絲鞭阿那傍。大道青樓雲户響，陽春白日風花香。懸知蛺蝶偷千轉，暗數鴛鴦立幾行。不分春眠喬唤起，要人無緒炙金簧。

【箋】

〔瑶江〕疑即瑶湖。在撫州千金陂之南。

〔珍珠潭〕在湖北興山縣南一里。俗傳昭君滌妝，遺珠於此。

〔玉石臺〕在撫州城西十五里。

湯顯祖集全編詩文卷三 問棘郵草之一

詩六十七首 一五七七—一五八〇，二十八歲—三十一歲。

同宣城沈二君典表背衚衕宿，憶敬亭山水開元寺題詩，君典好言邊事

銅駝杯酒舊慇懃，遊子孤身同片雲。户裏敬亭猶合沓，陵陽仙館日氤氲。比丘百句終無學，黄石三篇定有聞。莫信林中都未有，風心時動沈休文。

【箋】

詩作於萬曆五年（一五七七）丁丑春，二十八歲。時與沈懋學赴試，寓居北京。

〔宣城沈二君典〕君典，懋學字。宣城人。曾與湯顯祖同受學於羅汝芳。萬曆四年（一五七六）春，顯祖客宣城，與懋學、梅鼎祚遊。時首輔張居正欲其子及第，聞顯祖及懋學名，命諸子延致。顯祖謝弗往。懋學遂與居正子嗣修偕及第，授修撰。萬曆六年（一五七八）請告歸，十年卒。時年四十四。見湯賓尹宣城右集卷二〇沈君典先生墓志銘。明史卷二一六及静志居詩話卷一五各有傳。

〔表背衚衕〕在北京東城。沈懋學應試時寓此。

〔敬亭〕山名。在安徽宣城縣北。

〔開元寺〕嘉靖四十三年（一五六四），寧國（宣城）知府羅汝芳在開元寺故址建志學書院。見沈懋學郊居稿卷五王龍翁老師八十壽序。

〔君典好言邊事〕静志居詩話卷十五沈懋學小傳云：「君典少任俠，兼精技勇，能上馬舞丈八矟。」

【評】

沈際飛云：「筆意矯舉。」

望夕場中詠月中桂

夜月三條燭，春宵八桂枝。分輝自輪菌，接葉并威蕤。擢本高無地，飄跌定有時。露團疑瀝滴，風起覺颼飀。霞夾丹逾映，霜餘緑未虧。如鈎堪作餌，比玉未應炊。合浦空浮櫂，銀河剩結旗。珊瑚海上出，菱葉鏡中窺。詎蠹長生藥？能香月姊帷。若花分日照，玉葉謝雲披。秦氏烏難坐，南飛鵲自疑。高將白榆掩，寧并帝桑萎？箭水看難定，蓂階應不遲。儻共姮娥折，淹留詎敢辭。

【箋】

作於萬曆五年（一五七七）丁丑二月十五日，二十八歲，時在禮部試場。據實録，二月乙丑（初七日）任命試官；又據本紀，三月乙巳（十八日）榜發，則禮部試當在二月。

【評】

徐渭云：「薛道衡之子。」

揚州袁文穀思親

粲粲南陔路，英英北闕雲。遊人稽綵服，愛子念羅裙。尊老遥爲壽，田生近有君。東征迎養邇，顔色正欣欣。

【箋】作於萬曆五年（一五七七）丁丑春，二十八歲，時在北京。詩云「英英北闕雲」，問棘郵草中詩文唯此年春有作於北京者。袁文穀，名應祺。揚州興化人。萬曆三年（一五七五）任黃巖知縣，四年田樂義以推官署，五年，袁以入覲回任。見黃巖縣志卷一〇。

【評】沈際飛云：「脱甚。」

都門送袁文穀復任黃巖

眼見黃巖去，皇門春事饒。窗桃紅片片，岸柳緑條條。别緒人難醉，行光馬自驕。天台吾意久，可待故人招？

【箋】作於前詩之後。

【評】

沈際飛云：「新秀。」

別沈君典

去年三月敬亭山，文昌閣下俯松關。今年俊秀馳金轂，表背衚衕邀我宿。妙理霏霏談轉酷，金徒箭盡撾更促。人生會意苦難常，想象開元寺中燭。開元之燭向誰秉？君揚龍生姜孟穎。按席催教白紵辭，迴船鬭弄蒼龍影。別在長干不見君，天上悠悠多白雲。衣帶如江意迴絶，孤蹤颯颯吹黄蘗。取得江邊美桃葉，細語如笙款如蝶。燕幽道長不可挾，自有韓娥并宋臘。遊人得意春風時，金塘水滿楊花吹。玩舞徘徊顧雙闕，西山落日黄琉璃。落日流雲知幾處？雲花疊騎縱横去。旦暮惟聞歌吹聲，春秋正合窮愁著。夫子才華不可當，華陽東海並珪璋。輝輝素具幕中畫，慨慨初登年少場。年少紛紜非一日，喜子今朝拚投筆。一行白璧自傾城，再顧黄金須百鎰。吏隱郎潛非俊物，誰能白首牽銀紱。銀紱桃花一路牽，空紗户穀染晴煙。春絲引颺雲霞鮮，窗桃半落朱櫻然。江南人歸馬翩翩，金陵到及鰣魚前。天地逸人自草澤，男兒有命非人憐。歸去蓬山蓼水邊，坐進金樓翠琰篇。丹蛟吹笙亦可聽，白虎摇瑟誰當憐？如蘭妙客何處所？若木光華今日天。我今章甫適諸越，山川未便啼鳴鴂。都門買酒留君别，況是春遊寒食節。孟門太行君所知，鬼谷神樓非我宜。王孫碧草歸能疾，公子紅蘭佩莫遲。昨日辭朝心苦悲，壯年不得與明時。處處撫情待知己，可似南箕北斗爲。

【箋】

詩作於萬曆五年（一五七七）丁丑春下第南歸前。二十八歲。參看本卷同宣城沈二君典表背衕衕宿，憶敬亭山水開元寺題詩，君典好言邊事詩箋。此詩胡本頗多異文，不一一校。

〔文昌閣〕在宣城。

〔君揚龍生姜孟穎〕龍宗武，字君揚，吉安人。據野獲編卷二二龍君揚少參，時任太平府江防同知。太平（今當塗）距宣城不遠。參看玉茗堂文之十三前朝列大夫飭兵督學湖廣少參兼僉憲澄源龍公墓志銘。姜孟穎，名奇方，時任宣城知縣。參看玉茗堂文之七宣城令姜公去思記。

【校】

〔自有韓娥并宋臘〕臘，原作「獵」，誤。韓、宋皆古之歌者。

【評】

徐渭云：「無句不妙，無字不妙。」又云：「金徒，或是謂金吾之卒也。何不徑用金吾？」按，胡本此二字正作金吾。又云：「重憐韻，古人亦自有此。」

沈際飛評「君揚龍生」句云：「古人每用姓名作句。」又云：「調極變换。」

别荆州張孝廉

去年與子别宣城，今年送我出帝京。帝邑人才君所見，金車白馬何縱橫。金水橋流如灞滻，西山翠抹行人眼。當壚唤取雙蛾眉，的皪人前傾一盞。誰道葉公能好龍？真龍下時驚葉公。誰道孫陽能相馬？遺風滅没無知者。一時桃李豔青春，四五千中三百人。擲蛀本自黄金賤，抵鵲誰當白璧珍？年少錦袍人看殺，唇舌悠悠空筆札。賤子今齡二十八，把劍似君君不察。君不察時可奈何！歸餐雲實蔭松蘿。濠南釣渚飛竿遠，江左行山着屐多。吏事有人吾潦倒，竹林著書亦不早。被褐原非衮冕人，飆車更向烟霞道。青野主人歸不歸，文章氣骨可雄飛。三十餘齡起幽滯，連翩不遂知者希。平津邸第開如昨，嘯激清風恣寥廓。人生有命如花落，不問朱裀與籬落。君當結騎指衡山，欲往從之行路艱。懷沙長沙爲我弔，洞庭波時君已還。賤子孤生宦遊薄，習池何似江陵樂？寧知不食武昌魚，定須一駕黄州鶴。我今且唱越人舟，青蒲翠鳥鳴相求。君獨胡爲好鞍馬，草緑波光不與儔。我住長安非一日，點首傾心百無一。夫子春間儻未行，爲子問取郢中質。

【箋】

作於萬曆五年（一五七七）丁丑春下第南歸前。二十八歲。

〔荆州張孝廉〕或即詩中提及之青野主人。玉茗堂尺牘之六寄姜守沖公子云：「訪之宣城，張青野在焉。」張爲宣城令姜奇方之鄉人。

〔四五千中三百人〕據實録，是年二月乙丑取中貢士三百名。同書三月壬寅則云三百一人。

【評】

沈際飛云：「掩抑欷嘘，雍門悲調。氣骨故自骯髒。」

寄奉舉主張公參政河南 並序

僕嘗讀天台賦，令人五蓋蕭颯。至讀汝南先賢傳，又未嘗不願一遊之，弔汝潁之士也。聞明公並遊其處，生乃倦遊無聊，翫銀筒玉蘊之事，以自暢自息。附懷一首。

伊余自初春，懷情在雲闥。寧知千尺樛，掛此纖條葛？藻鏡絶輝澄，雲途驟披豁。道業既長養，玄風自迴斡。小有漸因緣，大塊徒轇轕。得一滿流珠，究萬皆毫末。神仙玉唾盂，素女金條脱。遊方聖亦迷，棲真衆凌奪。夫君美懷玉，弟子仍被褐。知常妄不起，有憶情難割。千里夢綢繆，十載音遼闊。昔作軫隨絃，今茲箭離筈。秋實良可收，春華尚云掇。明白迺入素，浮遊豈生活。天台發靈祕，汝潁窺前達。閲世了冥筌，何由慰饑渴？

【箋】

作於萬曆五年（一五七七）丁丑四月前。二十八歲。據實録，去年六月調廣西右參政張岳於河南，今年四月張岳陞南太僕寺少卿。張岳，字汝宗。餘姚人。明史卷二二七有傳。據玉茗堂詩蓮池墜簪題壁，湯顯祖於隆慶四年秋試中舉，時張岳爲江西總裁參知。

【校】

〔有憶情難割〕割，原本作「剖」。據沈際飛本改。

【評】

沈際飛評「昔作」二句云：「妙喻。」

以詩代書奉寄舉主張龍峯令弟嵱都水

函丈七踰歲，官高幾令郎？宋生詳動止，陳子接輝光。顏髮傳如昨，音悰感不忘。後來徒領袖，前事足沾裳。德鎮爲廬岳，神區表豫章。香鑪雲酷烈，布瀑雨旁唐。嘗對江州榻，曾登副使堂。再經違地主，一别似天潢。秀僻蒼梧遠，思深桂水長。遥傳維梓泣，全未吏蜀將。服闋遲官況，創深托遠行。揮衣烏路側，行藥雁山傍。靈窟天台祕，霞標海色颺。丹餘葛公鼎，花落女兒牀。苔滑神明護，藤深恍惚藏。奇探疑謝客，逸嘯與嵇康。舊德宜京府，新參入汴梁。長河天上脈，太室地中央。勝事明公愜，賢聲過客揚。策勳應早晚，賦政不尋常。愧我才非賈，當年劍遇張。浮名雖不早，人意亦差强。妄意瞻宫闕，依然迷太行。仰天流白汗，默地想清揚。湫篋開繁露，殘貂異肅霜。漆悲驚衆俗，田曝愛君王。魏闕三年夢，燕京百日糧。虀蕪經素節，蘋芷及春陽。冰破池開緑，風輕柳變黄。流鶯三兩度，歸雁百千行。帝女桑將出，王孫草自長。朝官飛翠紫，貴第錯金簧。亦喜繁華事，今非年少場。休明才未起，濡遲意徒荒。太母年垂百，嚴君日侍旁。山妻惟女息，買妾望男祥。四弟一婚冠，多朋時頡頏。甚欲營三徑，其如適四方。薄遊須俛勉，應制敢迴遑？定有知吾白，能無恃彼蒼？獨憐金契遠，未得寶書詳。就織筒中布，虚春石上粱。無緣奉君子，衹是憶他鄉。更得山陰美，還爲水部郎。大馮高德行，小陸盛文章。便以飄飄梗，傾歡韡韡棠。萬流真仰鏡，百鍊儻成剛。正念天家麗，終乖臣馬良。千金才鼎貴，八座並軒昂。絳闕争鵷鵲，和丘委鳳凰。媒勞兼粉緑，特達又珪璋。第恐荃蘭變，安知桃李芳？投情授知己，明德務偕臧。

【箋】

作於萬曆五年（一五七七）丁丑春。二十八歲。詩云「新參入汴梁」，據實録，萬曆四年六月調廣西右參政張岳於河南。五年四月陞爲南太僕寺少卿。詩必作於四月前。

〔張龍峯令弟尉都水〕張岳號龍峯，餘姚人。湯顯祖秋試中式時之主考官。參看本卷寄奉舉主張公參政河南詩箋。其弟歶，隆慶二年（一五六八）進士，任職工部都水司，官至江西按察使。見江西通志卷一三。

〔函丈七踰歲〕顯祖獲交於張岳，當在隆慶四年（一五七〇）中舉時。詩之作年由此推。

〔太母年垂百〕是年湯顯祖祖母九十歲。

〔山妻惟女息，買妾望男祥〕據玉茗堂詩辛丑社日至良崗，憶壬申數年事，泫然口號及問棘郵草哭女元祥元英二詩，吴氏夫人已連育三女。又據宗譜，再娶者爲趙氏。

〔四弟一婚冠〕顯祖四弟爲儒祖、奉祖、會祖、良祖。婚冠者當爲儒祖。五弟寅祖時未出世。

【校】

胡本缺「遥傳」起四句，「丹餘」起四句，「休明」起十句，「更得」起四句，「萬流」起四句，似是初稿。

〔霞標海色颺〕海，二一卷本作「梅」，據胡本改正。

【評】

徐渭於「策勳應早晚」句評云：「自是好。」「依然迷太行」句評云：「人所不道。」「田曝愛君王」句評云：「易芹爲田，化腐也。」又云：「自田曝以下，卻稍近時，且犯敷衍，取足數而已。」又云：「在子固責備如此，於八百里驊騮中尤當讓子先馳。」「還爲水部郎」句評云：「郎韻多矣！」

沈際飛評首二句云：「天然。」

出關卻寄京邑諸貴

妙善逢司契，貞心敢自閒？榮光初冪水，紫氣復籠關。詎意青雲上？頻瞻北斗間。德輝終一覽，叢桂不須攀。

【箋】

作於萬曆五年（一五七七）丁丑下第南歸前夕。二十八歲。

景州高氏柏莊飲 並序

柏莊，景州城父老也。余秣驢其門，迎余而醴。一孫爲秀才，治尚書，留余甚樂。同行者催去，行一舍而宿。感之，題付酒人爲謝。

南入廣川門，車旁停碧驢。風沙淪照彩，棗栗散烟墟。填填今日路，墨墨古人居。相理條侯貴，傳經董仲舒。從來夸細柳，豈復問園蔬？遊子方遵路，老翁來倚閭。曾蒙三老爵，問是七旬餘。爲語求芻秣，相延入草廬。烹雛連作餈，酌醴并焚魚。既染青春色，兼陳白露茹。圓方雖不滿，大小各勤渠。父老傳鄉飲，賢孫起尚書。長眉真壽考，短髮自蕭疎。羨此賢仁里，慙非卿相輿。兼尊仍滁口，一飯已充虚。上客歡難似，中山醉不如。

【箋】作於萬曆五年（一五七七）丁丑下第南歸途中。二十八歲。此詩及以下九首詩俱依原本排列，與編年順序同。

〔景州〕今河北景縣。

〔廣川〕景州古名。

【評】沈際飛云：「絶無近口。」

真州與李季宣一首

漭漭揚之水，山色通川隔。匹馬來東真，徐迴李耳宅。遥天緬空翠，閒庭抱虚白。陰陽互相食，金珠不容隙。婆娑松桂人，嘻嘘噏雲液。達人兆機象，衆庶觀營魄。大運密移人，共化無遺跡。惟應遺所遺，逝將適余適。夫子富才華，交遊多絢奕。千金豈忘愛？五蓋長奔射。寧同張子闇？頗受任公益。細大苦難謀，無勞問朝夕。

【箋】

作於萬曆五年（一五七七）丁丑下第南歸途中。二十八歲。

〔真州〕今江蘇儀徵。

〔李季宣〕名柷，儀徵人。萬曆元年（一五七三）領鄉薦，曾任知縣職。見儀徵縣志卷三六。玉茗堂文之七青蓮閣記即爲季宣作。

留別李季宣一首

珠玉詎有足？桃李不自言。辯璧楚無人，春風滿南園。寶書盡日掩，素瑟爲誰援？客裹倦薪桂，懷來欲樹蘐。日色漾江汜，天光臨海門。緑氣遠峯結，清音雲溜奔。兩都並留賦，一面定交論。來尋李下叟，恭逢堂上尊。授我琅玕食，陪余金玉昆。便爲十日醉，誰言一飯恩？因君不唾井，愁人正觸藩。

【箋】

作於萬曆五年（一五七七）丁丑下第南歸途中。二十八歲。參看前詩。

【評】

徐渭云：「李賀。」

下關江雨四首寄太平龍郡丞

湓湓春流驚，滌滌檣索鳴。天意豈有端，倏雨無恒晴。浮雲抰山曲，紛烟冥四瀛。空江寡人務，惟聞魚鳥聲。淋滲鶴子戲，淡灩群鷗輕。刷唼抵蒲間，慕類求相迎。而余闕芳侶，不及春禽嚶。威夷傍商旅，安歌難自成。

其二

江南草方長，行人意已銷。歸艎候春水，碕曲避春潮。南吹日夜急，北客住維綃。高堂望歸客，匪夕便伊朝。婦人感花晝，并惜金裘凋。家弟兩三人，四鳥何殊條？平生伐木友，薪歌閒自聊。念此欲飛奮，秉耜及時苗。終知不可得，抒愁寄久要。

其三

空江旅洄泊，道阻南吹作。黄山咫尺地，不至遥心托。憶我舊行遊，浮榮散飛藿。蕪陰遝亭闠，歌呼事如昨。桃葉渡江水，春光濃未薄。黄魚竹筍後，子鱭楊花落。纏綿十日醉，決絶千金諾。德義毁無傷，親交戲非虐。念此悵悠悠，相思豈能博？

其四

束髮被公正，少小服書詩。慕義中黄勇，結思尚玄微。精誠亮有鑒，振羽來天墀。翰音不可聞，毛理未成蜚。浩浩故應白，悠悠君詎知？暄涼人未異，心迹自先違。但艷吹綸色，安趨寒女機？爲德苦難竟，叔牙我心希。

【箋】

作於萬曆五年（一五七七）丁丑下第南歸途中。二十八歲。

〔下關〕在南京北岸。

〔太平龍郡丞〕見本卷别沈君典詩箋。

〔蕪陰〕今安徽當塗

【評】

徐渭評其二云：「李賀。」

寄太平劉明府達可

六龍騁羲轡，娓娓不停征。大運密流徙，狂奔非我情。仰瞭浮雲遊，俯切江流驚。山川記曾歷，温涼成互經。我有賢友人，爲邦惠且清。由來玉度美，匪直金科精。非要芋狙喜，常令蕉鹿平。登樓無鰈采，避席有麟經。去年遊太學，年義篤趨迎。山林啓芳宴，簷樹藹葱菁。静絶有餘閒，醪醇盡以傾。風雨灑人醺，喧騰雜樂鳴。移席坐虚杳，談文浩縱横。我復雄豪人，意概傾時英。輝光凌皓日，龍燭掩其晶。豎褐有良懷，托契在承明。不見好仇子，長途安足程？丹鸞逝風穴，海鳥聽雲英。結髮慕儔侶，既立猶屏營。憐君飛翠綏，笑我緩塵纓。塵纓勞我形，黄山慕廣成。朝霞定可食，陵陽詢子明。變化難具模，忠和誠所憑。謖謖松風厲，團團秋桂榮。在貴能存舊，相知有越聲。

【箋】

作於萬曆五年（一五七七）丁丑下第南歸途中。二十八歲。

〔太平劉明府達可〕明府，此指太平府下屬當塗（今屬安徽省）知縣。據詩，劉湯當是同年舉人。劉垓字達可，湖廣潛江人。隆慶進士，官至雲南學政。

【評】

徐渭云：「晉曲也。」又云：「蕉鹿，亦沿誤。」按，蕉鹿見列子周穆王，不誤。

沈際飛云：蕉鹿「句則佳。」

馬當驟暑晚步田家

招摇承巽隅，畏日紆衢軫。織女向昏中，箕風自南引。乘艫逗堆崎，振履尋虚牝。逶迤玩時物，聊用慰羈佀。木鴽響空林，竹鷂竄深筍。田池沸卜蛙，蕪塍出丘蚓。籬菽間雕胡，陵苔半蒸菌。共言江水肥，稻麥連區畛。歸去南山下，相將治鋤蜃。但令生事存，未恨聲華隕。

【箋】作於萬曆五年（一五七七）丁丑下第南歸途中。二十八歲。

〔馬當〕今江西彭澤縣北，長江南岸。

【評】徐渭云：「晉也，謝陸也。」

發小孤，風利，一夕至官塘

曉色颿清江，牽風度蠡陽。初驚緑蘋轉，載歎白波聲。柁隨元氣鼓，人憑清御翔。潨潨不可留，泱泱何處望？但見匡廬山，亘絶填穹蒼。瀑碎風雷聲，罏飄烟霧香。天門同礚礚，碣石並蔣蔣。三山還日耀，五老更雲藏。詎映金沙徹？虚牽水碧光。邈矣靈蹤祕，快哉風力長。夷猶超信宿，迅刷掩羲暘。垂雲馬當曲，釣月漁臺旁。五兩吹無盡，三千擊未央。歌風揚激楚，灑酒答滄浪。由來天水便，惟有大舟當。

【箋】

作於萬曆五年（一五七七）丁丑下第南歸途中。二十八歲。

〔小孤〕在江西彭澤北，聳峙於長江中流。

【評】

徐渭云：「亦晉。」又云：「碎字太巧。」又評「鑪飄煙霧香」句云：「亦纖弱。」

沈際飛評結句云：「率。」

江岸

落日麗沙汭，天光濃晚煙。罷樵歸月逕，侶釣入霞川。旅樹蟲吟野，孤村犬吠船。移時報風色，一一棹歌便。

【箋】作於萬曆五年（一五七七）丁丑下第南歸途中。二十八歲。

【評】徐渭云：「格下矣。」

龍頭阻風，晚霽待月有酌

日夕超陽渚，餘飈企柘林。逾遐動奄忽，邇來翻滯淫。天意與遊客，其端不可尋。賴有盈罇醴，良遊列坐斟。柔紈被新浴，微凉生我襟。轂流縈蒨電，黛巘隱岑崟。松新翠華淺，槎古緑苔深。川氣冒平陸，月色霽玄林。驚棲條上羽，散爛蒲中禽。渌水聞歌昔，清夜美遊今。異鄉豈忘目？會景足移心。俱歡吝情素，離索苦懷吟。

【箋】作於萬曆五年（一五七七）丁丑下第南歸途中。二十八歲。

【校】

〔餘飈企柘林〕林，原本誤作「材」。

【評】

徐渭云：「似晉，亦似齊梁。」

沈際飛評「槎古」句云：「近矣。」

遲江泊飲楊店草閣

舟行少寥廓，披裳問草閣。川渚互玲瓏，石林紛岩㟧。徂春日愈舒，入夏炎初爍。昔去羣芳歇，今歸萬物作。農歡麥上場，女嘆蠶收箔。林禽暗往來，山花遞榮落。棟壁藏貞祝，檐廊繫蛛絡。長老卧松蓋，幼婦收林籜。雖當朝市途，自隱煙霞壑。冰絃傍松吹，凍飲開華幕。織路苦紛紜，朱明正飛熇。不見南鳶墜，安知茂林樂？

【箋】作於萬曆五年（一五七七）丁丑下第南歸途中。二十八歲。詩云「昔去羣芳歇，今歸萬物作」，正與冬去春來事合。

【校】〔凍飲開華幕〕幕，原誤作「幂」，出韻，今改正。

【評】徐渭云：「齊梁。」

金鷄城前望白水有懷

金鷄城前花未稀，白水莊前人正歸。詎道園林初服晚？獨憐江海寸心違。芳皋夏翟羣衝翳，繡箔春蠶半上機。不少當年琴釣友，去來還得藉音徽。

【箋】

作於萬曆五年（一五七七）丁丑下第南歸途中。二十八歲。

〔金鷄城〕在撫州北。

〔白水莊〕在撫州北。

【評】

徐渭云：「頸聯二物俱自應。上聯初服晚，寸心違，結亦自照應。」又五、六、七句評云：「妙」，「六朝絶唱」，「更妙」。

七月四日天晴，步出城西門望紅泉寶蓋，折北而東，偕内戚一濬子橅迴翔沙際，見兩具枯骨，悽然瘞之，道歌一首

方秋涼可遊，曳履城西斜。曲折自娱悦，顧見成咨嗟。枯骨遺者誰？撑拄委河沙。未歸魑魅室，空成螻螘斜。生前好肌理，去後飽鴟鴉。有形尚消靡，安知魂魄涯？人世露棲草，人生風落花。歡養有同盡，賢聖詎能賒？子今離綴宅，余亦昧專車。相逢即相主，誰問髑髏家？

【箋】

作於萬曆五年（一五七七）丁丑秋，在故鄉。

〔紅泉寶蓋〕紅泉在撫州城西三十里銅陵山中，寶蓋即華蓋山，亦在城西。

〔内戚一濬子樵〕吴姓，餘不詳。

【校】

題目「天晴」，晴，二卷本作「清」，據胡本改。

〔撑拄委河沙〕拄，原本誤作「柱」。

〔空成螻螘斜〕斜，二卷本作「科」，據胡本改。

【評】

沈際飛評結句云：「至理，不獨詞佳。」

寄伍貴池 並序

七月熇暑，尋神麗之所，舒流鏡之情。至于叢壇，見賢從子，貰酒青雲亭上，行籌賦詩。倏雲氣四漲，淫歷秋昊。炎飈半散，洪霖奔注，不辨几席，霅然而濟，遊儀若洗。問賢從父爲邦何處，知爲貴池。坐昭明之釣臺，遥分碧草；躡陵陽之仙館，久閟丹芝。南望齊華，甚有終焉之志；東歸靈谷，寧無遠而之思？足下以明霞之炯姿，長洞天之德勝。從祖遠尋，當與披襟緩帶，接屐行杯，虛往實歸，喜可知已。附懷一篇，庶以揮仙令之遊情，出齊山之秀韞。後而有作，殆庶開端焉耳。

我昔乘長風，掛席弄雲海。白浪吹鯨鰲，三山去何在？側瞻吴會雲，容容動光彩。輟棹池陽汭，南山翠崔嵬。連巖溜虛豁，立石互奇磊。九華既遥睇，三秀亦玆采。淹觀步難舉，催歸意彌怠。杳爾謝崑墟，猶然布碨礧。而何純白姿，翻令坐塵猥。龍巖化無象，虎林宧俱改。徒貽山鬼誚，安知谷神待？惟餘玉鏡潭，雙清貴池宰。

【箋】

作於萬曆五年（一五七七）丁丑秋，在故鄉。

〔伍貴池〕伍定相，撫州人。嘉靖四十三年舉人。任貴池知縣。見撫州府志卷四十三。

〔青雲亭〕在撫州南門外。

【校】

〔甚有終焉之志〕終，原本作「忠」。

【評】

沈際飛云：「儷極出脱。」又云：「無熟調。」

謝廷諒見慰三首，各用來韻答之

草澤邅迴詎不逢？美人遥憶淚沾胸。才輕賈馬堂難造，眷重求羊逕有蹤。生意數看塘上柳，繁雲高翳谷中松。能遊剩有東山屐，知在雲林第幾峯？

二

本自同時賦上林，歸來徒剩紫芳心。江城露淡蒹葭淺，磵户雲屯松檜深。獨坐偶然臨素卷，相思時與惜青衿。知君更欲詢賢貴，十二雲衢冠蓋陰。

三

峨峨雙闕屢經過，畏景迴塗蔭荔蘿。過盡花時紅落少，遥臨松曉翠浮多。俱將玄白嘲楊子，獨寫丹青贊卞和。垂榻無言自羞澀，來詩牽率勉酬歌。

【箋】

萬曆五年（一五七七）丁丑秋作於臨川。二十八歲。

〔謝廷諒〕萬曆二十三年成進士，遲顯祖十二年。徐渭於此批云「謝必捷南宫矣」，失考。

靈谷秋望懷南都少司成周公

十年何地一揚眉？猶記尊師玉畤垂。翠氣流離分曉帳，蘭光馥曄映秋墀。誰知更鬱青霞氣？不似長鳴白下時。致敬悠悠少春雁，單衣無緒獨愁誰。

【箋】萬曆五年（一五七七）丁丑秋作於臨川。二十八歲。據實録，是年十二月乙未改南國子監司業周子義爲國子監司業。少司成即司業。〔靈谷〕在撫州城東。

【評】沈際飛云：「妙。」

閏中秋

中秋玄彩自相鮮，復是清輝不羡前。靈莢是年多占月，桂華今夕倍流天。玲瓏剩取珠胎滿，端正添看玉鏡懸。多少離懷起清夜，人間重望一回圓。

【箋】作於萬曆五年（一五七七）丁丑秋，在臨川。二十八歲。湯顯祖十歲後，惟此年及萬曆二十四、四十三年閏八月。問棘郵草不載三十一歲後之作。

【評】徐渭於二、四、七句各批一「妙」字。

紅泉卧病懷羅浮祁衍曾

卧病紅泉石，夢寐朱明山。相思誰謂遠？不出海陽關。憶在彭城西，同爲冰雪顔。東行遊岱宗，飈輪邈難攀。達士自舒卷，小人故不閒。風雲不可期，追君齊魯間。雨散一杯酒，不爲離别難。歸來幾許時？徂春及秋闌。木葉下前除，紛紛感愁端。蟋蟀吟秋燈，心驚形影寒。頗似謝阿連，秋晏嬰憂患。知子住羅浮，四百幾峰巒。躡嶺絶飛雲，極目層波瀾。扶胥浴陽德，石門鎖奔湍。魚龍互聲取，蜃霞相鬱盤。玉草與珍禽，俱希世所觀。上有金芝闕，仙聖多盤桓。吾欲從安期，往結天人驩。遊嬉小百六，咀嚼大回還。其如隔胎骨，兼愁適海艱。祁生有靈氣，葛洪遺紫壇。海棗足朝食，沆瀣飽宵餐。蒲澗豈空勺？桂嶺不虛團。相期在友道，控鶴且停鸞。倘便梅花使，行寄玉箱丸。

【箋】

作於萬曆五年（一五七七）丁丑秋，在臨川。二十八歲。詩云「憶在彭城西」、「東行遊岱宗」、「追君齊魯間」，敘去年北上途中，與祁君會合事。

〔紅泉〕在臨川城西三十里銅陵山中。

〔祁衍曾〕字羡仲。號羅浮山人、東莞人。萬曆四年舉人。嘗遊武夷、廬山，困於南昌，作乞食文。湯顯祖見而大異之。見東莞縣志卷五九。

〔朱明山〕羅浮山有朱明洞。

【評】

沈際飛評「秋晏」句云：「古質。」

聞張舉主來南操江憶九江時

憶昔豫章門，陽林啓丹旭。磨鏡忽生光，照我顔成玉。拭袖整雲翹，清商送繁緑。雖非絶世音，苦逢知者欲。纏綿會非倘，逅邂歡寧足？結愛又生離，坐見思來束。蛾眉不敢揚，翠色憂爲辱。空堦企良訊，連廊度幽躅。淒風擽樹響，朱光棄人酷。向夕掩雲屛，相思淚如燭。

【箋】

作於萬曆五年（一五七七）丁丑秋，在臨川。二十八歲。張岳是湯顯祖江西鄉試中式時之主考官。據實録，是年九月丁丑遷南京都察院右僉都御史提督操江。參看本卷寄奉舉主張公參政河南詩箋。

【校】

〔空堦企良訊〕堦，原本作「皆」。

【評】

沈際飛評「照我」句云：「有興。」

送帥機

掌故淹材晚，仙郎得錦旋。童牙標日月，雅志在山川。羽毳三千輩，頭顱四十年。盈門趨墨客，閱世問華顛。動有悠哉興，深知静者便。汾陽四子聖，晉代五君賢。似識關門氣，來吟秋水篇。全牛都委刃，後馬不辭鞭。伏臘仲公理，昏朝延叔堅。誰知交讓木，去作分流泉？鯢首江湖直，馬蹄霜雪穿。情乖海鹽詣，才并洛中傳。借問金門客，何時竟草玄？

【箋】

作於萬曆五年（一五七七）丁丑秋、冬之間，在臨川。二十八歲。參看後詩。

〔帥機〕（一五三七—一五九五）字惟審，臨川人。長湯顯祖十三年，爲忘年交。隆慶元年進士。據本書卷八赴帥生夢作，帥時爲南京禮部精膳司郎中。著有陽秋館集。行實見該集附惟審先生履歷。

〔頭顱四十年〕時帥機四十一歲。

與陳汝英送帥郎中夜飲宿正覺院

蒹葭久已霜，茂緑成素瑟。人生各有適，白日飛靈駟。星郎既靡盬，軒車豈遑逸？語默趣非殊，泥塵道非一。安知偃蹇性，苦爲法度嫉？陳氏富貂璫，吾兄自奇質。不畏談天辯，故是凌雲筆。向暝息歸軒，開燈坐玄室。龍胎苦難授，馬鳴又何必？由來休上人，頗爲皇甫謐。煩心尚有蓬，素性何殊橘？既謝樊中鷸，肯遵縫際虱。北斗不成量，匏瓜故無匹。芳蘭對君酌，烟蘿契應密。乍覺濠魚得，俱忘塞馬失。何日濟蒼生？相期采風實。

【箋】

作於萬曆五年（一五七七）丁丑秋、冬之間。在臨川。二十八歲。參看前詩。

〔正覺院〕正覺禪院在撫州文昌橋東湯家之東北。

黄華壇上寄龍郡丞宗武大還一篇

空虚絶垠鄂，昏朝兩迴輪。鑿空起三竅，周流爲過賓。狂奔苦銷灼，金骨早成燐。百六迷滔天，從誰開要津？河洲雖窈窕，江海畏沉淪。流珠欲去人，見火作飛塵。卻掃華姑壇，禮拜魏夫人。男兒暗精寶，况迺煉形身。中規原抱一，正氣日生神。忽有跨鶴人，言是斗中真。授我九光經，教我升天行。是夕吐微陽，蛾眉見西清。映漾水中金，白黑相熒熒。黿蛇忌飛舞，龍鳥禁縱横。倩取祝融威，鍊土寒玄冥。煎熬謹晝夜，抽添不得停。金光既轉赤，翠赭合神靈。由然三五一，方知兩七并。白雪與雲芽，翼我萬椿齡。吾徒三萬人，拔宅住天庭。將我寸珠丹，移君雙眼青。遠尋伊洛侶，同驂箕尾星。披函讀素書，中有成武丁。姑孰邇黄山，真人常閉關。歲星昔遊吴，光輝雲海間。所笑龍夫子，終朝抗塵顔。長筵遮歌舞，去日苦難攀。八埏空磊硌，最迫此人寰。各愛黄金體，因君寫大還。

【箋】

作於萬曆五年（一五七七）丁丑。在臨川。二十八歲。

〔黄華壇〕在撫州西二十餘里之石井山。

〔姑孰〕即太平，今安徽當塗。龍宗武時任太平府（當塗）江防同知。

【評】

沈際飛評「長筵」以下四句云：「說得凜然。」

正覺院籦龍軒飲帥大儀得七字

十月天雨霜，寒蟲怨秋畢。在俗寡林泉，棲真借禪室。香風紫檀樹，法水波羅密。荷池屢經嗅，雪山未曾失。軒雖籦龍舊，人希竹林七。觀君辯才相，頗同惠施質。詎有香廚饌？且摘祇園實。何肉等荒淫，周妻謝靈匹。芻狗既同夢，中台豈殊秩？祝髮良已難，勞生幾時逸？從來厭出山，慈緣送君出。

【箋】

作於萬曆五年（一五七七）丁丑十月。在臨川。二十八歲。

〔正覺院籦龍軒〕湯家東北有正覺寺，中有籦龍軒。宋王安石有籦龍軒詩。

〔帥大儀〕禮部郎中帥機。見同卷送帥機詩箋。按，大儀原指太常卿，禮部郎中當曰中儀。

【評】沈際飛評「竹林」句云：「押妥。」又評「何肉」句云：「牽率。」

寄宣城梅禹金 並序

禹金秋月齊明，春雲等潤。全工賦筆，善發談端。恨不並翅雲清，同標日寵，辨析天口，滲馥人肝。憶往風期，飄成雨散。不肖慳緣利眼，畏走塵顔。橘性難移，蓬心易斷。懷人牽率，悵遲遐音。

吟君白嶽詩，坐我青州榻。宴舞遞紛妍，倡歌篕叢雜。曲閣俯連墉，懸簷寫飛塔。雲户靄青衿，烟霄醉紅蠟。誰言星壤殊？第見風期合。去夏緬成陳，兹春又徂臘。意態頗蟬連，年華大蹐駁。春穀自縈秀，敬亭空合沓。舊令苦難期，新林詎堪踏？擬得四愁詩，含情遲君答。

【箋】作於萬曆五年（一五七七）丁丑冬。在臨川。二十八歲。

〔梅禹金〕梅鼎祚字。宣城人。少與同里沈懋學齊名。著有鹿裘石室集、青泥蓮花記及玉合記傳奇、崑崙奴雜劇等。列朝詩集小傳丁集下有傳。

〔去夏緬成陳〕萬曆四年（一五七六）春，湯顯祖客宣城，日與沈懋學、梅禹金等遊，久而後去。

【評】

沈際飛評「意態」二句云：「面目自異。」

寄前太守胡公 並序

善哉莊生，人欲爲嬰兒，吾亦與之爲嬰兒。明公直廉，謂不可於人，則掛冠而去。昆明池蓮花無恙耳。不習嬰兒之道，百姓憐思至今。當時二三君子，蜀劉公爲人仁，鄣汪公清，余公甚義。僕時無病而受教，各不瑕鄙僕。後離病斷足府寺矣。余公閒去，汪公冗散，劉公遂成故物。由斯而談，聚散豈不悲哉！千金陂何時汔可？書懷一首，可令憙事小童詠之焉。

臨川太守自多賢，解綬惟君不待年。杜密可曾私引託？姜岐長得病遷延。誰言去後陂當復？正憶年時榻每懸。最是江城無大小，説君名字總潸然。

【箋】

作於萬曆五年（一五七七）丁丑，在臨川。二十八歲。序云：「千金陂何時汔可？」據府志，今年募工重修千金堤，明年告成。詩當今年作。此後詩六題，月日無考，姑依原本順序。

〔前太守胡公〕胡鳳來，雲南人。隆慶五年，由户部郎中陞任。

〔蜀劉公〕劉翾，内江人。隆慶年間任撫州同知。

〔鄣汪公〕汪雲秀，婺源人。隆慶年間任撫州通判。婺源，秦時屬鄣郡。

〔余公〕余懋學，婺源人。隆慶年間任撫州推官。

【評】

徐渭云：「杜密事可用，姜岐不可用。臨川太守何至相迫如此，乃嫁其母耶！」又云：「陂復，用兩黄鵠事，甚妙。」

哭友人亭州周二弘祁八首

北邸今春，南都去歲，並長裾於太學，指結駟於皇州。把酒尋花，移琴就月。授我金蘭之館，傳余珠桂之餐。兼晉士之春華，抱漢儒之秋實。容雖癯而朗秀，衷恒正以柔沖。志拯生人，身爲死友。別君牛女之夕，懷君燕子之磯。遂作長辭，空存故約。喈喈朋好，莫逆於心。綽綽仁兄，酷似其面。存形髣髴，設位悲涼。買得芳人，竟杳阿侯之瑞。留惟季女，徒抽寡婦之辭。記往緒之連牀，弔何時於宿草？唧辛萬里，感舊八章。

七夕天河別，千秋零露悲。金陵逢舊館，璧水正新知。便作修文去，空爲汗漫期。琴風將酒月，故是一相思。

二

逝物有生同，悲君更疾風。澤蘭雖自長，桃葉已成空。數命悲馮衍，才情似孔融。徂春兼惜往，灑淚落花中。

三

並憐周處士，竟作不歸人。燕室裁添羽，龍陂有落鱗。羈懷良易感，寂路苦難春。待掛吳陵劍，將悲蕙草陳。

四

太學周弘正，年光忽自遒。金門辭白下，玉露委黄州。竟絶蘭林路，空爲柏實秋。郢人終不見，誰爲聽莊周？

五

相鳥亦求聲，伊人結巨卿。須臾爲異物，此日倍交情。伏臘愁孤女，門庭苦令兄。終揮漢水淚，迸酒滴松塋。

六

一曲周郎顧，長令秋士懷。梁園窺白簡，蘭室掛金釵。詎意連珠淚，雙沾片玉埋。寂歷無音景，人琴似伯喈。

七

一指换存亡，雙心結枕牀。老天無黑白，吾意覺倉皇。造物終難度，人生太不長。復是東南美，奇調北西陽。

八

落木西陵下，飛花北焕遊。居然成别袂，何日問藏舟？忽忽疑猶在，悠悠問不休。自殊方外客，禁得淚長流！

【箋】

作於萬曆五年（一五七七）丁丑。二十八歲。

〔亭州周一弘祁〕亭州，今湖北恩施。寄户部周元孚序云「亭州近汝潁」，周係麻城人，作者誤以麻城爲亭州。周弘祁，麻城人，隆慶四年舉人。曾與湯顯祖同遊南太學。見麻城縣志。

【校】

〔忽忽疑猶在〕猶，原本作「尤」，今改正。

【評】

徐渭於「竟絶蘭林路」句評云：「常話。」又云：「此君常語亦不常。」「詎意連珠淚」句評云：「常話。」第七、八首各評云：「脱塵。」「一指换存亡」句評云：「天地一指也，如此用奇。」按：「天地一指也」，本莊子齊物論。「老天無黑白」句評云：「人不用。」第七首末句評云：「宋玉笛賦。」

沈際飛評序云：「文思峭厲，何減人琴之痛。」又評第二首「桃葉」句云：「往往從一字中轉出，悲悼無限。」評第三首「寂路」句云：「妙不可思。」

奉懷大司成余公

四明余夫子，秀祕接天台。藝駕驅儒墨，明堂冠梓材。懸金方待叩，采玉更需鎚。虚薄南都去，從遊東序來。孫卿老師席，到溉絶塵才。鼓篋三千士，歌懸十六枚。入朝留視草，結市又成槐。月旦標題目，雲霄表聖胎。曳裾成汗雨，振履若涔雷。博士横經坐，諸生雅拜回。吹藜存漢火，殺竹起秦灰。食馬除湯武，談龍罷孔崔。圜橋正綱紀，世路且徐徊。鰈海春隨捉，鷄潮晚自催。寧惟遯東魯？並以遂南陔。太白雙童侍，陶朱七計開。宦情朝日槿，海色夜明苔。遠致單衣敬，還令朱服裁。相思縈璧水，相見在金臺。定是陪温樹，難終隱大梅。

【箋】作於萬曆五年（一五七七）丁丑。二十八歲。據實録，去年十月南京國子監祭酒余有丁以病乞歸。明年三月起任爲詹事府少詹事兼翰林院侍讀學士掌本院印信。詩末句云：「定是陪温樹，難終隱大梅。」大梅，在四明。以是年作最有可能。

【評】徐渭於「虚薄南都去」句評云：「雅樸。」「雲霄表聖胎」句評云：「賀聖誕耶？奇語。」

送新建丁右武理閩中

伊昔豫章行，蕙陽映丹鬟。傾風寡殊詣，接俗多蒙哂。初歷世緣艱，輒悼微生窘。同病必同呻，相憐自相引。飛花比人命，片片隨風隕。迢遞轉裀帷，獨樹吹何緊？頓策委文君，艮裂愁心膂。夫子佩懸黎，被褐終難泯。謂是玉山人，去作金科尹。戒察俯遊鯈，應節驚墉隼。玄象已難拘，黔甿詎堪準？方譏葵女淫，終知杞人蠢。沉喑豈不貴？衆見非予敏。染筆送臨岐，微情鑒松菌。

【箋】

作於萬曆五年（一五七七）丁丑。二十八歲。玉茗堂詩哭丁元禮序云「丁丑右武第進士，理閩漳」，丁右武此年進士，詩當同年作。明史卷二二九傳云：「丁此吕，字右武，新建人。萬曆五年進士，由漳州推官徵授御史。」與顯祖俱江西籍，交誼甚密。

【評】

徐渭評云：「妙絶。」又云：「是六朝而無六朝之套。自出新奇，多異少同。」

寄司明府 並序

曾一奏記，不沾迴咳。明月白露，私心爲勞。度見淵容時月可千圓矣。江南卑濕，三十已衰。五十之年，僕過其半。豪輩此時多竟事者。如明公之妙雅，蚤通雲陛。柄玉衡，平太階，知不難企。僕今退不能守雌遊牝，絶愛惎以完性；進不及雄飛牡決，極酒内以酬情。空爲陳人而已。羝羊觸藩，鄙人之謂。附懷二十八韻。

杜軫爲郎去，王喬此舄過。鶉光初破彩，珠曲始澄波。化術何須譜，光儀式可歌。調如吹玉琯，斷必準金科。種樹開繁蔭，治稂就美禾。篇章時淡溢，亭館亦逶迤。詎信爲幍少？寧勞試錦多？周顒雄百里，潘岳在三河。去後彌增想，難留詎敢拖。揆余邅草澤，托分靄松蘿。拭霧窺文理，披星出太阿。違顔空奏記，福履自鳴珂。壯去驚懷古，年來事養痾。方圓情易折，金水性難和。舉國嫌穿井，浮生異琢蠡。居空惟抱影，作賦苦揚蛾。笑似驚蝴蝶，嗤如疥駱駞。曹王非軼駕，唐宋欲阹羅。久謝霏霏語，長爲瓅瓅訶。微言真不數，俗化久成訛。絶筆愁夫子，持籌借孟軻。塵顔高可揖，利眼翳誰磨？水舍通魚鳥，山田占蟹螺。孝廉空勃窣，庭樹且阿那。尺蠖悲隨葉，靈龜喜接荷。小山吾分矣，大塊等如何？白雪惟三楚，清風憶五紽。何時將玉楮？對日緬瓊柯。

【箋】約作於萬曆五年（一五七七）丁丑。在臨川。二十八歲。

〔司明府〕名汝霖，後復本姓張，改名汝濟。江陵人。隆慶二年（一五六八）進士。以臨川令遷吏部郎，官至福建巡撫。詳見袁宗道白蘇齋類集卷一一巡撫福建右副都御史傅野司公墓志銘。

【評】徐渭於「持籌借孟軻」句評云：「七發語。」

沈際飛評序「江南」數句云：「介然之筆。」又評「拭霧」數句云：「以班駁見奇。摩娑之，古氣隱隱。」

寄伍貴池 並序

安穩，記僕去年三月三日，齊華九華，遥冠五老之雲，緬帶三江之水。彼時獨客，尚爾忘歸；兹有賢君，翻成道阻。俛仰幾何？興懷有作。

江湄上巳日，正與青陽期。軒開碧油幰，騎勒黄金羈。公子崇蘭轉，王孫芳草萋。遊人多豔悦，客子正羈棲。翹探九子秀，回瞻五老迷。璚巖洞㕔翕，金岸遠崥崹。重林細烟霧，絶道矯虹霓。神光白日杳，雲門清晝低。真人自冥托，半霄難可梯。心隤愁道盡，意愜委形稽。僧老似天監，名賢比會稽。泛羽浮桃澗，禊袚飲猿溪。鉢浄僧花落，經聲佛鳥啼。山茶猶可摘，智藥苦難攜。出谷已人世，浮生空在兹。去去復何道？池陽好泳思。

【箋】

作於萬曆五年（一五七七）丁丑。在臨川。二十八歲。

〔伍貴池〕參看同卷寄伍貴池詩箋。

〔去年三月三日〕指萬曆四年（一五七六）宣城之遊。

〔齊華九華〕都在宣城附近。齊華疑是齊雲之誤。下文五老，峯名，在齊雲山。

【評】

沈際飛評「璚巖」二句云：「昌黎有此等句。」

哭宛溪梅太參

芳皋閲逾歲，青籥何飄逝？宣州見梅叟，遺榮拂光袂。逶遲白日道，攬纈青霞世。敬亭有佳意，合沓幽人桂。紫閣上蒼層，阡岡緬迢遰。悦耳韻風篁，在眼紛雲茘。體素浩無緇，翰墨時有制。要欲投余佩，澹澹長洲枻。人生有朝暮，物故無形勢。玉屑留餘法，金書罷良諦。風月倍關愁，山川苦遥涕。惟愛深松美，寧知宿草翳？灑落喬公言，清芬阿戎契。寶劍復何爲？玄臺已高閉。

【箋】

作於萬曆五年（一五七七）丁丑。在臨川。二十八歲。沈懋學萬曆六年請告歸，作文祭梅，云：「公没期矣。」祭文見郊居稿卷一〇。

〔宛溪梅太參〕名守德，曾官雲南參政。鼎祚之父。宛溪，在宣城東門外。

【校】

〔梅太參〕太，當作「大」。

【評】

沈際飛評云：「自是憔悴。」

聞少司成周公轉北大司成奉寄

集雅圜橋自葛巾，明時師表屬人倫。相看北上浮雲闕，還憶南中清路塵。就有鸞龍争擲地，那堪猿鶴好隨人？高齋歲月悲遲莫，又道文章可逐貧。

【箋】

作於萬曆六年（一五七八）戊寅初。在臨川。二十九歲。據實録，萬曆五年十二月乙未改南國子監司業周子義爲國子監司業。少司成是司業，大司成乃祭酒，或係傳聞之誤。

正月晦青雲亭晚望

秋中去齡閏，雲雷季冬震。今日青亭上，但覺青陽迅。越香初掩掩，生波還粼粼。凍雀乳纔飛，新禽囀方順。蕊粉競薰融，花光向韶潤。遊子覓春歸，佳人出林訊。縟景待初顔，鮮風拂玄鬈。川皋寄怡衍，林間解偏吝。機賞澹忘懷，神鋒忌猶峻。今日反東菑，生涯從耜刃。

【箋】

作於萬曆六年（一五七八）戊寅正月。在臨川。二十九歲。詩云「秋中去齡閏」，去年閏八月。

〔青雲亭〕在撫州南門外。

【校】

〔秋中去齡閏〕齡閏，臨川縣志卷一〇引詩作「零潤」。

【評】

徐渭云：「妙甚。」

二月十九日恭聞大昏禮成，長秋道始，普天之下莫不欣躍舞抃歌謡

紫微宮闕正華杠，帝瑞星軒玉女窗。繡鳳蚉連香陌障，紅氂初繫緑雲幢。乾坤泰合青陽仲，日月光調璧景雙。肅肅珮環天上響，由來風懿偃家邦。

【箋】作於萬曆六年（一五七八）戊寅二月。在臨川。二十九歲。明史神宗本紀：「（二月）庚子（十九日）立皇后王氏。」

【評】徐渭評云：「初唐之上，六朝之間，而聲調似兼兩代。」

與龍身之 並序

身之尚以摶運之姿，困樸樕之地，可惜。屬者官況何似？前附書足下，歌唱大還之事。昭昧何者，悵念人生，交遊能幾？年逾冉冉，性各貧豪。春中矣，雪方殘素，月又流暉。把酒巡欄，感言成詠，付之札者。

天地有不足，三千六萬軸。人生日月中，雙飛不停轂。霜雪苦飄歷，素月浮清獨。石户凝還滴，松關翠猶肅。何人千里道，寄與千里目？四牡既久駕，項領一何縮！那得並遊敖，無人自空谷。

【箋】作於萬曆六年(一五七八)戊寅二月。在臨川。二十九歲。〔龍身之〕名宗武。序云「前附書足下,歌唱大還之事」,指本卷黄華壇上寄龍郡丞宗武大還一篇。參看本卷别沈君典詩箋。

【校】〔困樸樕之地〕困,原本作「因」。

寄司明府

緼緼雨雪浮,團團松柏正。結構銅陵下,紅泉遠相鏡。晴雲動蕭索,芳津騁遊泳。虁麥雉初隱,岸柳儵虚映。有美結春思,庶矣懷春政。爚熌向陽翾,瘖緬神仙令。

【箋】作於萬曆六年(一五七八)戊寅春。在臨川。二十九歲。參看本卷寄司明府。

〔銅陵〕見卷一送譚尚書行邊詩箋。

【評】

沈際飛評第二句云：「韻妙。」又云：「標新。」

奉舉主劉中丞開府閩中 並序

中丞，河洛士也。先皇嘗令持節是邦，琴笙之飲八年矣。復使閩中而過此，諸生各治肴酒。僕生涯寥落空山，車騎城寺，動違本趣。仰念知賞，勉身迎待，清剪庭園，言懷五十韻。

德水天流漢，中高嶽降神。寧惟跨鳳客？亦有擾龍人。道業恢無厚，談容綽有真。雲雷出地奮，江海代天巡。卷領帝方夏，褰帷人當春。政餘搜耿絜，詔下選儒紳。狐白非全掖，驪黄要軼塵。風光散羊角，雲氣集魚鱗。選練聲明特，登崇禮數均。人疑渤海雋，進比洛陽新。乍拂連星鍔，初開明月珍。芬芳起十步，貧賤有千鈞。儷景漸鴻陸，揚蕤覲紫宸。雲霞苦充咽，岐路織繽綸。歲月將遲莫，容華誰苦辛？信慙華婉質，遂闊平生親。累百言徒溢，在三情未陳。舊恩緬談讌，新職載來旬。分野三川隔，蟠泥一旦伸。藻凫曾證璞，竹虎異垂銀。執法嚴三象，承流到八閩。杉關累重舌，桂海習鏤身。地遠天垂鏡，人醲上在鈞。諸生儲館穀，君子眷蓍薪。駱越來何暮，羊城路可遵。展宣從積歲，款睇在兹辰。若問巢居業，粗將龍性馴。緑疇時秉耒，翠渚或垂緡。拂溜清琴指，乘峯激嘯脣。遥遥思太上，煜煜在人倫。鼻祖生玄鳥，耳孫終赤麟。峥嶸同不朽，卑薄奮無因。蠹竹閒將檢，輶軒每就詢。書成一家旨，舍與學宫鄰。墨挺迴車節，顔兼度轂仁。風雲連臭味，冰雪厲精神。腷膊雞鳴晦，飄摇曷旦晨。寧援小山桂，豈及大年椿？伐木河干曲，行園汝水濱。煙岡濃紫荔，雨帳密頳筠。遠道忽傾蓋，高箱重曳輪。秋黄蚤蘇蔎，春醁舊醲醇。巷曲偶深轍，家貧無雜賓。松間還悦柏，果下得披榛。桃李何言食，荃蘭自可紉。歌謡慙渌水，拜舞出朱垠。黼黻周王重，丹青漢吏循。喜風驅霧瘴，膏雨沐雲津。去後留甘樹，官前似轉蘋。並言天步泰，未怯世羅屯。報政惟筌宰，遄歸仰大臣。

【箋】

作於萬曆六年（一五七八）戊寅春。在臨川。二十九歲。湯顯祖於隆慶四年中舉，去今八年。

據實録，萬曆六年正月，以原任巡撫南贛汀韶等處地方右僉都御史劉思問以原官提督軍務兼巡撫福建地方。七月，以劉思問爲都察院左僉都御史，回院掌事。

〔鼻祖生玄鳥，耳孫終赤麟〕此兩句述祖德。帝嚳之次妃簡狄，吞玄鳥之卵而生契，是爲湯氏之始祖。耳孫原指八世孫，此指孔子。周成王立微子於宋以續殷後，而孔子之先爲宋人。魯哀公十四年西狩見麟，孔子嘆曰：「吾道窮矣。」越二年卒。以上據史記殷本紀及孔子世家。

〔舍與學宫鄰〕臨川城内縣學附近有湯氏家塾，後更買廢宅擴建爲玉茗堂。在今湯家玉茗堂碑附近。

【評】

沈際飛評「杉關」四句云：「奇趣盈把。」

占仙亭晚歸

青陽滿川皋，白日開林澤。石硐未窮探，玉笥始留迹。偶從盱姥遊，遂作麻姑客。道館息雲裝，閒亭振金策。乍雨苔初滑，中春樹逾澤。陰溜響猶奔，陽嵐翠相迫。傍嶺關遥岫，乘標起空石。連隧轉風光，紛阡散雲液。峯界緑虹殘，漲夾丹霞夕。張中樹華稷，隴上秀苗麥。妙籥苦無停，維塵動有役。方悲岐路千，空矜聞道百。寧辭變昏景？永籍棲營魄。浮煙竹底青，霽月林端白。茘蕊未云貫，蘭苕庶堪摘。既近淮南井，復是羅含宅。未獲了銀丹，且言駐金碧。

【箋】作於萬曆六年（一五七八）戊寅春，遊南城歸。二十九歲。據詩「青陽滿川皋，白日開林澤。……偶從盱姥遊，遂作麻姑客」定。

〔盱姥〕指南城。

〔麻姑〕山名，在南城西南，相傳麻姑得道於此。道書以爲第二十八洞天。

【評】沈際飛云：「駱丞派。」

逢南都張覓玄麻姑山中，從余來華蓋，便辭去遊河關

來歸即松子，良夜愜張君。張君起玄祕，雄雌黄白分。歸來翫駒隙，再拜逢青裙。玄枕昔飛去，編書徒爾云。公超起雲霧，道術何紛紛。鳴琴讀素書，清香閒自焚。今君美遥胄，帝鄉乘白雲。好我龍虎山，朅來醮諸神。龍虎上聖窟，占者即真人。絳幘天蓬下，步禹祝玄旻。方標指星木，蕩跌浮雲氛。東南要麻姑，去看滄海塵。道逢都水使，刁露脯蒼麟。南問南嶽君，迺是魏夫人。銀筒閟丹藻，緑蘊有書存。紅泉過靈谷，王郭兩金昆。更揖浮丘子，吹簫響雲門。手攜山海經，疑君郭景純。中開兩潢界，決絶從崑崙。善易苦不談，微言多義根。照我天門燭，送君荒外罇。何便占風色，泠泠歸鄭園。或言向南嶽，或言朝上元。而余方閉關，控鶴難攀援。因君問斗牛，幾日度河源。

【箋】

作於萬曆六年（一五七八）戊寅春，遊南城歸。二十九歲。參看前詩。

〔華蓋〕山名，在臨川城西。

【校】

〔方標〕標，原誤作「摽」。今改正。

【評】

沈際飛云：「搬運玄笈，詞能矯然。」

寄奉學士余公 有序

明公岊天台之神秀，挹姑餘之善淵。參領三才，兼資九德。既瓊敷以春潤，亦珠澄而秋實。遂標英藝圃，騰徽禮園。師表人倫，長養道業。而顯祖以小沫之材，受書太學；仰大明之運，射禮諸生。受顏色於青衿，發鬚眉於素燭。龍光一旦，張公遥望於雄雌；馬色三年，董子不知其牝牡。自是賢關弟子，寧爲聖代閒人？眷晤高奇，竊自雕飾。附懷數韻。

寧棲珠樹枝，寧食玉山薇。潛虯方與媚，雲雀未經飛。肯事州郡權，不通故人書。雪白有本性，雲清無俗娱。側聞大君子，承華布光輝。金姿粲芸閣，玉影生蘭扉。茵緼雲氣簡，葳蕤青史廬。何當彩墀裏，珍芬重襲余。

【箋】

作於萬曆六年（一五七八）戊寅三月之後。在臨川。二十九歲。據實録，三月余有丁起任詹事府少詹事兼翰林院侍讀學士掌本院印信。參看本卷奉懷大司成余公詩箋。

【校】

〔挹姑餘之善淵〕挹，二卷本誤作「把」，據十卷本改。

〔金姿粲芸閣〕閣，二卷本誤作「闔」，據十卷本改。

奉寄劉中丞座主 有序

顯祖姿材軟弱，知力淺短。猥以微冥之單慧，仰承盻睞之榮光。十載於兹，三年未報。同門之友，次入高華。並舉之人，或爲異物。曾未鉛刀一割，誰言弊帚千金？惜逝如流，興言欲涕。惟明公河洛英靈，嵩華祕育。德行斟酌萬類，才能轇葛三光。柱後惠文，總是嚴顔之地；堂下布武，誰非得意之人？儻念門生故人，尚在名山海上。一貴一賤，豈復論於交遊？九地九天，未足比其寥闊。惟善需玄福，仰益清朝。世路悠悠，止是春風夏雨；名途皎皎，有如秋月冬霜。五韻聊成，寸思彌積。

見説軍麾偃八閩，芸除清望更何人？雲間玉葉才披曉，天上銅渾早變春。翠柏臨臺香本性，青槐夾道影年新。誰言隱逸都無憶，名譽時時鄭子真。

【箋】作於萬曆六年（一五七八）戊寅七月前。在臨川。二十九歲。參看本卷奉舉主劉中丞開府閩中詩箋。

【校】〔仰承盻睞之榮光〕盻，當作「盼」。下同，不另舉。

寄宣城沈君典

釋蘿踐飛閣，彈冠方是年。何言春穀裏，反服舊山川。敬亭天水緑，淑節照人妍。春香散花木，海色開雲煙。密蝶遊絲罥，稀鶯囀樹圓。別有漢陰業，何所池陽田？懸溜遠棲釋，成林高列仙。風雲自玄感，性相終悠然。經曾失路險，會侶息心禪。龍化陵陽舄，鯉控琴高絃。無爲作逋客，蕭蕭猿鶴憐。

【箋】

作於萬曆六年(一五七八)戊寅五月後。在臨川。二十九歲。據郊居稿卷五王龍翁老師八十壽序,五月,沈懋學請告歸宣城。參看本卷同宣城沈二君典表背衕衕宿,憶敬亭山水,開元寺題詩,君典好言邊事詩箋。

【校】

〔經曾失路險〕險,原作「儉」。據十卷本改。

再寄君典

落日反青岡,寒煙起桑柘。白鳥川外明,南帆捲將夜。問我所思人,葱芊敬亭下。壯武識龍文,隱侯居僕射。胡爲息陰蚤,東皋耨時稼?悠然春芳意,寧惟坐聲價?春穀美山泉,願言同結架。山陰一夕棹,河内千里駕。不惜過新林,邈矣宣城謝。

【箋】

作於前詩之後。

奉寄大中丞耿公閩中 並序

明公苞衡翼之精，挹江漢之靈。邃永弘通，貞嚴懿澹。自是一規一矩，何止不笑不言？政曰民宗，道推師法。會一時之途覯，慰十載之沉吟。始辯真龍似龍，詎言晞驥即驥？高空一别，曠海長離。歎肝血之誰傾，托歌言而送苦。

求鳴思足足，慕類喜般般。復是人中美，何緣杳未孱。明時朝采合，暗裏夜光還。東帛從三楚，封軺鎮八蠻。皇華趣下邑，瓊樹展光顔。籍甚傳姬孔，陶然似尹班。四科標士德，九牧照神姦。巨壑真成縱，逢門不改彎。文明開錦額，歌舞攝梟瞯。道帙何曾擯？文書祇自環。竊披玄霧覩，轉愛白雲閒。問字時開榻，繙經恒閉關。遊神天牝水，剗迹地雌山。意岸魁平易，情途局險艱。羣龍遵水裔，獨鶴舞人寰。逸嘯風塵表，相思雲海間。出清蛟蜃氣，歸押鳳凰斑。上善全須挹，通人會可攀。由來悲負鼇，不到詠緡蠻。

【箋】作於萬曆六年（一五七八）戊寅七月後。在臨川。二十九歲。據實録，七月以原任都察院右僉都御史耿定向以原職巡撫福建地方。耿定向，黄安人。明史卷二二一有傳。

〔高空〕山名，在今江西南城城内。

【評】沈際飛評序尾云：「數言可隸義烏。」義烏。駱賓王也。又評「出清」二句云：「刻意推新化塵。」

答龍君揚 並序

足下遺物，兼問我屬趣何似。一向無異，止有清夜秉燭而遊，白日見人欲睡。復是草菴河上，家徒四壁；藥肆人間，口無二價。一動九連之井，去舍百步之園。或臨春送臘，首夏兼秋，定有懽悲，終焉翰墨。釋兹而外，酒則時一中之；由斯以談，色則誰爲好矣！有子藼年扶牀巧笑，大母魏夫人吹飴弄之，有童孺之色。嚴君用是懽笑，第欲我在雲臺之上耳。足下年髮稍更駸駸，好茂勳聲，光我同契。白雲山川，遠離隔矣。耿懷一章。

河上草堂秋氣鮮，獵獵涼風吹歊烟。連雲悲雁響昊天，熛烏喔啄迷空田。田頭歷亂孤蓬飛，高舉雲中何處依？金松黛柏團中阪，遊子歸來桂花晚。一曲苦寒人在眼，題書上有加餐飯。美人贈我都檀百，博山鑪畔銅槃尺。離婁一綫氤氳碧，清齋一卷牀頭易。贈我緣履五文章，登山躡雪生行光。遠遊消憂何日忘？會須蹝履登君堂。我緣思子沈心曲，怪子年來書不屬。東南孔雀尚飛連，西北行雲空斷續。别有光車摇翠璫，大玉堂中小玉堂。使氣寧知趨路旁？青春摇落風花香。美人贈我團圓扇，可惜秋來君不見。采色明年黛未渝，會自因風托方便。

【箋】

作於萬曆七年（一五七九）己卯秋。在臨川。三十歲。據玉茗堂詩庚子八月五日得南京七月十六日亡蘧信十首之一「蘧子亡時二十三」，又據玉茗堂詩哭丁元禮詩序「丁丑右武第進士，理閩漳。舉元禮，小字漳哥，殊偉麗。是臘，予子蘧生」，士蘧當生於去年冬。又據帥機陽秋館集卷三魏夫人誄，祖母魏氏今年卒。詩序云「有子蘧年扶牀巧笑，大母魏夫人吹飴弄之」，又詩云「河上草堂秋氣鮮」，知作於是年秋。台灣故宫博物院藏湯臨川問棘堂郵草十卷，有萬曆六年謝廷諒序。

然序文未必作於成書之後也。

【評】徐渭云：「妙思，間亦流入李賀。」

南濈觀稼有懷龍郡丞

牧拙在窮僻，先疇有歲年。春開九扈正，人耔一馬田。既分榆莢雨，還媚杏花天。雲生松上白，烟開野氣鮮。遲日到高樹，維犉行自牽。疏風出苗隴，通波縈綺阡。耆稚各有適，鶯花咸自然。區種從所務，耕穫庶無愆。已希問賀好，誰言車馬錢？

【箋】作於萬曆八年（一五八〇）庚辰春，春試不第南歸途中。三十一歲。時太平府江防同知龍宗武已改任湖廣黄州通判。

秋憶黄州舊遊

飛鴻一聲蘆荻洲，颯颯蘆花吹盡秋。故人零落東南流，白水蒼梧雲色愁。憶在金陵醉歌舞，楊柳香風南陌頭。晝裏春人對紅壁，金燈百樹羅公侯。履舄紛紜拚不顧，白髪成翁那能度？珍珠河上美人雲。燕子磯邊莫愁渡。羣豪雨散落風光，晝玉搔頭滿狹邪。春年桃李真須惜，歲晏榮華空自賒。但見柔條日就勁，迴憶嬌春攬明鏡。一夜相思黄鶴樓，摇落緘書寄貧病。

【箋】

黄州之遊在萬曆八年（一五八〇）初夏，時友人龍宗武任黄州通判，攝黄岡知縣。此詩當作於同年秋。三十一歲。

【校】

〔題〕胡本無「秋憶」二字。

【評】

沈際飛評云：「何等明豔，聲琅琅可誦。」

湯顯祖集全編詩文卷四　問棘郵草之二

詩一百首　約一五七七—一五八〇，二十八歲—三十一歲。序次依原本。

煌煌京洛篇

高闕何玲瓏，煌煌燁遠空。重玄結佳氣，太紫法神宮。八水連雙室，三川並九峻。春光駘蕩裏，人媚合歡中。柳蹙金池灩，槐氳玉樹葱。盡傳天禄火，還注渴烏銅。緑韝驚流水，香裾愁晚風。五王方罷籍，四姓又交通。兔刻名園盛，貂偏獨坐雄。朝廷尊伯始，名譽得崔公。並侈鴻都業，猶誇馬上功。何如張仲蔚，零落在秋蓬。

【評】徐渭於「春光」句評云：「春光之光作活字，對媚字。」

長安道

俠窟長安道，旗亭當市樓。分曹來跳劍，挾妓與藏鈎。翠毦連錢馬，香車玳瑁牛。時來開細柳，那直鬬長楸？

【評】沈際飛評云：「奥。」

名都篇

名都絶五方，華杠似翼張。天街度壬癸，河色戒陰陽。羽林開北落，閣道拊王梁。玉河爲素滻，金墉指太行。南平大昌里，西市醴泉坊。御宿豐琪蘂，章溝糝緑楊。旗亭立千尉，甍雕羅萬商。馱鈴皆作炭，班車盡裹糧。山東來大姓，薊北走名王。椎埋鬬白日，歌舞送青陽。睥睨石天禄，罘罳金鳳皇。顧瞻方未已，談笑有餘光。

【評】徐渭評「馱鈴」句云：「送煤人也。作，工作也。奇甚。作字用妙。」

門有車馬客

門有車馬客，言從天上來。幢旄蔽朱里，鼓吹生紅埃。高冠岌雲起，素帶長飈回。迎門動光采，入坐語徘徊。何緣公子駕，爲過洛陽才？既枉金華舄，須申玉酒盃。殷勤作歡接，問答偶蒙開。初言宦有善，再歎士無媒。卑階猶泛步，上爵轉排推。迷邦非達節，照廡又羣猜。願折金廉采，相依玉樹槐。春光蕙草殿，長夜柏梁臺。何爲身慨亮，自使志魁崔？長離簡珠實，神虬需薦梅。客言具知美，主性實難裁。

【評】沈際飛評「問答」句云：「奇崛。」

別友人歸建安

千金留布袍，送子玉河橋。路發雞心棗，鄉思羊角焦。上林香發越，南望倚逍遥。底向延津去？張華在本朝。

【箋】

〔逍遥〕峯名。在臨川城西南。

【校】

原書目録詩題「别」誤作「代」。

【評】

徐渭評云：「六朝之整者。」又評「南望」句云：「用四愁句。」

春遊即事

緩帶履蘭唐，横橋春草芳。三條明廣陌，萬户拱開陽。翠氣樓臺結，紅光歌吹揚。林啼白鸚鵡，門列紫鴛鴦。玉桂霄雲正，金壺晝日長。郎池烽火樹，靈館鬱金香。學士歸鸞閣，將軍散象廊。太平惟蹈賞，無德助春光。

【校】

〔金壺晝日長〕晝，原本作「畫」。據沈際飛本改。

【評】

徐渭評云：「初唐。」

上之回

翠華中極駕，赤羽上之回。細柳龍堆塞，長楊虎落開。迎寒温暖室，避暑清涼臺。簇仗延佳氣，從遊列妙才。玉雲浮茝若，金霧靄蓬萊。便逐陽烏去，何當天馬來？

【評】沈際飛評云：「騷語多奇，升菴遜步。」

出塞曲

舊將南中督，新軍北落關。飛花上粉縣，落月燕支山。赤狄夫人盡，烏孫公主還。何時千騎轉，拂拭舊刀環？

【評】徐渭評云：「六朝。」

從軍行送邊將

千城連虎落，萬里戍漁陽。蚤破黑山賊，兼降白水羌。天王賜弓劍，地主給衣糧。代郡羽書急，秦城刁斗長。身爲前部將，出遇左賢王。漢月輪高闕，胡沙吹戰場。軍分遼水上，虜哭陰山旁。歸辭上柱印，還調中婦妝。何如出下策，所殺但相當。

【評】徐渭評云：「通篇都佳，愈看愈妙。」

古意

寶騎淹遊子，雕窗遲玉人。鏡安黄未正，袂拂粉還勻。花落銀牀滿，鸞翻玉柱頻。那堪萬愁裏，過盡鳥聲春。

【評】徐渭評云：「初唐。」又云：「還祇是六朝之佳者。」

憶紅泉

倚徙望蘭池，深牽蒙密思。紅泉地日草，桂柱天尊芝。遊子宦常倦，王孫歸未遲。揆余非有道，至世喜無爲。

【評】

沈際飛評第四句云：「奇。」

送南海梁二歸從豫章過鄂潭尋道

散馬玉河橋，還家赤海潮。諸龍愁媚竹，蝙蝠戲緣蕉。緑酒紅塵動，青陽白日昭。天人尋八桂，雲物遞三苗。石户農皆去，金門我獨謡。洪崖中弭節，白鶴上停簫。暫向烟空寄，俱爲雲族飄。因君梁父詠，還望玉清要。

【校】

〔蝙蝠戲緣蕉〕蕉，原本作「焦」。

〔還望玉清要〕玉，原本作「王」。據沈際飛本改。

【評】

徐渭評云：「初唐。」

愁春對李大

對燭亦何事？春愁不解開。寒梅過隴絶，芳草隔年回。璧影搔頭舞，鄉心到眼杯。知君長嘯意，不分鬢毛催。

【評】徐渭於「寒梅」句評云：「亦常，卻化腐。」「璧影」句云：「妙句。」

春怨

春暉去許時，鋪首澀苔滋。荳蔻連枝出，蒲萄帶實垂。畫扇調言鳥，鳴筝學囀鸝。空存合歡鏡，衹是照相思。

【評】徐渭評云：「六朝。」又云：「起二句絶佳。」

長別離

君比君遷樹，妾似女貞花。前臨朔方郡，再謫南荆沙。簡書雖可畏，行人亦有家。由來妾薄命，那得怨秦嘉？

【評】徐渭於首句評云：「君遷樹何謂。」按：君遷樹即梬棗，柿樹科植物。此句但以「君遷」二字取意。又評「由來」句云：「妙。」沈際飛評末二句云：「自解妙。」

寄外

桃李艷春光，思妾在河陽。燭散茱萸幔，烟銷迷迭香。人隨千里目，曲斷九迴腸。歸來故相識，莫作道旁桑。

【評】徐渭評云：「六朝。」

送遠

曉日東南照，浮雲西北馳。芸香堪走馬，芳樹起愁鴟。篲隱鑾金帖，鞭拖粟玉蕤。紅顔各相保，長路不堪思。

【評】徐渭評云：「新鮮。」

西山雪道訪得無名子

西山帶松雪，磵户有鳴琴。霧起川原白，雲生石道深。虚中猶響象，照後愈冥沉。日落烟霞外，迢迢歌吹音。

【評】徐渭評云：「稍常。」

不遇

桂樹籠青雲，沉吟止爲君。攬衣萬里外，矯首戢龍門。龍門不可見，白雲空在天。天山敢遐筮，結遘舊焦原。願言簡珠礫，熒熒窺玉淵。

【評】沈際飛評云：「自古。」

瑶臺

昔日瑶臺女，高高窮紫清。新松比華翠，羣玉坐虚貞。凌雲響清嘯，懷春空復情。旁無青鳥使，豈得鳳皇迎？悲來組金瑟，藿蘭送遠聲。

【校】

〔新松比華翠〕比，原本作「北」。據沈際飛本改。

【評】

徐渭評云：「自負自比。」

玉牀

玉牀填光宅，金鉉明道旨。飛才日軌外，選客雲臺裏。風雨動魚龍，榮義招君子。采蕪寧足芳？食菽偶知美。雲依玉山岫，雁落金河水。比迹類有歸，造事窮無已。

【校】

〔食菽偶知美〕菽，原本作「俶」，今改正。

黄姑

黄姑正春旦，惠風流采枝。天鷄擁翰叫，鳴曷在斯時。衣冠待明發，反復東南馳。道逢采薪客，勞歌相語誰。日出望京縣，煌煌金殿危。何時不閔墨？淚下自難揮。未言思軫結，惟歎路縈迴。迂阡險余軸，高岡疲我騅。若云道修岨，何爲歘我來？亮乏青雲志，安辭服與騑？托分遠天損，庶令紛念齊。

【評】徐渭評云：「妙。」又云：「無一字不妙，獨『騅』字非宜。」

金鏡

皇明開八紘，金鏡方在握。高居類龍首，浮雲出流薄。中天散雲烏，何人詣朱雀？孤生耆玄史，萬類恒斟酌。靈瑣既昭昤，赤墀庶披廓。寧知違盛觀？歸休坐寥寞。尅象苦無時，非熊竟安托？東家感夜川，西叟悲靈籥。聽彼防露詩，先秋懼摇落。

【評】

徐渭評云：「六朝。」又云：「依稀晉魏，非宋齊下也。」

示饒崙二首

設罝守毚兔，伐木翫庭狟。貞女亦懷春，志士豈忘援？誠精不貫日，浮沉皆問天。彌深損益歎，始信成虧言。冲微庶有適，眇挈並宜捐。隨時義方大，逐日理無全。歸休守鄞郭，委曲抱營魂。終知玄景鶩，但惜紫靈存。

二

步出城東門，逍遥石梁斜。雲日漾鮮采，水木弄清華。鳴蟬無變柳，乳燕亦銜花。春菲過穠李，炎實待枇杷。車馬無停迹，樵漁有數家。人情稀畏景，吾道足生涯。自課姑郎木，仍鈎母子瓜。留榮虧素業，崇順揖聲奢。文言企三益，德音良不瑕。

【評】

徐渭於「炎實」句評云：「妙。」

別嵛

中宵白玉壺，明燭樹前除。彌年闕相見，相見復何如？憶在臺門時，縱横布琴書。雙聲逐黄鳥，攜手翫鯈魚。昔爲形與景，今殊行與居。念此不能食，肴樽各反餘。何由得甘草，將來貽駏驉？

【校】

〔駏驉〕駏，原誤作「巨」。今改正。

寄饒嵛

松關出浮霧，荷池通白雲。休生寡塵雜，偃息坐林端。清晨庇松柏，餘風吹我寒。有人荔爲裳，明霞爲之冠。空山響長嘯，手中真誥文。世故迺相物，大象於冥觀。斯人既已波，滔滔乘逝川。金珠不留惜，誰言八尺身？

青雲亭上作

孤生翫玄滌，風標好弘奬。遠懷塵外蹤，乍此空中賞。亭隧遠阡綿，川皋歷遐廣。曖曖見人烟，蕭蕭覺林響。野牧散坰堤，巷犬鳴墟壤。緑水蔽荷蘘，原畦半菰蔣。南郭坐來清，西山幾時爽？雲深山鬼暗，風輕谷神敞。虚夷故有適，静寂寧無想？青雲恒不銷，白髮偏能長。未獲了明窗，難辭嬰世綱。故物豈重來？幽人自兹往。

【箋】

〔青雲亭〕在撫州南門外。

【評】

沈際飛評「虚夷」二句云：「曠冥。」

寄東莞崔肖玉

炎州荒桂海，萬里通瀛萊。巨靈失贔屭，吹蹙五山來。一山傅浮岳，中開瑶石臺。其上多珍木，叢花四時開。菖蒲盡九節，咀嚼壽靈胎。癸水洗刀劍，黄山貯人材。夫子特英奇，錚錚步雲階。誰謂在途邅？一笑傾啣盃。玄言晤清適，朗色鑒冲懷。身非琅琊人，顧見博陵崔。崔家本文宗，奕世擅雕龍。看君愛賓客，不愧子玉蹤。遥心注皇極，乍往歸番禺。揆予亦虚反，悵望銅陵峯。紅泉動瀟灑，翠谷相蒙茸。寒林轉高葉，素沼落芙蓉。平分驚晚節，秋緒委玄冬。念此不能寐，疎響寄號鐘。俯聽谷中松，仰看天際鴻。丘陵自生韻，烟霞常染空。非余謬通窒，會物有夷隆。仲武瓢初響，咎陶鈞頗同。爲愛真龍侣，書此寄南中。

【校】

〔朗色鑒冲懷〕朗，原誤作「郎」。今改正。

【評】

沈際飛評「癸水」句云：「奇。」

寄顧吏部

伊余在南都，邈若升層漢。九派並攏匝，三精互迴焕。太紫法神居，豫章擬崇觀。連騎蔽通莊，歌鐘隱比閈。天遊故北指，風流自南冠。入洛留英胄，度江逸情翰。四姓偶名迹，八族連姻貫。意制良已多，聲光每流粲。慈軿御潘令，素辭比徐幹。雖作尚書郎，自言潁陰灌。山公疑吏隱，平輿開月旦。予乖累百才，君蘄拔十半。玄文既强著，繙經亦愁謾。濫響吹竽食，學步持籌算。長裾曳横序，薄遊希汗漫。攀援瓊樹枝，蟬連青玉案。别後過吴門，仍前逐燕館。皇華自可諧，莎尊反成斷。孝廉任理窟，延符空氣岸。頗甘達人笑，苦爲俗客難。懷人既修阻，弟子亦雲散。稍憶舊遊跡，欲從知者歎。待拭華山土，恥挾陰鄉炭。兩陸見張華，三都逢衛瓘。何時半死桐，因君發微彈？

【評】

徐渭評云：「三謝。」

寄林南陵

黄河潤九里，餘聲亦淵湃。明月耀專城，輝光照行邁。躍馬過藍山，披雲向君拜。達人自疎豁，適願豈辭邂？飲食既華錯，亭廬並清灑。道帙豈長擯？玄言每相解。人占射的春，化挹陵陽派。蠶女被桑柔，龍麟集川澮。欒土未能詳，屠門且應快。别子新林橋，送我天門界。玄黎未經啓，徑尺誰無怪？遊人自鞅掌，坐者悲塵隘。醲醨動相扇，趣舍方來柴。未問扶桑枝，空嗟漢畦械。嫋嫋金風過，霦霦霜晨屆。露犺嘯山椒，雲鴻響江介。伊人不可遇，交終義爲戒。看君肉食姿，安知藜與薤？

【箋】

〔林南陵〕南陵知縣林鳴盛。福建莆田人。萬曆二年（一五七四）任。見南陵縣志。

【校】

〔空嗟漢畦械〕嗟，原作「差」。當改。

【評】

徐渭評云：「三謝。」

沈際飛評結句云：「身分。」

送江别駕公之任雲南，公性樸清，取家底錢作廨，甚占奇勝，落成而去

世味貪泉水，清風奇樹林。官官能不染，處處有人吟。采色易爲目，素絲難此心。烏聊出東箭，虎竹佐南金。大直常如屈，少文原不深。重來新館别，迺得故人尋。破俸資玄覽，開懷慰陸沉。雲霞披忽敞，阡陌俯皆臨。黛柏亭山嶺，彤荷落水潯。雁連光禄塞，風斷女郎砧。望遠心徒碎，離情涕不禁。他人余偃蹇，此酒直須斟。自愛王侯種，無言末路侵。

【箋】

〔江别駕〕江，十卷本作汪，當從。據撫州府志卷三五，撫州通判汪姓者一人，名雲秀。名宦傳本傳云，雲秀係前吏部尚書鋐之孫。婺源人。「萬曆初任通判，督餉淮漕，絲毫不染。羞以五斗折腰，掛冠去。」掛冠似與「之任雲南」不合。時不樂遠宦而棄官者多有所聞。雲秀事或類此。詩云「自愛王侯種」，指尚書之孫而言。

【評】

徐渭評「雁連」兩句云：「妙句，但未暗。」

沈際飛評三、四句云：「便不尋常。」

寄南京陳侍御東莞二首

赤靈燿松子，金鵷翔女牀。君子懿文德，揚采其何傷？常恐浮雲蔽，羅薄生秋霜。窈窕泛清瑟，威蕤援紫芳。感君零露美，有道庶皆昌。惟言堅銑質，調正玉繩光。

二

熒熒南海珍，英英柏臺俊。執法既星聯，惠文亦霜震。神理備高奇，鑒局明冲濬。方希玄豹冥，寧徠鐵驄駿。在昨既聞董，方兹逾慕藺。揣己乏周才，在物恒愆吝。衆生良匪難，烈士故有殉。安知采色渝，但覺青陽迅。屠龍我亦迂，彈雀君宜慎。杳爾結筠心，終知契蘭訊。

【評】

徐渭評第二首云：「妙。」又云：「無一字不妙。」又評「安知」兩句云：「妙。」

寄南京都察阮君並憶陳侍御

平生喜標遇，風懷慕淹雅。天符自有真，外骨居然假。緬想神州趣，孤騫順流下。操情常獨詣，微言動高寡。諸生儼太學，弟子棲蘭若。竹露冷披滴，松風細陶瀉。會景多怡衍，吟成或抄寫。遂有撫情人，來作知音者。相招回白眼，再顧連驄馬。造語輒蟬綿，談空並瀟灑。我摇鷺羽扇，君送龍文鮓。木葉下清秋，芙蓉改朱夏。歸來仲長園，蕭條董生社。遨遊白水南，峌峴青雲野。良訊勉爲酬，芳襟可重把？

【箋】

〔白水〕在臨川。

〔青雲〕峯名，在臨川城南。

【評】

徐渭評云：「自妙。」又云：「無一字不妙。」

寄南昌萬和甫

神蟲畏白日，羣龍叫孤星。飛潛各有適，化感自相熒。與子缺和樂，鹿鳴欣昔聽。丁生粲行列，吾子滯高冥。快彼滄溟運，傷兹雲雀翎。金壇子孤往，林間余晝扃。吉雲爲我服，甜雪以爲醽。幼耋委時運，光陰流户庭。達巷彼何人，爲師幼弱齡。誰言務光子，龐眉相武丁。人途非建德，純白寡胥庭。聃生一吐舌，墨子未藏形。因君藻微訣，托意在神靈。

【箋】

〔萬和甫〕名國欽，新建人。萬曆十一年（一五八三）進士。明史卷二三〇有傳。

〔丁生粲行列〕丁此呂，新建人。萬曆五年（一五七七）進士。明史卷二二九有傳。

【評】

徐渭評「金壇」句云：「金壇諱金陵，杜撰。」

沈際飛評云：「質奥。」

送人去吴下賣橘

冰霜苦離色，山水恣奇探。此地榮千橘，他鄉富八蠶。芬芳乘歲裹，羽翼到淮南。試問吴歈口，還誰好我甘？

【評】

沈際飛評云：「句句典故。」

賦海寄饒海鹽 並序

知足下渾金樸玉，外确中潤。不並壺瓠之姿，坐彼鉱槐之俗。徂詭烏去，在季云然，魚小雉雛，于兹儻見。終日鹽官之嶼，乘流海若之方。每念遊臨，恒悲阻遠。令弟崙才骨兼奇，故是高門妙種。爲弟子十餘年，食粟而已。豈非命乎？僕少讀玄虛賦海，有「浮天沃日，崩雲屑雨」之句，便欲凌空，獵其烟爋。尚病未能。寄懷一首。

昔予度青野，曾登日觀來。羲輪迸海出，赤黑相排推。彩旭破重溟，熒熒芝闕開。徒令殆沉瀣，竟爾隔蓬萊。願循駕海迹，自乏乘桴材。我友周伯倫，薄海試雲雷。居人既重潤，川鳥亦無災。水市豐奇貝，澤國噞神鰓。江婓姤泉織，河伯笑坳杯。迴洋傾地軸，照景落天台。朱烟疑煦霍，緑氣遠崔嵬。乍可縈綳組，何緣引薦罍？谷王乘上善，島客冀仙才。海月瑩如鏡，屏風弱似苔。長墻故紆歷，乍浦足徐迴。目送檀桓北，神疑勃碣回。禆瀛分赤縣，清淺閲紅埃。詎惟弔鵩革？竟藉長龍胎。日窟吾休矣，天遊何曠哉！先將木華賦，寄取伯牙臺。

【箋】

〔饒海鹽〕名廷錫。江西進賢人。萬曆三年（一五七五）任海鹽知縣。其下任八年接印。據海鹽縣志卷二。同書卷十四有傳。

〔令弟崙〕參看卷二文昌橋遇饒崙詩箋。

【校】

〔水市豐奇貝〕豐，原作「豊」。據沈際飛本改。

〔海月瑩如鏡〕瑩，原作縈。臆改。

【評】

徐渭云：「二陸三謝何足言。」又評「徒令」句云：「沆瀣是夜氣，不當用於朝陽。」按，漢書司馬相如傳云：「呼吸沆瀣兮餐朝霞。」徐評未的。評「清淺」句云：「王方平但見黃塵，而此云紅埃，自新奇。」

除夕寄姜孟穎户部

除日已無歲，窮天兼有春。悠悠四軫内，亹亹萬塗人。良時不蚤建，憂來逼我身。君今在皇路，就列理宜遵。豈學浮遊者，徒霑京路塵？

【箋】

〔姜孟潁户部〕孟潁名奇方。萬曆四年冬自宣城令轉官户部。參看玉茗堂文之七宣城令姜公去思記。

【校】

〔題〕潁，原書目録誤作「欵」。

【評】

徐謂云：「自妙。」又云：「沖率近自然。」

寄户部周元孚三首 並序

良書末有「未同」之語。未同者，謂附緇塵之人，非結青雲之士。亭州近汝潁，又楚人善悲怨，以故激亮淫沉之歎，常絶他方。初見第六丈時，其文章達士。

省書，不謂能於死生之際，解定如此。夫善養氣者，雖病不罷；善養心者，雖罷不亂。用是惝然感懷。

悠悠江漢涯，恢恢南北垂。誰謂一帶水，隔契兩人期？相期不能遘，有夢詎能知？龍角睠已旦，烏羽欲成飛。顧免復何利？甘泉誰所晞？朝霞燿叢薈，絪緼殊可疑。願備五色雲，夾日向中馳。

二

二大轉包承，四序還推遜。逝者歷終星，故物俱成艮。故物有新喜，逝者淹長恨。長恨詎得知？徒遺生者怨。與子各烟塵，良書生繾綣。驚秋常苦寒，驚春豫愁困。園梅素方謝，陌草青猶嫩。幽憂徒有懷，弱植非殊建。所以往時人，加餐以遥勸。

三

朝遊紅泉磴，夕宿青雲垂。四顧皆行人，悦生聊爲持。春原望有緑，霽色晻無時。雙扉古亭下，竚立迴天倪。流雲依積水，初鶯鳴曉枝。聲光暢流靄，巾裾閒自宜。念子雖殊壤，書馳儻見知。

【箋】

〔周元孚〕名弘綸。麻城人。萬曆二年（一五七四）進士。授户部主事。明史卷二三四有傳。序所云第六丈或即上卷哭友人亭州周二弘祁八首之弘祁。弘綸弘祁當是昆仲輩。

〔亭州〕今湖北恩施。作者誤以麻城爲亭州。

〔青雲〕峯名。在撫州城南。

【評】

徐渭評「誰謂」句云：「起四（？）更佳。」又評「顧兔」句云：「奇。」又云：「屈平天問語。」

沈際飛評第三首云：「妙得天然之趣。」

峯下示采藥客

朝登青雲峯，暮宿青雲館。平生識藝薄，並是浮情懶。清明無著書，寒食多神散。但問丹鉛術，未暇金銀管。登臨頗盡適，交襟並儒緩。笑語林間寂，白雲松上滿。南來川氣長，北去山顔短。冲光豈無毓？玄微庶兹纘。寄言采秀人，未便風華斷。

遊卓斧金堤，過白洲保，望天堂雲林，便去麻姑問道

春氣感人心，春心緣路吟。人聲滿城郭，天性入山林。未問津梁了，寧辭春水深？逶迤白日麗，斑駁紫霞陰。翠媚山雲色，珠揮泉石音。風松引奇嘯，煙竹含幽襟。稍稍見騰鹿，時時響哀禽。摘芳還取徑，窺密更披岑。未取高空屺，猶交盱汝潯。情靈自高遠，浮物任飛沉。赤芾迺窮陟，紅屏忽見臨。便逢柱下語，發我丘中琴。感歎方自此，坐馳安可任？

【箋】

〔金堤〕即千金陂。在文昌橋南。

〔雲林〕在金谿縣東四十里，上有三十六峯。

〔麻姑〕在南城縣西南，相傳麻姑得道於此。道書以爲第二十八洞天。

〔高空〕山名。在建昌府城内。

【評】

沈際飛評首數句云：「妙在一氣。」

虚公丹房

甜雪映虚房，風生雲石漿。盈爐燒緑桂，純作紫金霜。

寄葉明府 並序

王逸少謝康樂，俱山陰會稽之間可人也。吏隱偏城，發其山水之藏，樂其仁智之見。人謂兩君筆札耳。讀逸少書記康樂卒所云云，良深嘆省。屬者讀書靈谷山中，有懷一首。

良馬息高岡，丹經坐靈谷。悲風怒沉壑，連波吹我屋。疊壁競嶰嶆，通川帶縈復。數處起行雲，當窗濺鳴瀑。白日散流靄，南榮負暄曝。仙桂馥幽情，芙蓉秀春目。虚白警雲巖，葱青鏡閩福。絳節擁浮丘，玉袖招南岳。好鳥作流聽，柔荑未妨躐。豈測會仙期？聊駐行遊足。誰開山水姿？永符仁智欲。及此蔭雲蘿，傾風謝明牧。

【箋】

〔葉明府〕不詳。

【校】

〔及此蔭雲蘿〕此，原本作比。今改正。

答蹇平陽二首

分晷百餘里，寸陰千里長。諸侯散紘宇，扶天立正陽。況接同華宅，形便絶多方。帶厲穿華裔，河山卷帝王。既均鹽鐵筦，兼收璧馬良。焚舟已云避，渡瓴難可防。由來怯燕代，安云齊與梁？披圖發蹤跡，拂袖起徊徨。幽憂不自理，逢人多激昂。願子戒愉逸，敬在有邦常。

其二詠子房，奉答淮陰篇。淮陰起困餓，玉案之飯竟不與漂母同，斬鍾離將亦足以死。奇哉蒯通，嘗從安期生遊。姜伯約謂峨嵋山有赤松子，巴近蜀，果然。

龍漢張子房，決絶在南陽。還歸過倉海，風雪正飛揚。道遇黄衣叟，精誠啓祕方。鴻溝一分手，用里自雲翔。僊童教世人，青裙朝木皇。葱葱龍首原，司徒冠劍藏。安知黄石枕，飛去赤松傍？老君來問籍，玉女拜焚香。紫清聊可樂，隙駒能許長？

【箋】

〔蹇平陽〕據本卷送傅吏部出守重慶詩，蹇達爲明初尚書蹇義之後，巴人，時爲平陽知府。

【校】

〔玉案之飯竟不與漂母同〕竟不與，原誤作「不與竟」，今改正。

〔倉海〕原作「滄海」。據史記留侯世家改。

【評】

沈際飛云：「用典故不必盡解，卻自覺其奇妙。」

代馬吟爲劉石樓作

代馬吸靈泉，化作飛龍姿。蘭池照朱血，騰光何陸離。一受紅陽秣，牽纏苦長垂。太行相踠局，睨影高鳴悲。熒熒星月精，齒至自有時。果遇秦青子，拂刷崑陵池。

【箋】〔劉石樓〕名紹恤，隆慶間任南昌知縣。

【評】沈際飛云：「二作一字不可增減。」

與徐三秀才石梁觀水

正苦北門賢，往起東陂田。可憐舊遊客，造我披雲天。雲天豁遐敞，橋門度千舫。商女㘞行緡，船兒送歌榜。與子跡飛梁，北斗正文昌。朱明蕩川谷，白水摇穹蒼。中流何嵬崔？云從麻姑來。愁魂漲江杳，送目層波回。薈鬱明霞漫，樫柳光風亂。鶬子散淋灑，凫羣刷清瀾。遥山復佳勝，不覺松雲暝。每日坐濠梁，何曾減幽興？

【箋】

〔徐三秀才〕與同卷山齋約徐三一訓不至再約之之一訓當爲一人。餘不詳。

〔石梁〕文昌橋。

〔麻姑〕山名。在江西南城，據盱江上遊。

【評】

徐渭評云：「妙。」

沈際飛云：「圖畫。」

詠懷四首示楊吉甫

金王騎白鹿，司約受丹圖。南遊開玉版，西邁覩璿珠。天門豈不足？柱州還有區。如何四海内，不獲遊斯須？逝言騁高駕，皇羊天地樞。終知不可盡，聊用永昆吾。緬彼若士言，深爲達者模。

二

鄒生愁黍谷，孔聖悲苗裔。何緣兩耑竹，解接人間世？精神自眇邈，虚空入微細。金石苦湛濁，雲霞靡高麗。就形良可班，相尊巧云隸。不見弇州鳥，歌吹匪人制。婉彼鷇音和，傷兹靈籥滯。

三

玄天曠微幕，衆氣相填充。三光靡根繫，浮泊生虚空。日月繞辰没，何曾歸地中？惟有玄天水，經紀運西東。自然猶不反，刻畫幾時終？八紘徒浩嘆，九紀自生戎。寄語中環子，玉儀終古同。

四

子午性情非，戌酉陰陽仲。神明故精烈，象化潛推送。朱羽未全摧，玄蛇竊飛弄。金堤漏蟲螘，白日送蝃蝀。連屬自有鄉，胎胞苦無空。翻身攬玄翠，規中卷雲洞。無爲臺觀明，空令人迹衆。

【箋】

〔楊吉甫〕名以善，湯顯祖友人。見天一閣書目問棘堂郵草十卷本謝廷諒序。

【校】

〔題〕楊，原書目録作「陽」。

涼夜

陽明陰始蕤，不謂玄泉滋。歸風氣無射，哀傷柔落時。白日去人遠。軫角四交飛。簾蟲織霜月，鶡鷄號特棲。青燈起瑶瑟，恒見曙星輝。

【評】

沈際飛云：「幽異。」

寄姜孟穎户部

調琴化江縣，飛舄下遥天。白簡邀才子，寒漿飲少年。参差蘭葉滿，重叠雲花鮮。一别新林浦，連洲空悵然。

【箋】

〔姜孟穎户部〕姜奇方自宣城令改官户部。參看卷三别沈君典詩箋。

【評】

沈際飛云：「明浄。」

送人之廣州成親

送子靈槎海，瑶臺彩日高。春年蝴蝶樹，夜月鴛鴦桃。少和歌堂曲，還看大食刀。他鄉奏龍笛，溪水自滔滔。

【評】

沈際飛云：「不俗。」

老將行

老將先年曾少年，自言結髮坐中權。千羣騄耳桃花色，百步紅心柳葉穿。車聲隱震無雷外，殺氣烘騰出日邊。南連象郡空無障，北去龍庭掃未全。一旦羽書馳上谷，連宵烽火照甘泉。甘泉天下奮神威，嘆息交河日夜圍。即日前軍開鳥陣，當時老將疾雄飛。燕支蒲類去還去，木葉桑乾歸未歸。勝卒揮戈臨瀚海，降胡脱帽舞金微。一身轉逐隨刁斗，百戰曾經碎鐵衣。鐵衣刁斗還朝日，天子明堂策功畢。箇底麒麟意畫圖，官邊獬廌揺丹筆。功臣既受明珠誤，列爵多緣酎金失。絲哇管語不終朝，翠珥貂金滿誰室？都將野戰惜曹參，但見朝廷詢聶壹。不信青門白首翁，猶堪赤地黄台吉。

【箋】

〔黄台吉〕韃靼酋長名，俺答之子。

【評】

徐渭云：「妙絶今古，摩詰敢望後塵耶！」又云：「木葉城在今遼東。沈佺期古意用之。而人不知，以爲訛，多改爲『下葉』。此何異上路倂優恣改琵琶記、北西廂、拜月亭耶！固可笑，亦可恨。」

沈際飛評「官邊」句云：「奇絶。」

戲答宣城梅禹金四絶

公子翩翩擁雋才，陵陽陌上步春回。竹根如意清談後，蓮子深杯送酒來。

自是吳歈多麗情，蓮花朵上覓潘卿。春妝夜宴憐新舞，願得爲歡送此生。

飛鸞相及並棲柯，公子乘春艷綺羅。記得長干大垂手，秋清木葉水微波。

紅璧春殘絳樹樓，援琴促柱倚吳謳。才情好似分流水，卻怪盧家有阿侯。

【評】

徐渭評第一首云：「妙絶。」第二首云：「稍常，亦是妙句。」末首云：「此有子之妓也。」

沈際飛評第三首云：「唐絶。」

芳樹

誰家芳樹鬱葱蘢？四照開花葉萬重。翕霍雲間標彩日，笭䍦天半響疎風。樛枝軟罣千尋蔓，偃蓋全陰百畝宫。朝吹暮落紅霞碎，霧展烟翻緑雨濛。可知西母長生樹，道是龍門半死桐。半死長生君不見，春風陌上遊人倦。但見雲樓降麗人，俄驚月道開靈媛。也隨芳樹起芳思，也緣芳樹流芳眄。難將芳怨度芳辰，何處芳人啓芳宴？乍移芳趾就芳禽，卻渦芳泥惱芳燕。不嫌芳袖折芳蕤，還憐芳蝶縈芳扇。惟將芳訊逐芳年，寧知芳草遺芳鈿？芳鈿猶遺芳樹邊，芳樹秋來復可憐。拂鏡看花原自嫵，迴簪轉唤不勝妍。射雉中郎蕲一笑，彫胡上客饒朱絃。朱絃巧笑落人間，芳樹芳心兩不閒。獨憐人去舒姑水，還如根在豫章山。何似年來松桂客，雕雲甜雪並堪攀。

鬱金謡

春來秋去度江關，二十四弦華月彎。燕南越北車班班，迎鴻送燕今當還。大角龍門天漢間，東南饒水又饒山。何當見我鬱金顔？鬱金顔色代中單。金管人家花晝殘，虬蟉山子爇都檀。連廊亘瑟倚張彈，蘭末冰漿雕玉盤。緑鳥交通紅藥欄，青錢碧影抗飛鬟。金烟玉水鏡龍鞶，照耀玲瓏紛可觀。穠條障面春朝寒，爲看鴛鴦來水端。花明上巳柳闌干，遊春蕩子歇春鞍。旋舞琵琶花裏團，飛鞭蹴踘杖頭看。共言四姓學長安，共言七葉珥貂冠。珊珊過雨越梅酸，熒熒旭日海榴丹。慷慨功名良可嘆，長日長愁行路難。

【評】

徐渭云：「妙不可言。此賀郎錦囊中之絶佳者。」

詠馬蹄夾贈朝使

鞭程曾未到金鷄，底便臨河刷馬蹄？此日涇流縈洛渚，幾年霜雪在雲泥。桃花影亂溪中色，竹箭流懸天半嘶。儻過濯龍門上望，瑶池一一駕黄鸝。

【箋】

〔涇流縈洛渚〕涇水入渭水，與洛水俱入黄河。二水都在陜西境。

【校】

〔此日涇流縈洛渚〕縈，原本作「榮」。

【評】

徐渭云：「妙甚，詩絶佳。但典故與現事並可疑。」又云：「金鷄，雲南山也。雲南馬蹄，多着鐵護之，名鐵草鞋。以嶺路險峻磽确，易壞蹄也。鐵鞁壞則更换一雙，馬慣習矣，悦之不苦也。此云馬蹄夾，要即是鐵鞁歟。」又云：「未到金鷄，當是朝歸之使，不當云儻過濯龍門也。豈將歸而未發，尚暫留京師者耶？又涇流洛渚非北京水，豈别有典故屬馬者耶！」又云：「慎子曰：河之下龍門，流軼如竹箭，駟馬弗能及。」又云：「天畔對溪中更稱，却不如半字鮮犒。畔入常。高厓急澗之處，一嘶其間，此景可畫。」

哭女元祥元英

徒言父母至恩親，嘆我曾無兒女仁。隔院啼聲揮即住，連廊戲逐避還嗔。周星並是從人乳，四歲何曾傍我身。不道竟成無限恨，金環再覓在誰人？

【評】

徐渭評云：「描畫甚真，愈咀愈旨。」

沈際飛評首句云：「率。」

答客

百鎰年來資用多，太行西北斷黄河。何人畫閣題朱雀？幾度匡山尋白鵝。椅井自澆紅藥圃，桃蹊分映紫莖波。終知萬事歡難並，且進樽前長短歌。

【評】

徐渭評「太行」句云：「豈用李長吉『捲起黄河向身瀉』之句耶？言錢也。」

問棘堂

問棘堂前舊草筵，百年生活勝焦先。娟娟樹底青羊出，歷歷江頭白鳥懸。計牒古人隨下吏，遺榮初此學中仙。荆關獨抱歸來意，日落平林生細烟。

【箋】〔問棘堂〕湯氏齋名。列子卷五湯問：「殷湯問於夏革。」注：「夏棘字子棘，爲湯大夫。革，莊子音棘。」蓋寓作者姓氏。

江郊

白槎終日俯江郊，分作漁人坐釣茅。甲乙帳嚴徒在想，丙丁書部不曾抄。玄廬動覺焦螟響，曲徑平窺乳雀巢。正憶青門舊書屋，秋風橘柚有黄苞。

【評】徐渭評「玄廬」句云：「静之極也。」

望樟原

稍從西日望樟原，漠漠生烟迷遠村。石磴紅泉非外獎，玉池清水自靈根。尊生且翳桑榆樂，取世空資桃李言。懶慢松門成獨佇，淡雲微月染黄昏。

【箋】

〔樟原〕在臨川西北三十里。

白水

庭光欲盡山明歸，古木溪頭燈火微。客子行舟隨地轉，閨人破鏡一天飛。多名楚雀暮枝急，無數河魚春水肥。歸去文昌門外井，紅桃香露滿人衣。

【箋】

〔白水〕村名。在臨川北。

〔文昌門外井〕湯家在臨川文昌門外東井附近。

【評】

徐渭評「客子」句云：「妙甚。」又云：「破鏡訛用古樂府，乃從前解者訛也。自妙。」又評「無數」句云：「妙句。」

舊宅

北斗橋闌舊井牀，清池舍後匝楓樟。嚴君别道桑麻長，太母惟誇橘柚芳。一社友朋隨大屐，十年抄纂自巾箱。飄搖獨笑長安日，寄卧靈臺真慨慷。

【箋】

〔舊宅〕在臨川文昌門外。

【評】

徐渭評「十年」句云：「妙句。」

沈際飛云：「格律自老。」

從太母飲伯父園

家園作酒侍尊親，盡日能閒小葛巾。藥架雙雙行畫鵲，荷盆一一鏡紅鱗。松楓正合陰長夏，桃李徒言嬌上春。底復清齋畫王母？我家原有魏夫人。

【箋】

〔太母〕祖母魏夫人，與仙女魏夫人同姓。

〔伯父〕名尚質，字毓賢。

南禪寺尋饒崙不見

香山香海自香楠，我友爲師弟子參。三市管絃無梵妓，一城花草借雲嵐。空知五住人難住，盛欲千談何處談？乞食了時來入定，悠悠俱作自纏蠶。

【箋】

〔南禪寺〕在臨川東城。

〔香楠〕峯名。在臨川城内。

〔三市〕在臨川城内。

【評】

徐渭云：「起二句妙。」

秫田

南風越鳥自翩翩，舊日匏瓜茲又懸。世故可能棲迹久，風塵難得道心堅。爰從北海收芝課，乍向東陂芸秫田。生事偶然隨意愜，衡門朗詠得長川。

招楊生以善

寂寂楊雲罷草玄，萬言誰當一囊錢。荷花作鏡空持照，桂樹爲舟好溯沿。到處關河成物色，拚隨魚鳥得留連。不妨城市多來往，並醉藜牀枕易眠。

【箋】

〔楊生以善〕字吉甫。見問棘堂郵草十卷本謝廷諒序。

【評】

徐渭評云：「古雅之甚。」

正覺寺示弟儒祖

爾兄才地本無餘，長日東皋自秉鉏。爲道三荆悦同處，仍從雙樹偃精廬。窗間白髮催愁鏡，燭底蒼頭勸讀書。萬卷苦人難一一，三車時聽講如如。

【箋】

〔儒祖〕顯祖二弟，字醇仍。郡廩生。

【評】

徐渭評「燭底」句云：「蒼頭句豈俗思所能到耶？」又云：「一結自不凡。」

再别崙

我今革帶寬至髀，日食不上八合米。傍行仁義將誰施？孤亭峌峴今何時？饒生骨相良已奇，親見楊生人位卑。請生清激高聲詩，可憐金虎震宮墀。嚴樂文章相見遲，彼我易時安可知？

【箋】

〔崙〕饒崙，見卷二文昌橋遇饒崙詩箋。詩云饒生，同。

〔楊生〕或指友人楊以善。湯集中常以生稱友人，非謂學生也。

【校】

〔寬至髀〕髀，原作「脾」。

〔傍行仁義將誰施〕二卷本下有「□□□數子何爲」，臺灣藏十卷本無缺字記號三個。陳益源博士以爲「數子何爲」四字是衍文。今從之，並致謝。

【評】

徐渭解「傍」字云：「一解云，傍，猶言儂也。此方言。」又評「可憐」句云：「李賀。」

劉石樓有寄，石樓君嘗令南昌

此君標勝絶能清，十載辭家官未成。復道遊揚非望始，遥將徽響答平生。寧知本自憐才意？不並凡人種樹情。今日林間報書往，相思還作豫章行。

【箋】

〔劉石樓〕名紹恤，隆慶年間任南昌知縣。湖廣安陸州人。

山齋約徐三一訓不至，再約之

披雲卧石偃林微，遲汝山齋開夜扉。詎道曾無雙屐響？相思徒抱一琴徽。茨簷暗月初螢著，松磴横烟遠鶴歸。夜度儻嫌清露濕，可能良日更披衣？

【箋】

〔徐三一訓〕諸生。參看同卷與徐三秀才石梁觀水。

【評】

沈際飛云：「聲調和美。」

送前主簿徐君之任貴州

鸞鳳蹇連感故棲，故人尊酒不曾攜。分雲寶篋留餘照，啓發篇章索舊題。龍里地瞻綦市北，烏羅人在沅陵西。遥知宦業東陽雋，名字何勞更卜雞？

【箋】〔前主簿徐君〕徐師夔，康縣人。嘉靖年任。以上據撫州府志。又據詩「遥知宦業東陽雋」，康縣爲永康之誤。據永康縣志卷六，徐任貴州布政司經歷。

【校】沈際飛評「烏羅」句云：「切。」

六月晦後池作

眼見威夷白日次第西南遊，彤暑雕雲自飛爍。今日未秋殊覺秋，嫋嫋秋風來水頭，上我池邊竹裏樓。玉繩明星炯炯正，銀漢長雲矗矗流。良夜何綢繆？亦有金管南鄰吹未休。夜黄翔水際，晨風颺道周。豫防珠露下，何言玄鬢稠！今宵空對可憐好，後夜相思直欲愁。

七夕文昌橋上口占

共言烏鵲解填橋，解度天河織女嬌。織錦機中聞歎息，穿針樓上倚逍遥。新歡正上初弦月，舊路還驚截道飆。並語人間有情子，今宵才是可憐宵。

【評】

徐渭評云：「無一字不妙。」又云：「古雅而天然，又情景可笑。」又評次句云：「嬌字妙絶。」

寄前觀察許公 並序

達人以法典爲楊桉，以文字爲纆索。世味狂水，傳舍蘧廬。絶倫好之知，外陰陽之苦。生則浮雲，死則委土。造物爲此拘拘，衆庶方然竊竊。可謂得人之得，未免憂人之憂。豈足聞於大方，諭以中環也。明公本植曾史之性，兼懷桑柳之風。斷白眼於緇塵，寫青春於緑酒。大師之箴不作，若士之遊未閒。足了一生，羞其六翮。不羨目前之檢，誰憐身後之名？曠士彌懷，道里云遠。問蹤跡於羅先生，托音徽於胡郡將。興言灑筆，付之小史。

羅含宅裏問旌陽，見説披裘在牧羊。乍笑園林開白日，旋聞時菊委清霜。非關校尉真狂醉，自是休元有奏章。最好開襟濯寒水，昆明蓮葉四時香。

【校】

〔楊棱〕棱，原本作「接」。

【評】

徐渭評首句云：「差亞。」又評「最好」句云：「開衿濯涼水，用謝朓遊沈道士館詩語，五字皆勦用之。」

沈際飛評序「可謂」句云：「妙論。」又云：「若士最喜用古人姓氏。」

示弟儒祖。饒生來言，汝有贈彼衣薄爲裝綿之句。爾兄無任歡喜，即取酒自賀，載詠其事。今寫示，可令奉祖讀之

阿翁明德自高門，桃李蹊成在子孫。見説綈袍能感故，不勝懷抱與開尊。閒時

每怪賢星聚，今日方占玉樹繁。更有寒巖苦霜雪，好吹陽律散春温。

【箋】

〔儒祖〕見本卷正覺寺示弟儒祖詩箋。

〔饒生〕名崙。見卷二文昌橋遇饒崙詩箋。

〔奉祖〕顯祖三弟。

【校】

〔題〕寫示，原書目録誤作「寫字」。

【評】

沈際飛云：「骨肉間語，不文之文。」

落日城南信步接雲

落日城南峯接雲，浮金美氣生氤氲。真花暫墜林香軟，遠樹微蒙川氣熏。性狎龍蛇俱可踐，行窮雞犬忽相聞。童樵未用揮談扇，但道東菑欲就芸。

【箋】

〔接雲〕峯名。在臨川城南。

【評】

徐渭評第三句云：「真花何謂？」

沈際飛評「性狎」句云：「妙。」

晚霽，友可俱謝孝廉來。友可才氣縱橫，孝廉謹重，余並喜之

頓有一時雙玉人，緑袍皆稱小烏巾。入門雲氣香流水，接席風華明素塵。劇坐不嫌秋夜永，難留應念主人貧。深知謝客多才性，宣遠同車有善鄰。

【箋】

〔謝孝廉〕謝廷諒（友可）之從兄弟廷寀。嘉靖四十三年鄉試中式。

【評】

徐渭評云：「二謝。」

友可便欲求仙去，次韻賞之

抱卷猶疑八十宗，玄言相滯亦相從。金風近圃千里橘，白日高齋一樹松。燕頷玉精隨食法，龍銜紫脱供秋容。愁君多病難摇落，碑版紅泉有祕蹤。

【校】

〔碑版〕原本作「牌板」。

送謝庭諒往華蓋尋師

秋來旅客易山行，碑版今傳寶蓋名。華子岡頭起空翠，芙蓉峯底接雲清。風前笑挹浮丘袖，月下偷吹子晉笙。吐氣爲橋儻先度，題書還似蜀青城。

【箋】

〔華蓋〕山名，一名寶蓋。在崇仁縣南。相傳唐顔真卿按圖尋訪，得隋開皇五年（五八五）壞碑，言晉王、郭二仙自玉笥經麻姑、軍峯、西華等山最後過此，喜而留焉。修煉功成，遇浮丘君於此。以上據撫州府志卷三。

〔題書還似蜀青城〕參看卷二登西門城樓望雲華諸仙詩箋羊角條。

與謝獻可。獻可吾師徐子拂之子之才壻也，就讀東縣，夢余有寄。乃昆友可朝寶蓋去，一宅清齋。獻可忽來商揚鴻寶之事，取阿難華嚴經而去，即事贈之

謝子東方苦索居，題詩寫夢到吾廬。未妨醽醁清齋飲，且摘秋黄白露蔬。佛子迷花初聽法，淮王攀桂始成書。雙珠動合消玄滯，舍弟陪談遠未如。

【箋】

〔東縣〕東鄉。

〔友可朝寶蓋去〕見前詩。

送傅吏部出守重慶。吏部歸省其太夫人而去。巴有人焉，蹇尚書之後達，有出羣之量，今守河東。倘其家人有之河東者，因緣問之

君今才地漢王堂，不羨閒居秋興長。山到白崖懸暮雨，峽連明月遡秋光。來蘇並是巴渝舞，剖竹仍看吏部郎。獨笑故人恒寂寞，新詩能寄蹇平陽。

【箋】

〔傅吏部出守重慶〕傅良諫字忠所，臨川人。萬曆初，自南吏部主事陞重慶知府。撫州府志卷五〇有傳。

【校】

〔題〕蹇尚書，原書目録作「蹇尚」。

【評】

沈際飛云：「清練。」

高太僕每過，輒值余登遊他所。太僕嘗爲侍御，頗有酒德棊品，淑人之風，更約之飲

道人終日掩荆關，長者乘車十往還。太僕本來驅駿骨，繡衣方得解嚴顔。十千美酒絲桐醉，三百枯棊賓從閒。並是秋風有良月，門前雙桂許人攀。

【箋】

〔高太僕〕高應芳字惟實。金谿人。嘉靖三十二年（一五五三）進士。由行人授御史，晉太僕卿。假歸，爲忌者所中，左遷武岡州，不赴。家居三十餘年。著有羊洞遺稿、谷南集。應芳爲顯祖之同鄉先輩，曾與臨川令李大晉校刊紅泉逸草。湯顯祖罷官後又爲鄰居。撫州府志卷五〇有傳。

【評】

沈際飛云：「别腸。」

哭外翁吴公允頫

翁行歷久矣，在可乎不可之間，處玄之又玄之世。風流鄭重，良深長者之風；日逐遨遊，有若小兒之狀。七十三歲，行無二心；六百餘烟，談惟一口。盜得之而愧送，虎逢之而别跳。多彼地之鄉評，恒推上客；笑此時之郡飲，全要方兄。每道賢甥，成其宅相；誰言大父，遽作泉人！痛絶松雲，歌從薤露。

並道青泥旗市開，誰言大隱即仙才？防身不用流黄劍，愛客偏浮太白杯。但有百錢隨杖去，曾無一字掛符來。維桑社臘追耆舊，賓挽嘈嘈猿鶴哀。

【箋】

〔外翁吴公允頫〕臨川東南二十餘里广下人。顯祖之外祖父。

【評】沈際飛評序「笑此時之郡飲」句云：「謔。」又云：「掛符句，述虎逢事，用東海黄公以反其説。」

豐城徐德俊從峴臺城上出東門石梁，迤逗秋水，枉過草堂。好友周子成正在，爲酌，人定乃去。重來索詩，即用德俊便面韻答之二首

知君懷古正悠哉，北斗橋南金玉臺。秋水滿厓才送槳，西山爽氣一銜杯。烟霞物色能多少？月露光陰空往來。爲問豐池影光劍，張華何日正中台？

二

逶迤城上有高臺，草舍青門渌水迴。石作濠梁魚正樂，塞連光禄雁初來。何當叠騎高賢至？自合開尊選客陪。不醉會須重折簡，池亭相近菊花開。

【箋】〔徐德俊〕名即登，豐城人。萬曆十一年（一五八三）進士。師同邑御史李材。見南昌府志卷四三。

〔峴臺〕即擬峴臺，在臨川東城。

〔周子成〕名訓。臨川人。萬曆二十年（一五九二）進士。撫州府志卷五一有傳。

〔金玉臺〕在臨川瀛洲亭之北。

【評】

徐渭評第一首云：「如此落韻，雅而拙，不難而難。」又評第二首云：「結句則惜徐德俊無人知之之意也。正承第五、六句。」

與周子成夜步石梁

君家門德本清華，餘論時聞借齒牙。草舍臨牀分水石，芳人酌酒自雲霞。高秋暝色連波母，落日歸人似若邪。獨上河梁燈火合，雙星疑在去來槎。

【箋】

參看前詩。

銅陵卧病，懷南都汪車駕應蛟

長羨終軍即棄繻，故人消息滿南都。爲郎是日疲司馬，笑我當年識鳳雛。宴歲自堪縈薜芰，明時那得怨薪芻？相思白下春楊柳，還借君邊酒數廚。

【箋】

〔銅陵〕即銅山，在撫州城西三十里。

〔汪車駕應蛟〕婺源人。萬曆二年進士，時任南京兵部車駕司主事。明史卷二四一有傳。

【校】

〔薪芻〕薪，原作「新」。據十卷本改。

寄奉吉安太守張公 有序

明公以中吴之華胄，體山海之靈韞。辱丞敝州，吐納風流。吏部分符，河流接潤。安成一别，不復仰承盼睞之飾。音徽寥寂，藏心靡諼矣。吉州人士，舊稱鄒魯，明公爲政，復是文翁。人地兩得，表尤異於朝路，首循良於史策。弟子藉其實口，徽哉。顯祖擁塞山中，問賀常絶，因相人之便附所懷。

石陽官道遠綢繆，白竹坰西不再遊。秀麥爾時歌宴樂，垂楊當日美風流。雲天寥亮終難賞，歲月聲華蚤未遒。自是人倫推素燭，還能剪拂定驊騮。

【箋】

〔吉安太守張公〕張振之，太倉人。隆慶年間任撫州同知。後陞吉安知府。見撫州府志。

送陳荆門

仙令歸舄自八閩，青旂摇動即風塵。天高日色寒猶淺，川上雲花暖較新。大别人來書寄蚤，長林懽去酒愁春。寧堪更過荆巖問，曾是先朝獻玉人。

送謝大遊池陽便過金陵

金谿九紫不曾攀，更道金陵九子山。驃騎航頭歌祖德，鳳凰樓下緬龍顔。雲林蕙帳今晨寂，秋浦蘭舟幾日還？便合相從泛滄海，卧遊無緒出荆關。

【箋】

〔謝大〕廷諒，字友可。金谿人。九紫，山名。據呂天成曲品，廷諒號九紫。曲品「紫」誤作「索」。

湯顯祖集全編詩文卷五　問棘郵草之三

賦二篇　一五七七—一五七八，二十八歲—二十九歲。

賦一篇、贊六首　約一五七七—一五八〇，二十八歲—三十一歲。

廣意賦　並序

粤余小子，姓於天乙，以施於尼父，則我之自出鴻矣。而六藝於兹闕然。此豈稱爲明神後乎？恐後來者不知有小子。人生何常？語曰：「樂與餌，過客止。」日中則還，大不可不遴也。惡從人而悲傷，遂自廣焉。

肇皇皇之帝癸兮，備鴻芬之純粹。下瑶臺之佚美兮，玄昊依而作對。祀武敏而高歆兮，感禖丘之隘隘。旬司馬之醇化兮，帝開圖而命子。提仍躬以肆聖兮，越祇共乎大禹。政景雲而上熹兮，濟黄魚之熻躍。振堯臺而黑擢兮，仰秖天而下禄。原尊名以布氏兮，散商丘之厚族。惟先聖光余大宗兮，狩軒轅之兑角。厥後豈微夫懿悊兮，怪春秋之亡録。余先人乃爲文德兮，里鋪仁而善福。鹵厥施於友信兮，迨余飲其百穀。伯清靈而善育兮，子高豐而秀文。百六施其自殫兮，帝走詔爲甄門。鳩遺書蓋四萬卷餘兮，招余曾與余祖。余祖實名懋昭兮，四爲賓於上府。狀倪育其安共兮，雖負丐其焉侮？尊承厚以敏執兮，緼黄貞而莫賈。

舉微身於世肅兮，歲商横之鼻茂。壯橘陽之二七兮，在端黎之晙卯。尊食余以芳美兮，穆舉余之庚午。慊恧皇之宴幣兮，獲朝望於端門。竟無階而上閲兮，遂稍摇於令年。歲睒睒其高厲兮，知遊故而代遷。余雖未齡於壯兮，鑑余髮而有宣。恐雪然而旦暮兮，遂殂落兹輿權。耿介幽余之逖蓼兮，彔哂余之不然。蘧戚柔而造耑兮，倜倜陳其未孱。瀗曠宇之無明兮，冀發羽乎天間。先鴻征之一日兮，塊見夢乎海神。攢寶異而況觀兮，復延歡於巨山。召司占而問故兮，曰余躬之大難。方圓神聖有不周兮，亮豪心之不儇。胡趣命於中成兮，抉由疑而布文。頓數筴以乾坤兮，動無譽之篇篇。下復陰其必好兮，並小來而願鄰。雷龍鼓其作足兮，常又附頬而多言。錯西東與南北兮，誰無美而不遵？惟人生其歷兹兮，特㑥倡乎至人。蓋樊軒而何辭兮，棼篿篿其莫余昆。余將過青皇而援風紫兮，受三精之末言。蹈東溟而捷金芝兮，庶往要乎羨門。何人生之芚汶兮？卞豪訾而棄閒。旼微夷以氏隤兮，悲赤陽之無存。有白雲其不得乘兮，亮神僊之未遠。余夢夫海若之陳珍兮，指爲號而幾真。或依援於僊聖兮，離閔墨之蚡蝹。聞吾祖在中土兮，順蒙穀以修夤。問齊和於保正兮，索鼎俎而余殆。遂蕩華河而窺蹠兮，偉厥造於神元。扶白鹿以偍徜兮，帶昆吾之赤銅。靈芭服余色美兮，曳出入之神光。區瓏玲而觀玄扈兮，赤松子乃笑余於濟北。曩彭商而涉苦兮，歎女嬰之神粥。觴百靈以鐘鼓兮，藉帝臺而陸博。何帝女之嬋媛兮，而媚余以瑶草。厲陵門而娭馮逸兮，載圖絡而披金藁。九皇爣其芝蓋兮，散椿冥之上廣。醴太室之瓊膏兮，醉王喬而竊其笙。壺丘謂余不然兮，薦鸞車而道嚴。望前高與遊戲兮，研九鐘而雨霜。首雲陽而謝金天兮，訊昆丘之母王。去華陽三十六萬里兮，朗光碧之淵精。環開明使峇岌以扶闕兮，步布有抗翼而輪張。皆上神司命甘而爰度兮，天皇時下而飲其黄。人無翰以砅絶弱水兮，蛇萬里而不可攘。炎燂燂而畏人兮，報河宗以不行。余不如反女琳之歌舞兮，照迷穀之空華。余舍玉女其焉處兮，摘明星以爲珥。陟春山而報言兮，西王母實往來帝之平圃。女懷心而疾閔兮，問余憂其何苦。人固有不可然兮，貴余心之無惡。自非凌景而僊僊兮，酬能去兹后土？俟河清其未晚兮，孰遨遊其與女！惟皇闕其嘉應兮，俟河清而已後。徒思迴於古策兮，聖人終乎火戊。陳氛阞以存進兮，衆儇佻而倜予。鳶不飛而戾天兮，魚何爲而躍淵。芮憑憑而好實兮，愁吾人之不鮮。雨涔潯而浸歷兮，雲翩繙而喬云。陽烏美閎而不進兮，余安得咢拊而軒軒？遡皇車而入谷兮，弔梁資之碧血。造雲華之故岨兮，過夏王之髾蓜。大麓升而十起兮，擽金鞞而叩揤。陶唐乃登夫宣務兮，施厥美夫高密。良聖紛共若葳兮，困宗胥與嬈蘖。矧堂宮之奥遠兮，窕華容其未閲。内修柔之睠弋兮，外獨列此平秩。精誠余非不揚兮，三冀容之彷佛。何累言之太蚉兮，仲華終古而不可存。空翠嫣之雲浮兮，謾蘭葉之朱文。娓聖靈之差應兮，載萬祀其蝹純。神咸在兹女丑兮，進軒丘而筮予。陽陰悦以輪翕兮，化與人其焉起？雖大容遲籌而失數兮，刁牧皇皇而亡其日。余既不自明其旦末兮，咸又遜余以不及。余將過重華於瀟湘兮，紆祝誦之延委。愬妻矜而市巧兮，雖椌國其安美？室符磊以無支兮，蒂夫擢而將惢。安取陰於行邁兮，兀無縱而可横。兑又克余之震兮，焉知余之卬卬？彼皆安其繒棧兮，取朝餐而忘落棠。肆秋余之吉光兮，覯天地之蟬連。安能鬱佗此環菀兮？仰不見皇之八端。將就華而載御兮，藉末何之永道。求桂父與安期兮，籋罒嵷而荒溟壑。瀇檀洋以恢駛兮，梏庭庭而自好。俛金車以求佴兮，寧須摇而不就。泉穉余之疏泉兮，余實晚而淵疇。訂神墨以齊耑兮，斡儀規而處環。蛟卵陵而化淵兮，蒲雄專而祝冥。正紘圍之敦制兮，孰雕鐵而可能？反復余之玄仗兮，稍龍泉而安行。終不肯乎余授兮，道方城之偶耕。介魯人而通士惠兮，惟燭摍以明貞。友樊嚴以歌詠兮，托雲户而攓心。佚耿缶以凱康兮，釋性養以遊恬。乘道氣以相扶兮，務要妙以純深。順從容以陶憩兮，又何悵望於江南？

亂曰：皇旻降生，靈厥心兮。滑忽年終，不出深兮。滅翎迟興，没誰淹兮。漂如皋枝，從横風兮。拜閔及陳，望蒸林兮。不可得知，懷欽欽兮。美名山川，同我生兮。未壯而觀，天所陽兮。日嬰月蛩，將艱行兮。流歷高淵，泰神精兮。容夷淡濫，淖濯清兮。函元遂荄，督中便兮。哌摇遠祛，忘吾來兮。憑雲歸虚，風聲諧兮。大圜通方，惟吾之兮。璇精彩瑕，爛明煇兮。下瞭塵人，曨曚氳兮。蠕蠕蒸蒸，繩行蠢兮。若視蚍丘，黑一羣兮。遺音悲之，下民睟兮。姑條余身，招由歲兮。爰歌樂訏，姑以廣吾意兮。

作於萬曆五年（一五七七）丁丑，二十八歲。賦有云：「余雖未齡於壯兮，鑑余髮而有宣。」當作於三十歲前。賦爲累試不第以自廣之詞，不似二十二、二十五歲初試下第之作，當作於本年。

【箋】

〔姓於天乙〕殷契至天乙凡十四代，是爲成湯。此爲湯氏得姓之始。見史記殷本紀。

〔以施於尼父〕周成王立微子於宋以續殷後，而孔子之先爲宋人。以上見史記殷本紀及孔子世家。尼父，稱孔子也。

〔帝夋〕史記五帝本紀索隱：「帝嚳，名夋也。」又據殷本紀，帝嚳之次妃簡狄，吞玄鳥之卵而生契，是爲湯氏之始祖。

〔旬司馬之醇化兮，帝開圖而命子〕殷本紀云：「契長而佐禹，治水有功。帝舜乃命契曰：『百姓不親，五品不訓。汝爲司徒而敬敷五教，五教在寬。』封於商，賜姓子氏。」司馬，似當作司徒。

〔商丘之厚族〕湯族也。據殷本紀集解，契之孫相土始居商丘。

〔文德〕湯顯祖之八世祖。見文昌湯氏宗譜。下同。

〔友信〕湯顯祖之七世祖。

〔伯清〕名亮文，郡庠生。文昌湯氏第一世，湯顯祖之六世祖。

〔子高〕名峻明，文昌湯氏第二世，湯顯祖之高祖。博士員。成化二年遇郡大歉，公捐穀賑飢，敕旌「尚義」，賜八品冠帶。有牌坊在文昌橋東。賦云「百六施其自殫兮，帝走詔而甄門」，指此。

百六，據漢書律曆志及禮王制疏，初入元一百六歲中旱災之數有九。此指旱災。

〔余曾〕曾祖名廷用，字勤勝。邑庠生。

〔余祖實名懋昭兮〕見本書卷二和大父雲蓋懷仙之作詩箋。

〔尊承厚以敏執兮，緼黄貞而莫賈〕顯祖之父尚賢（一五二九—一六一五）字彦父，號承塘。邑庠生。屢試不售。

〔「舉微身於世肅兮」四句〕自述生於世宗肅皇帝嘉靖庚戌二十九年八月十四日（公曆九月二十四日）卯時。歲商橫之弇茂，庚戌也。橘陽，八月也。

〔穆舉余之庚午〕穆宗隆慶四年庚午，湯顯祖以第八名秋試中舉。二十一歲。

〔「先鴻征之一日兮」至「指爲號而幾真」〕句中「海若」，見莊子秋水篇，然賦所寫之海神實與舊題蘇軾仇池筆記之廣利神王有關。顯祖以忤時相張居正下第，或托詞見夢以譏刺者。此後以海若爲別號。

附：仇池筆記廣利王召

余一日醉卧，有魚頭鬼身者自海中來云：「廣利王請端明（蘇軾）。」予披褐履草黄冠而去。亦不知身步入水中，但聞風雷聲。有頃，豁然明白，真所謂水晶宮殿也。其下驪目夜光，文犀尺璧，南金火齊，不可仰視。珊瑚琥珀，不知幾多也。廣利佩劍冠服而出。從二青衣。余曰：「海上逐客，重煩邀命。」有頃，東華真人、南溟夫人造焉。出鮫綃丈餘，命余題詩。余賦曰……寫竟，進廣利。諸仙迎，咸稱妙。獨廣利旁一冠簪者，謂之鼇相公，進言：「蘇軾不避忌諱。祝融字犯王諱。」王大怒。余退而嘆曰：「到處被相公廝壞。」

【校】

〔肇皇皇之帝夋兮〕夋，原本作「逡」。見箋。

〔歲晱晱其高厲兮〕晱晱，原本作「睒睒」。

【評】

徐渭評云：「調逼騷，然卻似象胥，不漢語而數夷語。是好高之心勝也。亦豈堆垛剪插者之所能望其門屏者哉！」又云：「使在今日夏衣葛而冬衣裘者，必冬披獸皮而夏衣木葉，其可乎？故聖貴時。」

齡春賦 並序

余太母爲魏夫人，年九十一二矣。動爲小子治賓客，暴書器。小子或違去信宿，則卦卜。至遊太學，應詔辟，爲嚴裝送發，不啼也。小子受恩念深至。兒時病，不好牀席，常以太母腹爲藉。至十餘歲，補弟子時，尚卧其肘。以是外出夜夢，常惟夢太母耳。私心不急於宦達，以是。而茨廬雖燬，池林獨存，三月仲旬，從遊觀上下，甚懽，紀事爲賦。

余素寡夫天道兮，緒商辰之閼伯。莊壬申之癸月兮，火牡新於除夕。尊教余之窮清兮，寧露居而無墨。徒班茨而結卷兮，障先生之敝策。往留田乎白水兮，授小子以衡門。從太母之春華兮，庶盡躬之卷卷。凡民豈可忘其心兮，木崇天而有根。余母堅其孝仁兮，病煩温而引連。余代虔於太母兮，時有娭而作言。太母實降生南岳兮，閏純皇之戊申。夕若賓其宗婦兮，躬衣被夫玄孫。選英賢之大計兮，援故籍以提嬰。閱鴻明之歷世兮，日泛我以撫刑。隱中堂而聽客兮，傾勝珥以娱英。不遲余以厥家兮，日望余之修名。聞余行之匆疾兮，載寢興而未寧。穀余生而教訓兮，末酬恩於萬零。惟余生其耿介兮，仰先人而復書。鷙義刑以固督兮，溘函華其未及。逝天涂之即季兮，怠未振余騷疏。古皇光其建德兮，叕五行而互居。立易威以神利兮，物蝹諧夫艮離。列氣母以浩蜺兮，遂首盜於共蚩。太素薇其榮莢兮，瑶光散而蔑資。民有心而常幸兮，大道放心憑薏。寡虚庭之籥鍵兮，空載魄以亡奔。惟深通其趣敏兮，常去尊而務存。

余竊慕夫至人之無慮兮，閶夷猶於緒倫。嘉池林之靄馥兮，逮光華之逶延。月張中而趣蓺兮，御太母以遲春。陰遊紅之柏實兮，鄣青林之女貞。柟棠楂與栗郁兮，柟桃梨與橘梓。虆桑蕉以渠植兮，縠樅楓而雜屏。桐疏風而蒂響兮，竹繁露以朝清。鳥邕邕而湊軋兮，或過拂於葳苹。息栟閭之美灌兮，風飄栘而亂欏。弋高冥而下之兮，出文魚而繒翠翎。太母隤然命放兮，感長壽之慈心。覽華春而眷物兮，轉農扈之歌音。步安强而正正兮，季女追而離尋。指宜男而祝婦兮，顧餘桑而問蠶。速余母以征前兮，告以鳩之上下。余母甚嚴静兮，少讀書而習故。言夭桃之令茲兮，天王配乎王后。鵲成巢之積德兮，惟鳩方其稱母。又安得助皇蠶而摘魚須兮，鞠縹緇而諷雅。旋復指夫萬櫶兮，願延和於巨椿。浹威驩而反息兮，厝蘊筐而解蘭。壽堂闉而散業兮，余載音於彤管。余惟好攬此青陽兮，褰塵冥而泰安。皋原余方羊兮，左靈山而望紅泉。城崥崹其帶干兮，隄金沙而被門。梁文昌以直斗兮，虹青門之宛蟺。井甘平以端列兮，注天尊乎老人。養空遊之龍化兮，保和顔而運真。忘彼此之相且兮，壹昭昧以成純。惟陰陽之善食人兮，防偵竊余之竟邊。中有靈其窈悦兮，余合氣而相扶。慕老萊之能嬰兮，留深玄乎道書。人固喜有其有兮，余猶病余之有無。願長孫於太氏兮，又何歎乎西王母之上都。

亂曰：已矣哉，鴻濱大波，余隆先兮。壽介連躅，我得天兮。美厥春暉，四海雲兮。太母乘之，髮銀玄兮。母奏詩書，娱靈真兮。堂庭絜清，長子孫兮。執禄萬檐，余無猶兮。春清既沇，皂淆肴兮。鞠伏一堂，跽獻交兮。世母妯妃，羣牽幼兮。的媌明眉，弄槃舟兮。呱啞亂歷，隊嬉求兮。良可樂訏，何三事之遥遥兮！

【箋】

作於萬曆六年（一五七八）戊寅三月，二十九歲。序云：「余太母爲魏夫人，年九十一二矣。……三月仲旬，從遊觀上下，甚懽，紀事爲賦。」賦云：「太母實降生南岳兮，閏純皇之戊申。」生於明孝宗弘治元年（一四八八）戊申閏正月。是年九十一歲。據帥機陽秋館集卷三魏夫人誄，明年卒。此序當是日後補寫，故云九十一二，非確數也。

〔緒商辰之閼伯〕據左傳昭公元年，閼伯居商丘，相土因之。相土爲湯氏之上祖。同書又云：「遷閼伯於商丘，主辰。商人是因，故辰爲商星。」注云：「辰，大火也。」此以火災與商星相關，故云：「余素寡夫天道兮，緒商辰之閼伯。」

〔莊壬申之癸月兮，火牡新於除夕〕莊，明穆宗莊皇帝。壬申（隆慶六年）之癸月爲二月、十二月。此指十二月。火牡，左傳昭公十七年：「水，火之牡也。其以丙子若壬午作乎？水火所以合也。」正義曰：「丙子、壬午之日當有火災。」次日正月初一日適爲壬午。參看卷一壬申除夕鄰火延盡余宅，至旦始息詩。

〔余母〕顯祖之母吴氏（一五三〇—一六一五），臨川广下吴允熲女。

〔太母實降生南岳兮〕見本書卷二和大父遊城西魏夫人壇故址詩箋。

〔靈山〕見本書卷二靈谷對客詩箋。

〔隄金沙而被門〕汝水有千金隄，在文昌橋南，離湯家甚近。

【校】

〔閏純皇之戊申〕閏，原本誤作「閨」，今改正。

感士不遇賦　並序

賈生宦速達，知名漢庭，不爲不遇，然尚爾。令如張、馮、顔、貢，命何如也？余行半天下，所知遊往往而是。然盡負才氣自喜，故多不達。蓋有未宦徒立數言而沮歿者。其志量計數，憂人之憂，豈復下中人哉？或曰：「天短之，然又與其所長，何也？」尚有數君子某某在，爲作是賦。「誶曰」以下，寬大之也。

客有嘆於余者曰：歔哉，何獨士之不遇乎！道開天而制易兮，五期輔以三名。井原疆而列食兮，世賢聖以功能。爵陰陽而偏寘兮，正班榮而佽勳。何佯佯之厝傩兮，裔車馬之如雲。入端樓而諷議兮，出避人於道陳。左右顧其嚴莊兮，似皇天之貴神。稱須顔之朌錦兮，時爗耀於冠綸。交容並其卷姣兮，抗從容而吐論。豈天人之絶趾兮，胡云士之不同？計不耐爲商賈兮，又屈力於疇桑。惡末時之功令兮，迺學籌於古王。窮枯屬而無營兮，志俍俍之逖唐。身服義以嚴絜兮，處宧昧以加章。非善正其不交兮，拙持繩而倍工。徵貴道於丘墳兮，苞意決之縱横。爰出身而上事兮，投豈闉於王明。偉黑人之瑞咎兮，釣雷澤而嘉就時。黄夢風而亟獲兮，説帶索於東維。負王謀之恢揭兮，又何之而不可爲？苟有意其必通兮，信無人而不可。隘岑寂以升雲兮，就太牢而踈果隋。摯七十以庖保兮，父八十於屠旅。矧若士之雄壯兮，豈不足操其鼎斧？命固有不猶兮，徒枯脣而莫語。才人固多簡務兮，誰能爲其碎細？矧法制之毫毛兮，令人迴胸而委氣。政惡畏人之抵奪兮，重不容人之説有。老死其不一上兮，又孰得安談而靡悔？彼卷施之不死兮，尚與貫濼而争奇。矧良士之孑征兮，肯迴旋而載脂。伏荆門而造闕兮，亦惟君之故也。懷公忠而不見兮，豈君王之意也。

閔盛年之不當兮，歎佳人之暮遲。㕘芸芸其趨素兮，容忽忽而厲衰。意寥寥之惝怳兮，涕魄魄之淫頤。反幽嵺之泬潏兮，屏叢翠之威蕤。曾屈蠖之稠絲兮，紅靉萎而後時。蜩蜺厲其沸秋兮，隊葉響其簫籠。夜寂歷其無聞兮，魂清高而亢馳。何山川之輪直兮，余四望而無歧。西與東其不屬兮，北與南其安如？誰碩人之扈扈兮，苦傴溺以仍饑。妻椎結以敖遊兮，子蓬髦而不蘇。凡民夐猶有爲兮，惟士愁於寒暮。或踶奇而失服兮，或廉吏而難爲。物有所不至兮，時有所不可待。道固難期兮，人有所不可宜。

衆懲兹而怠正兮，壹趣工巧。九梯天以平造兮，穴洞泉而通其窈窕。快志皇或兮，不羞鄙醜。惡人之憂兮，好人之巧。笑士乃大不然兮，每搜愁而歎道。謂己大能兮，謂人無照。世甚樂康兮，常蹩折若不聊。固宦人之疾厭兮，宜知遊之相到。桀不充虛兮，裋綌違時。茅茨穿漏兮，雍嗇臞黎。苟附而遷兮，衆且争媒。熊蹢棄爲梟翠兮，誰曰珍遺？寧覆余之雉膏兮，不改其齊。扶義堅中兮，亦父母之性也。道邅流亡兮，副中信也。天孔仁察兮，豈忘鏡也！縮厄靡援兮，雪白余之正也。中荼荼而未抉兮，望綢繚而反顧。衆蘭葽而差激兮，又謂余之欲其處。今直爲此澶漫兮，縱百死其妄爾。大與細其焉謀兮，雅與俗其安化？甯戚黄牛兮，大臣乃在車下。仲父不逢兮，卒死鴟夷。瘖懰憭而不歡兮，志糾菀而不舒。能烝寘而不施兮，衆轂佹而不可爲。援美人以結思兮，逢樂歡而缺御。遡緒風之長歖兮，憂悲來其孰語？長無階於黄沰兮，意龍服之光儀。佩山中之銚弋兮，曾不如微蔓之高枝。虪漂摇之遊略兮，羣泛豔於朝流。非璆琅而不食兮，誰信余之長離。步余瑲之萃萃兮，靡余芳之芟芟。皇私余之仡仡兮，齎人生而善殁。

誶曰：顥蒼皇兮語良悲，自古云兮非今兹。惟中庸兮巧休居，襲至德兮反無諧。登彼濟澮兮，人奪其薇。東家掩涕兮，紫麟是來。士寧正申兮，不服魁崔。明自炤兮彌瑆輝。性純專兮不可迤。出虚無兮與素俱。欣和陽兮鼓鯤離。徒沉沉兮終安歸？

【箋】

作年無考，然問棘郵草都是萬曆五年（一五七七）至八年間之作。

【校】

〔稱須顏之勸錦兮〕勸，當作「勬」。

【評】

徐渭評云：「有古字無今字、有古語無今語時，卻是如此。使湯君自注，如事類賦，將不得不以今字易卻古字，以今語易卻古語矣。此似湯君自爲四夷語，又自爲譯字生也。今譯字生在四夷館中何貴哉！亦庸人習之，亦能優爲之耳。道貴從樸尚素，故曰：『君子中庸。』上古聖人非故奇也，亦不過道上古之常也。」又云：「不過以古字易今字，以奇譎語易今語。如論道理，卻不過祇有些子。」又云：「逼騷矣。」

郡賢贊

孔子曰：「中道吾不得與之，必也狂狷乎？」又曰：色厲内荏者，穿踰之盗；鄉原，德之賊也；鄙夫不可與事君；古之狂也肆；巧言令色；所惡紫之亂朱、利口者。鄉原所惡，鄉原人之意，於文義深。然緩急常有以自解，不肯死，義無所藉，婦人孺子觀其文常惑之。狂狷自循其質，志不侵於文，仲尼裁夫斐然。萬子曰：「孔子在陳，不忘其初。」本故志，得數丈夫女人，皆能護仗名氣，非素有服命文采之觀，人人可振趯而能。各爲出其事贊之。

歐陽德明贊 並傳

崇仁人，名徹。年少美鬚眉，善慷慨。靖康初，應詔言五十餘事，爲三巨軸，郡選力士肩行。會虜大入，徹曰：「我能口伐金，强於百萬師。請質子女於朝，身使穹廬。」人笑其狂，止之不可。乃走行在所，伏闕呼曰：「李綱所謂大臣，不可罷。黄潛善汪伯彦兩人不可用。陛下亦宜親總六師，迎還二帝，忠爲人臣子弟之義。」上怒，潛善等譖殺之，年三十三。後上悟，下詔哀悼曰：「徹乎忠臣也。由朕不德，使不幸不爲良臣。雖不幸，猶爲忠臣。天下後世顧獨爲朕何！此朕所以八年于兹，一食三歎不能自禁也。」命官其弟子壻，賜田十頃，卜宅兆，招魂，葬衣冠焉。徹所著飄然集若干卷。

哀哉德明，爲善近刑。肉食端居，布衣靡寧。魂遊故土，人歌百身。彼忘生父，猶褒死臣。

郭若虛葛賡鄧雩傅安潛羅士明趙均保徐宗儒等贊 並序

諸君百姓耳，能衛父母之邦，第未考其時守者誰也。

丈夫欲壯，男兒貴奇。苦矣諸君，維桑是維。民散日久，衆正風移。人不可遠，瀕危始知。

李天勇贊 並傳

臨川人，從謝枋得學，爲人尚忠義，宋季，元將攻饒州，枋得檄兵援之。天勇集義士應援，大戰團湖坪，兵敗，與張孝忠死之。

大宋忠臣，江南謝君。有朋自遠，回戈赴援。昏風普翳，素韻彌鮮。明知不反，庶見中原。

萬氏女贊 並序

樂安曾氏婦，生三女，長者尚未之人，幼才笄耳。至正壬辰之亂，聞寇且逼，三女登堂請於母曰：「事已至此，不敢負母教。願自裁。」母笑曰「我乃後之矣。」

乃作酒共食，交拜爲壽。已則相爲結束，並經於舍北松樹下。人呼母子松，歌詠之。孔子曰：「民之遠於仁也，甚於水火。水火，吾見蹈而死者，未見蹈仁死者。」萬氏女豈不蹈之哉！

曾家庶美，不辰是逢。登堂告母，同清厥躬。稱觴慶許，拜别從容。人歌人舞，瑟瑟青松。

董官貞贊 並傳

樂安王泰昌之婦，六七歲時，其姑再醮而歸，官貞即不出見，見則掩面。姑問之，答曰：「安有婦人再共人卧，不羞死邪？」姑大駡曰：「婢子，汝何知，且見汝異日爲孀時也。」官貞曰：「我固不孀。就有之，定不效姑爲也。」後嫁太昌。太昌果死，官貞才二十二，無舅姑兄弟子女，官貞呼天大哭，欲絶。旁婦止之曰：「待姑姊妹之臨。」官貞曰：「吾不忍見吾姑也。」遂自經死。家人合葬之。孔子曰：「其言之不怍，則爲之也難。」官貞不怍其言，豈不難矣！

董得嘉名，名曰官貞。豈緣渭濁，故作冰清。凡今之人，盡謂老成。誰言季女，一誓無傾。

【箋】郡賢贊五首作年無考，然問棘郵草都是萬曆五年（一五七七）至八年間之作。十卷本缺。

〔中道吾不得與之，必也狂狷乎〕論語子路原文作：「子曰：『不得中行而與之，必也狂狷乎！』」孟子盡心則作：「孟子曰：『孔子不得中道而與之，必也狂獧乎！』」

〔色厲内荏者，穿踰之盜〕論語陽貨原文作：「色厲而内荏，譬諸小人，其猶穿窬之盜也與！」

〔鄙夫不可與事君〕同書原文作：「鄙夫，可與事君也與哉！」

〔所惡紫之亂朱、利口者〕同書原文作：「子曰：『惡紫之奪朱也……惡利口之覆邦家者。』」

〔萬子曰〕孟子盡心原文作：「萬章問曰：『孔子在陳，曰：「盍歸乎來。吾黨之士狂簡，進取不忘其初。」……』」

〔歐陽德明贊〕宋史卷四五五、撫州府志卷六一各有傳，事實與湯顯祖作傳略有出入，而以府志爲最詳。

〔郭若虚葛賡鄧雱傅安潛羅士明趙均保徐宗儒等贊〕郭若虚名仁實，崇仁人。北宋末結鄉社抗金。葛賡、鄧雱、傅安潛在北宋末結鄉社鎮壓農民起義。徐宗儒，臨川人。元末爲起義軍陳友諒部所殺。以上據撫州府志卷六一。羅士明、趙均保，待考。

〔萬氏女贊〕萬氏，元曾希仁妻，與三女俱列名於撫州府志卷七四列女傳。贊文或作萬氏，或作曾氏，兩不誤。

〔民之遠於仁也〕論語衛靈公原文作：「子曰：『民之於仁也，甚於水火。水火，吾見蹈而死者矣，未見蹈仁而死者也。』」

〔董官貞贊〕董氏，樂安人。見撫州府志卷七四。

【校】

〔我能口伐金〕伐，原本作「代」。據宋史卷四五五及撫州府志卷六一改。

〔郭若虛葛賡鄧雱傅安潛羅士明趙均保徐宗儒等贊〕傅安潛，原本作「傅安」。據撫州府志卷六一改。

「李天勇贊大戰團湖坪」至「與張孝忠死之」，團湖坪，原本作「樂湖坪」。張孝忠，原本作「張忠孝」，據宋史卷四二五謝枋得傳改。

〔萬氏女贊長者尚未之人〕之，疑「是」字之誤。

本州良吏密佑贊 並傳

廬州人，宋末都統守衛也。德祐元年十一月，元兵逼撫州，制使黄萬石給都統遠迎敵，而棄城遁去。元兵夜望見都統兵，問曰：「鬬者乎，降者乎？」都統厲聲應曰：「鬭者也。」才合，而元兵圍之數重，佑面中數矢，拔去疾戰。環視麾下，才十數人耳。佑復輪雙刀出。其十數人者南走所戰處，忽陷被執。元將軍曰：「義勇人也。」命佑子説降之。佑叱曰：「我死，汝第行乞于市，云我密都統子也，誰不憐汝者？」竟不屈死。其戰處爲進賢龍馬坪，有廟。余往來豫章，未嘗不拜祀，徘徊悼慕焉。

我生實逢，外内無戎。閔然不樂，懷思密公。天舟去海，胡騎蔽江。身爲健者，有鬭無降。

【箋】

作年無考。然問棘郵草都是萬曆五年（一五七七）至八年間之作。此贊，十卷本不載。

【校】

〔黄萬石〕原本作「黄萬里」，據宋史卷四五一密佑傳改。

湯顯祖集全編詩文卷六 玉茗堂詩之一

詩六十九首 一五七九——一五八四，三十歲——三十五歲。任官南京太常博士前。

己卯歲同方汝明海寧禪院

落日梅花峯，明霞繡空杳。芙蓉不可摘，憑雲卧高榻。懸藤帶飛鼠，平林依布鴿。棲燈九蓮下，幽香滿禪衲。西來問者誰，吾亦忘吾答。

【箋】

作於萬曆七年（一五七九）己卯，未仕。三十歲。海寧禪院，未詳何地。

【評】

沈際飛評「懸藤」二句云：「造景。」

送袁滄州

十載披衣遊俠場，朱樓四望臨清觴。罘罳罩柳低煙碧，御宿含花迴日光。花光柳碧城南北，青槐馳道如髮直。餘曲長留春暮情，新妝似郢朝霞色。就中有客賦蕪城，美人滿堂予目成。藹似芳洲連杜若，悄如幽澗落松聲。文章不到金華殿，旌麾卻向黄巖縣。簿領關心君不閒，章服籠身我非羡。羡君雙舄近名山，雁蕩天台委羽間。香草千名巖窈窕，靈泉百道月潺湲。何爲不向龍湫發，似畏惡溪莓徑滑。動道桂枝青蹇偃，忽嘆蘭叢翠凋歇。銷香點白世人情，翠羽金膏不厭行。君到楚山時極目，江湘歷歷魂孤征。京闕重逢霽煙雪，爲子酣歌劍花折。波間遊子借邅迴，陌上春風愛離别。春風蘭舫拂滄州，袁公重上觀臺遊。爲看明姑青鬢色，海塵飛盡莫須愁。

【箋】

作於萬曆八年（一五八〇）庚辰。春試在北京。三十一歲。袁滄州名應祺，字文穀，是年離黄巖知縣調任滄州州判。參看卷三揚州袁文穀思親詩箋。

【校】

〔銷香點白世人情〕世，萬曆本作「會」。

〔江湘歷歷魂孤征〕魂，萬曆本作「愁」。

〔京闕重逢霽煙雪〕京，萬曆本作「高」。

〔爲看明姑青鬢色〕看，萬曆本作「道」。

〔海塵飛盡莫須愁〕須，萬曆本作「關」。

南海郭觀察夢菊約西城寺琴集别袁滄州文穀

高懷何用結交深，綺陌翻爲狎隱尋。過雨汾陽移白帢，開春海色薦鳴琴。雲浮睥睨烏棲樹，月冷招提鶴在林。夜半袁宏高詠罷，滄州頭白故人心。

【箋】

作年無考，姑附前詩之後。

【評】沈際飛評第五、六句云：「晚唐。」

答龍郡丞

楚江春雨入東吴，公子名園興不孤。竹裏紅魚遊聽曲，花間玉女笑投壺。

【箋】約作於萬曆八年（一五八〇）庚辰春，三十一歲。時友人龍宗武爲太平府江防同知。參看卷三别沈君典詩箋。

【評】沈際飛云：「使事馴而欠靈。」

送南太宰趙公致政歸餘姚

鳳德咸尊嶽，鴻軒忽麗天。舜田元自美，趙璧本來圓。蚤遲登槐日，曾瞻聽棘年。陪畿優德鎮，六尚仰平筌。太宰真留後，維師定掩前。清朝成愷悌，薄俗避華妍。疏謝寧標節，敦留是惜賢。鶯花攢别帳，鳧藻媚歸川。華首終彌耀，丹心詎改懸。寄言瑣池客，都此看神仙。

【箋】

作於萬曆八年（一五八〇）庚辰閏四月，在南京太學。三十一歲。據實録，是月辛亥，南京吏部尚書趙錦致仕。錦爲科臣費尚伊所劾，上疏乞休，允之。又據明史卷二一〇本傳，趙錦餘姚人，以忤張居正故被劾。

【校】

〔標節〕標，原本、萬曆、天啓本俱誤作「摽」，今改正。

戴師席上送王子厚北上。子厚名渾然，司徒北海王公公子也。有物表之姿，昔人之度。溽雨來辭。戴公平生不飲，此日連舉兕爵數度。公笑曰：吾之郈原也。用原字贈詩，命僕就和

去向青州榻，來遊白下門。蘭言接公子，草色送王孫。過雨催驪曲，臨風寫緑尊。不堪頻北首，驅馬獨平原。

【箋】作於萬曆八年（一五八〇）庚辰，三十一歲。春試不第南歸，遊南京太學作。據實録，二月陞右春坊右諭德掌南京翰林院印信戴洵爲南京國子監祭酒。明年四月以失意張居正致仕歸。參看卷二二療鶴賦箋。

【評】沈際飛評「臨風」句云：「寫字更妙。」

庚辰再過南陵懷林明府

梅花白石映春林，緑水漳陵思憶深。别後何人見秋浦，娟娟殘月下城陰。

【箋】作於萬曆八年（一五八〇）庚辰，北京春試途中過南陵。三十一歲。林鳴盛，福建莆田人。萬曆二年在南陵知縣任。

周無懷往宣城與沈殿元叙舊，送之

短髯江閤興何豪，夜折蘆歌宿鳥號。大勢嵇生堪仰泣，吕安何事更邢高？

【箋】約作於萬曆八年（一五八〇）庚辰，未仕。三十一歲。周無懷名宗鎬，臨川人。參看玉茗堂賦之五哀偉朋賦。沈殿元名懋學，參看本書卷三同宣城沈二君典表背衕衕宿詩箋。

五廬

大父喜書詩，大母愛林池。嘉魚薦君子，嘉樹引其虆。藏書倏以火，林藻積披離。十載居無常，辛勤嚴與慈。連石構川崎，鑿翠啓堂基。四阿長中繩，三門映重規。文昌通舊觀，東井飲餘暉。出入橋梁望，鬱葱佳氣微。層臺對金玉，隈阡隱靈芝。吾廬亦可愛，復此倦遊時。

【箋】

或作於萬曆十年（一五八二）壬午，未仕。三十三歲。詩云「藏書倏以火……十載居無常」，失火是隆慶六年（一五七二）除夕事。

〔吾廬〕在江西撫州府臨川縣文昌橋東偏北之江濱。湯顯祖出生於此。四十九歲始遷居城内沙井巷玉茗堂。

〔東井〕無考。或云即今東鄉倉巷井，未知確否。

〔層臺對金玉〕金石臺、玉石臺在城西十五里。

〔靈芝〕靈芝園，一名湯家山。在文昌橋外。湯氏祖墳及顯祖墓在此。

長安酒樓同梅克生夜過劉思雲宅

炙肉行觴深夜留，錦衣重覆敝貂裘。新豐滿市無人識，欲傍常何問馬周。

【箋】

作於萬曆十一年（一五八三）癸未，在北京應試。三十四歲。

〔梅克生〕名國楨，與湯顯祖同於是年舉進士。劉思雲，名守有，任官錦衣衛，國楨之中表。是年舉武進士。參看野獲編卷一七梅客生司馬條。

【評】

沈際飛評第三句云：「高在此句。」

帥思南還郡，應過辰沅，地主龍君宗武計君謙亨俱以坎壈去官，而予方有春官之役，懷來有作

摇落荆南心事微，帝城雲物傍春輝。啼鶯匝樹花侵座，去馬臨關柳拂旂。金筑幾年還報政，湘沅無路一沾衣。知君到鄴傳新喜，爲愛曹王興欲飛。

【箋】

作於萬曆十一年（一五八三）癸未春，在北京舉進士前。三十四歲。時帥機以思南知府上計朝京還郡。

〔龍君宗武〕據實録，湖廣少參龍宗武四月罷歸。餘見卷三别沈君典箋。

〔計君謙亨〕廣西馬平人，嘉靖四十四年進士。萬曆八年任辰州知府，十一年下任來替。上據

辰州府志。

懷計辰州

徙藥攀條興不違，古來賢達宦情微。愁心欲報流黄素，遠意空留明月暉。桂嶺雲霞過客夢，武陵煙雨逗人歸。同在都門不相見，可因岑寂避芳菲？

【箋】

或作於萬曆十一年（一五八三）癸未，在北京成進士觀政禮部。三十四歲。

〔計辰州〕即前詩計謙亨。

【評】

沈際飛評結句云：「入格。」

前廣昌令胡君仲合白塔小飲

眼裏金臺不可登，江天一醉幾年曾。欹巾曲檻過鳴雨，躧步斜陽到塔稜。詠逐蟾流開夕帳，坐分蟲語暗秋燈。談交亦自風塵好，獨宿孤遊也去能。

【箋】或作於萬曆十一年（一五八三）癸未，在北京成進士觀政禮部。三十四歲。〔胡君仲合〕字啓賁，蘄水人。隆慶四年舉人。令廣昌，改判通州，陞大理寺推官。見蘄水縣志卷一〇。

送丁休寧

曲江兄弟半吾遊，總愛鶯聲出谷流。紫氣獨參蓮幙曉，白巖相候水簾秋。春心賦傍絃歌發，夏口歸兼燕喜留。共道三公人可作，功名渾欲傍孫劉。

【箋】作於萬曆十一年（一五八三）癸未，在北京成進士觀政禮部。三十四歲。休寧知縣丁應泰爲湯氏同年進士。丁係湖廣武昌人，故云「夏口歸兼燕喜留」。

第後寄玉雲生有懷帥思南

深尊小拍近如何，興淺當年恨别多。秋幙有情留燕語，春林無那厭鶯歌。香風射雉饒丁壯，生氣臨書有甲科。解道邅予能極浦，故人雙鬢古牂牁。

【箋】

作於萬曆十一年（一五八三）癸未，在北京成進士觀政禮部。三十四歲。

〔玉雲生〕當即吴拾芝。臨川人。玉合記題詞云：「第予昔時一曲纔就，輒爲玉雲生夜舞朝歌而去。生故修窈，其音若絲，遼徹青雲，莫不言好。」

〔帥思南〕萬曆九年秋，帥機陞任思南知府。據陽秋館集卷三亡男秀士廷銑墓志銘。

【評】

沈際飛評「香風」句云：「自奇。」又評結句云：「含蓄。」

答帥思南趙北聞予捷喜，自嘆不遷之作

燕市何人發遠悰，邯鄲薄酒爲君濃。三千奏自遲方朔，六百官今過曼容。軒蓋

飛時猶避鶴，壁窗窺處暫成龍。羅施未用愁山鬼，大好湘沅雲水重。

【箋】作於萬曆十一年（一五八三）癸未，在北京成進士觀政禮部。三十四歲。

送林廷任之進賢便歸閩省

神君出宰謝林巒，鼓角乘秋入建安。待唱白華留客醉，即看青雪照人寒。江聲暝合風雲路，縣影晴分日月灘。莫便河陽嗟宦拙，爲儒初着進賢冠。

【箋】林廷任名道楠，福建莆田人。湯氏同年進士。詩當作於萬曆十一年（一五八四）秋。據福建通志卷二六。

【評】沈際飛云：「意能轉出。」

七夕送李叔玄新第表還永春成禮

粉面仙郎趁鵲橋，歸槎海上路迢迢。流蟾桂葉香攀滿，小鳳桐花翠欲嬌。直取春妝明畫錦，新分御燭引華宵。懸知向後明光夕，枕帳薰爐厭寂寥。

【箋】作於萬曆十一年（一五八三）癸未七月。李叔玄名開藻，福建永春人。湯氏同年進士。永春州志「玄」作「鉉」。另有李叔元，福建晉江人。萬曆二十年進士。年里俱不合。

【校】〔直取春妝明畫錦〕畫錦，原作「錦畫」，據沈際飛本改。

【評】沈際飛云：「得情字。」

送婺源潘去華司理東甌

二毛何限興難降，丹筆初馳過海邦。古驛芙蓉雲入幔，石門秋雨瀑臨窗。高標北斗千年氣，皎鏡新安百尺江。豫想還朝侍簪筆，一時清望恐無雙。

【箋】〔潘去華〕名士藻，婺源人。萬曆十一年進士。任温州推官。温州府志卷一八、明史卷二三四各有傳。

聞俞義烏稍懊外除，慰贈之

畫塢爐峯隱竹衙，此君才地稱清華。相逢南陌人皆嘆，暫守東遷只自嗟。樹色籠晴雙騎遠，雨聲過雁一帆斜。縣前即有登高處，會待陶潛就菊花。

【箋】作於萬曆十一年（一五八三）癸未，在北京成進士觀政禮部。三十四歲。

〔俞義烏〕義烏知縣，名士章。爲令五年，入爲禮部主事。見義烏縣志。

【評】

沈際飛云：「情景雙合。」

送陳立父理越

承家丹筆下青墀，雲杜葱蒼玉樹枝。世次共推陳子傳，刑名高借董生帷。風光絶嶠雲凝處，雨氣殘潮月上時。飛旆自饒清興發，越東山水最宜詩。

【箋】

或作於萬曆十一年（一五八三）癸未，在北京成進士觀政禮部。三十四歲。據紹興府志卷二七，立父名汝璧，沔陽人。故第二句稱其「雲杜葱蒼玉樹枝」。今年進士，出爲紹興推官。

【評】

沈際飛評「雨氣」句云：「出脱。」

送錢用父江陰

新抛浮玉共朝参，章服籠身百事堪。一騎到江乘夜色，雙旌迎路擁朝嵐。時非季子空摹碣，客過春申肯罷談。最好鄉關連震澤，含山煙雨正東南。

【箋】

作於萬曆十一年（一五八三）癸未，在北京成進士觀政禮部。三十四歲。

〔錢用父〕名汝梁。烏程人。萬曆十一年進士，任江陰知縣。見江陰縣志。

劉思雲錦衣謝客服餌，代諸詞客戲作

舞盡琵琶奪盡籌，錦袍長對敝貂裘。身當列第宜張楚，客向登樓欲傍劉。鼎似芙蓉那換醉，芝如翠羽詎銷憂。年來世路縱橫裏，公子何能學卧遊。

【箋】

或作於萬曆十一年（一五八三）癸未，在北京成進士觀政禮部。三十四歲。

〔劉思雲〕名守有，梅國楨之中表。官錦衣衛。萬曆十一年武進士。其祖天和，曾於嘉靖二十年任兵部尚書。見野獲編卷一七梅客生司馬條。

恭遇端陽賜閣部宮臣采扇宮縷諸節物有述

令節恩華半水蒼，蕤賓朱曲御金堂。九華扇出分涼遍，五色絲縈續命長。帖艾靈符教辟惡，浴蘭風物鎮生香。上陽百草無心鬬，競折葵心捧太陽。

【箋】

約作於萬曆十一年（一五八三）癸未，在北京成進士觀政禮部。三十四歲。

春卿初夏喜雨敬和 觀政時作

龍角宵闌敞曙曦，春官對雨出花遲。輕占夜畢含卿月，净洗朝埃拂帝墀。雜霧暗沾三秀草，和風新濯萬年枝。爲霖得奉人天喜，還憶高齋護麥時。

【箋】

約作於萬曆十一年（一五八三）癸未，在北京成進士觀政禮部。三十四歲。

〔春卿〕禮部尚書徐學謨。據明史七卿年表。

過安福舊邸口號

宦學新移近禮闈，行經舊邸思依依。飛簾巷口人曾拂，舞轡街心馬似歸。粉障自尋題處迹，薰爐重對護時衣。歸家少婦迎門問，妝閣簾閒燕可飛？

【箋】

或作於萬曆十一年（一五八三）癸未，在北京成進士觀政禮部。三十四歲。

〔少婦〕新娶傅氏夫人，京師人。

【評】

沈際飛評「薰爐」句云：「親切。」又評「歸家」句云：「懷舊深情，餘溢聲外。」

同沈胤盛送錢國賢齋武成侯誥之廣陵歸覲

杏池芳宴托交新，松樹移居即舊鄰。上路天迴綸誥彩，倚門春屬使車塵。維揚郭外鶯花滿，檇李園中燕喜頻。爲報河陽須妙宰，板輿親御太夫人。

【箋】

或作於萬曆十一年（一五八三）癸未，在北京爲禮部觀政進士。三十四歲。

〔沈胤盛〕或名烝，顯祖同年進士，又爲京寓鄰居。

〔錢國賢〕名夢得，顯祖同年進士，又爲京寓鄰居。

〔武成侯〕明史諸王功臣二表無此爵名，字或有誤。

京邸移居，留别比舍錢國賢沈胤盛二兄

喬林春鳥接宫墻，道是錢郎並沈郎。庭翠便成交讓木，窗虚暗度辟寒香。顔公醉謔寧妨静，顧愷聽歌不厭長。别去那堪重唾井，曾從東壁借餘光。

【箋】作於萬曆十一年（一五八三）癸未，在北京爲禮部觀政進士。三十四歲。國賢名夢得，胤盛或爲沈烝別號，兩君俱浙江桐鄉人，顯祖同年進士。據桐鄉縣志卷一五。

【校】

萬曆本題目作「京邸移居别東鄰郎舍」。

樂石帆旌德曉發

閶門塵動日猶啣，樂令杯行興不凡。走馬驚香新墨綬，鳴鶯出谷舊青衫。秋風隴首雲隨蓋，夕渚鄉心月映帆。僻縣到來心自遠，琴中山水隱層巖。

【箋】

作於萬曆十一年（一五八三）癸未，在北京禮部觀政。三十四歲。

〔樂石帆〕樂一作岳，名元聲。顯祖同年進士。是年授旌德知縣。嘉興府志有傳。

朝天宫夜别吕玉繩司法寧國

偶從公子折芳馨，千里風期在敬亭。拂署曉雲花淡淡，卷簾秋水月泠泠。松間訪道争連璧，竹裏行歌幾聚星。正恐無緣隸仙府，風蟬雲鶴片時聽。

【箋】

或作於萬曆十一年（一五八三）癸未，在北京成進士觀政禮部。三十四歲。

〔吕玉繩〕名允昌，一字麟趾。餘姚人。顯祖同年進士，任寧國府推官。

送胡司理都匀，癸未秋已聞播横，勉之

廿載邅迴出武溪，一官遥寄重萋萋。星州總向三辰北，風物還過二酉西。秋入偏橋雲樹合，春生平浪水煙齊。從來司法參軍事，能使楊安識漢威。

【箋】

作於萬曆十一年（一五八三）癸未秋，在北京成進士觀政禮部。三十四歲。

送周鄞縣

座師余相國家鄞也。君便道歸湘潭省其兄方伯殿中君。

秋盡明州見海槎，郎官星裏帶長沙。並遊蓮府看偏入，暫向薇垣去莫嗟。谷口鳴騶開積霧，潭心側棹倚輕霞。佗山一種河陽色，並是清湘棠棣花。

【箋】作於萬曆十一年（一五八三）癸未秋。鄞縣知縣周之基字季卿，湘潭人。湯氏同年進士。見鄞縣志卷一八。

【評】沈際飛評末句云：「拈合題意。」

禮部送錢塘周年兄司法岳州，周故鄢陵縣學官，重過及之

萑蒲新幟在湖陽，摇落逢君筆有霜。試政春曹朝别袂，過家秋水夜迴航。勞愁

未覺歌聲短，吏迹何妨飲興長。更過鄢陵逢弟子，何如車騎昔遊粱。

【箋】

或作於萬曆十一年（一五八三）癸未秋，在北京成進士觀政禮部。三十四歲。據題名碑録，周名學易，浙江錢塘人，湯氏同年進士。

潞河迎拜龍峯張老師。公起越中，即授虔鉞。舟中琴客碁師，蕭然永夕，高而賦之

爐峯瀑水自招尋，十載煙霞積望深。河上搴帷新繡斧，關南迎拜舊青衿。身非從吏容窺局，心在明王獨抱琴。秋月半空渾不暑，偶然乘雪坐山陰。

【箋】

作於萬曆十一年（一五八三）癸未秋，在北京成進士觀政禮部。三十四歲。

〔潞河〕通州，運河北端終點，在北京東。

〔龍峯張老師〕名岳。餘姚人。湯顯祖秋試中舉之主考官，去今十三年。據實録，二月起任四

川左參議，閏二月擢太僕少卿，六月陞右僉都御史巡撫南贛汀韶等處。

【評】

沈際飛評「身非」句云：「安放琴碁好。」

梅克生座中贈袁天台暫歸廣陵

今日逢君忽不驩，十年賓從曲江寒。幾窺煙液浮攀桂，復報風心罷采蘭。楚客夜過留佩語，胡姬朝醉拂琴彈。還嫌失作神仙令，咫尺天台控鶴難。

【箋】

或作於萬曆十一年（一五八三）癸未，在北京爲禮部觀政進士。三十四歲。詩云「十年賓從曲江寒」，按前黄巖知縣袁應祺，萬曆二年進士，當係是年與湯顯祖會於禮部春試時，去今十年。袁應祺字文穀，揚州興化人。約萬曆八年至黄巖任。見台州府志。詩題天台當是黄巖之誤。〔梅克生〕名國楨。顯祖同年進士。明史卷二二八有傳。

送饒司理順德

伯宗故於予不淺，各亢壯别去，悲之。

十年棲遶月明枝，一日春妝蕊樹奇。厚禄久無堂上老，長貧多謝里中兒。空思幅被通寒夏，浪擬緘書有歲時。定過邢臺悲豫子，聲音偏合友人知。

【箋】或作於萬曆十一年（一五八三）癸未，時在北京爲禮部觀政進士。三十四歲。哀偉朋賦序云：「崙同舉進士。出理順德。」崙，字伯宗。臨川人。

【評】沈際飛評「厚禄」二句云：「着句老杜往往有之。」

梅庶吉公岑席中送衡湘兄固安

固安孝廉時同在余許二師南祭酒講下，上春官復同第二師門下云。

曾陪相國侍飛簪，把劍長安雪夜吟。八月寒濤湘夢遠，十年春草禁烟深。雲開赤縣雙鳧映，花撲盧臺兩鬢侵。復是連枝爲太史，每逢朝朔候輕陰。

【箋】

約作於萬曆十一年（一五八三）癸未，在北京爲禮部觀政進士。三十四歲。

〔梅庶吉公岑〕名國樓，湯氏及國楨同年進士，選爲庶吉士入翰林院讀書。國楨字衡湘，出爲固安知縣。

〔衡湘〕梅國楨字。十一年進士，任固安知縣。曾與湯顯祖同遊南京國子監。明史卷二二八有傳。

【評】

沈際飛評「十年」句云：「冠冕。」

朱大復舒城

鵲渚逢人報好音，龍舒君長挾青琴。太湖水色經瀿淺，郎位星光入斗深。秋士共悲風薄木，春官曾佇月開林。漢臣朱邑原鄉里，家國情兼歲祀臨。

【箋】約作於萬曆十一年（一五八三）癸未，在北京爲禮部觀政進士。三十四歲。〔朱大復〕名長春，顯祖同年進士。時出任舒城知縣。見静志居詩話卷十五。有朱大復集。

送來黄梅

燕雲如馬去江黄，醉裏籠鞭點驌驦。撲鬢柳花吹雨色，薰衣蘭草雜風香。潛廬半入吴都盡，江漢遥分楚塞長。爲過蕪城須縱酒，此中幽恨即難忘。

【箋】作於萬曆十一年（一五八三）癸未，在北京禮部爲觀政進士。三十四歲。黄梅知縣來三聘，浙江蕭山人。湯氏同年進士。

【評】

沈際飛評「潛廬」三句云「唐調。」

贈趙司理池陽

關霧晴開山翠微，風塵笑拂行人衣。吹絲碧草蝶摇映，點樹雜花鶯亂飛。客子燕歌思獨苦，美人趙璧傳相輝。歲華隨意有春酌，江上芙蓉歸不歸？

【箋】

或作於萬曆十一年（一五八三）癸未，時在北京爲禮部觀政進士。三十四歲。

劉君東下第南歸

漠漠蒹葭映夕陽，同人秋鬢十三霜。烏棲夜月移檣影，蟻泛春風拂座香。筆墨興隨歸路緩，綺羅情共落花忙。猶憐獨馬關南去，滿目青雲一雁行。

【箋】 作於萬曆十一年（一五八三）癸未，在北京成進士觀政禮部。三十四歲。

〔劉君東〕名浙。江西泰和人。據泰和縣志，劉是隆慶元年舉人。隆慶五年起與若士同赴春試五次，故有「同人秋鬢十三霜」之句。

【評】 沈際飛評云：「輕憐痛惜之意正深。」

再送君東

風嘶鬱柳聽蟬悲，洛下彈冠歸去遲。尚拾流螢窺太乙，還驅積羽向天池。雙歌舊國桃根葉，獨嘆承家桂樹枝。青眼送君頭欲白，十年多半里中兒。

【箋】 作於萬曆十一年（一五八三）癸未，在北京成進士觀政禮部。三十四歲。參看前詩。

【評】

沈際飛評「尚拾」二句云：「期望語。」

劉君東下第歸西昌

萬里乘春幾度逢，每逢相見不從容。燕臺自説空羣馬，仙縣何當起二龍？風定擣砧催木葉，月明歌棹倚芙蓉。看君未有清寒色，湛露零空酒正濃。

【箋】

或作於萬曆十一年（一五八三）癸未，三十四歲。參看前詩。

〔西昌〕江西泰和。

答君東天津夜泊

津館蒼茫別未曛，滿篙秋色爲思君。風生積海連山霧，月落長河半樹雲。欲睡動尋千日酒，憐香真惜十年薰。如何咫尺關南道，只似江空與雁聞。

【箋】或作於萬曆十一年（一五八三）癸未秋，時在北京爲禮部觀政進士。三十四歲。參看前詩。

【評】沈際飛評「月落」句云：「口角宜人。」

送張蓮濱曲周

張君霅川人，其尊公名御史大夫也。

白蘋風色起吴中，仙令飄飄赤縣東。醉着幅巾宜畫史，閒抽寶瑟付青童。漳河樹影邊陰盡，碣石蓮開海色空。便合政成歸攬轡，漢家知有舊乘驄。

【箋】作於萬曆十一年（一五八三）癸未秋，時在北京爲禮部觀政進士。三十四歲。據湖州府志卷七二，蓮濱爲張天德别號，烏程人。萬曆十一年進士，知曲周。

寄馬長平理廬州

登高送目海雲東，鳴雁秋生碣石宫。小吏廬江看執法，諸侯泗上待趨風。鄉心欲賦梁園盡，别騎纔嘶漢苑空。不惜放歌今夜好，與君千里月明中。

【箋】

或作於萬曆十一年（一五八三）癸未，在北京爲禮部觀政進士。三十四歲。馬長平，名猶龍。固始人。顯祖同年進士。據廬州府志及題名碑録。

【評】

沈際飛評結句云：「是寄。」

送王淑父理廣平，有懷馬長平

輕拋少室踐雲除，見説衙齋好讀書。物論幾年推藴藉，宦情今日喜蕭疏。人行涿野砧聲外，雁繞漳河木葉初。蚤晚邯鄲應駐節，馬卿原愛藺相如。

【箋】

或作於前詩成後不久。

【評】

沈際飛評「見説」句云：「草草。」

山陰何比部南行，時同觀政春曹，輪食未半而別

食簿輪君興即殊，山膚海簌盛行廚。能文未老過顔署，奏試爲郎似許都。臢有一金添醉色，可無雙玉護寒途？南曹不下山陰勝，晴碧花光滿後湖。

【箋】

或作於萬曆十一年（一五八三）癸未，在北京爲禮部觀政進士。三十四歲。比部指南京刑部主事何繼高，見山陰縣志卷一四。

沈性父司法永平

苕湖嚶谷正春聲，年少驪歌別有情。卿月會看連袂入，青雲那逐去旌行。家風

沈約存南宋，國計田疇在北平。石柱未移滄海月，瑶琴真對伯夷清。

【箋】

作於萬曆十一年（一五八三）癸未，在北京爲禮部觀政進士。三十四歲。性甫名之唫，湖州人。湯氏同年進士。

初秋邀于中父吕玉繩孫世行樂之初邸閣小飲

巷無車馬殢京華，雨過青熒雜樹花。對客動須眠白日，懷人真似憶長沙。衣開縷篋粘蟲落，釧響鈎簾觸燕斜。冠帶和君渾不暑，江南秋思在蒹葭。

【箋】

作於萬曆十一年（一五八三）癸未，在北京觀政禮部。三十四歲。于吕孫樂皆同年進士。中父名玉立，金壇人。明史卷二三六有傳。玉繩名允昌，餘姚人。世行名如法，餘姚人。萬曆十四年自刑部主事謫官潮陽典史。之初名元聲，嘉興人。萬曆二十四年三月以工部都水司郎中言事革職爲民。樂，一作岳。

方衆父選得冀州，自笑今日開籠放白鷳矣，因渠服色嘲之

河朔麾旄照别顔，十年秋卷起雲間。抽書觀闕凌風並，命酒軒墀載雪還。遽唱折楊連曙發，應過扶柳及春攀。同門幾月仍同署，具曉襟情似白鷳。

【箋】

作於萬曆十一年（一五八三）癸未，在北京觀政禮部。三十四歲。方衆父名應選，直隸華亭（今上海松江）人。屠隆白榆集卷三寄壽方翁注云：「萬曆十二年正月十五日乃其生朝。衆甫時新拜冀州牧。」

南漳魯子與出理廣州過别

未信荆璆老卞和，少年風骨動鳴珂。行隨世路追歡少，坐歇流芳飲恨多。橘漢乍留珠佩語，梅關直上蜃雲過。參差六月天池水，撥刺飛騰奈汝何。

【箋】

當作於萬曆十一、十二年（一五八三—一五八四），在北京禮部觀政。三十四、三十五歲。子與名點，湖廣南漳人。以上據題名碑録。

【評】

沈際飛評「行隨」二句云：「有擊筑碎壺之概。」

送時確山暫歸蘇臺

蘭省香銷盡日閒，緑槐幽鳥晝綿蠻。蕭齋慎夏憐同病，客舍悲秋送獨還。欹棹雪迷芳草徑，轉旗春動穆陵關。思君正在留連處，一榻琴書酒半閒。

【箋】

或作於萬曆十一、十二年（一五八三—一五八四）間，時在北京禮部觀政。據題名碑録，時偕行，直隸嘉定人。萬曆十一年進士。

【評】

沈際飛評首句云：「詩料。」

同丁右武送萬和父婺源

紫陌風暄散遠珂，美髯清骨病如何？春秋得附吾流少，吴越争趨晚進多。興發松篁時自語，佩參蘭芷日相過。心知選勝鳴琴日，只愛新安百尺波。

【箋】

或作於萬曆十二年（一五八四）甲申春一、二月間，在北京爲禮部觀政進士。三十五歲。丁右武名此吕，時爲山東道御史。萬和父名國欽，顯祖同年進士，出任婺源知縣。「美髯」句指萬國欽。參玉茗堂尺牘之一寄萬二愚。

送牛光山暫歸涇陽

嵯峨西嶺映參差，小坐高鶯出欲辭。獻歲客殘同署曉，兼春人憶踏花時。池陽荷鍤分新雨，煙水横琴寄晚飋。仕宦向來多曲折，君心惟有直如絲。

【箋】

光山知縣牛應元，陝西涇陽人。萬曆十一年進士。以上據題名碑録。詩似作於萬曆十二年（一五八四）春，在北京禮部觀政時，三十五歲。

【校】

〔仕宦向來多曲折〕折，天啓本、原本誤作「拆」。據萬曆本改。

【評】

沈際飛評云：「中自不平。」

送徐敬輿浮梁暫歸蘭谿省覲

寒郊煙影散春旗，列宿河梁昨夜明。劉向早傳蘭署業，阮咸堪醉竹林情。舟經浦口齊雲宿，縣到池灘遶月行。不用蘭川將酒去，玉甌春茗會人清。

【箋】據明詩綜卷五九小傳，敬輿名學聚，浙江蘭谿人。萬曆十一年進士，除浮梁縣知縣，調吉水，擢禮科給事中，官至福建巡撫。詩作春景，當作於萬曆十二年。

【校】

〔題〕萬曆本無「省覲」二字，「浮梁」前有「之任」二字。

〔列宿河梁昨夜明〕昨夜明，萬曆本作「望不輕」。

送殷無美夷陵

桂樹山中難久淹，喜從京國動行幨。鄉心送客河淮盡，風物爲官楚蜀兼。岸隱竹枝歌裊裊，峽連明月映纖纖。才名四十宜公府，長笑君家短後髯。

【箋】殷無美名都。蘇州嘉定人。顯祖同年進士。唐時升三易集卷一七殷公墓志銘云：「甲申出守夷陵州。」詩作於萬曆十二年（一五八四）甲申。

贈鄒南皋留都六首

靈崑軸海脈，丹穴被天精。用九開潛躍，得一佐寧清。皇皇孝肅朝，柔剛隨盛明。長祥發沖聖，奇眷屬師卿。

師卿倚奇眷，剛氛護衡鉉。依陰候虹起，疑陽忌龍戰。銷心三輔豪，殞氣諸州彥。東吳未鸞靡，西江已麟見。

麟見豈無時，賢興自有宜。君子秉昭質，忠孝復前規。處志殺中孚，折體象明夷。揮戈事迴遠，碧血理經奇。

經奇歲屢周，橫天彗已流。途窮擬開濟，弦絶事調柔。維解沐昭蘇，往蹇奉咨疇。遂參玄衮闕，風性藹皇州。

皇州曠且綿，重闉峻而玄。欽貞情率爾，誹駿理常然。徂秋玉帛起，獻歲簡書捐。祥金無北躍，虧珠有南還。

南還殊北徵，今心豈昔懲。昔賢懷蒼梧，今子謁鍾陵。晚龔稱竟夭，弱賈憚恭承。揆余昧修惜，何以贊居輿？

【箋】

作於萬曆十二年（一五八四）甲申，時在北京禮部觀政。三十五歲。鄒南皋名元標。江西吉水人。明史卷二四三有傳。時謫官南京刑部照磨。

〔孝肅朝〕明世宗嘉靖朝。

〔長祥發冲聖，奇眷屬師卿〕神宗年少即位，首輔張居正特受寵任。

〔銷心三輔豪以下四句〕萬曆五年十月，張居正父喪奪情，吉服視事，編修吴中行、檢討趙用賢因星變陳言，刑部員外郎艾穆、主事沈思孝合疏劾居正。中行等四人同時受杖，罷黜謫戍有差。時鄒元標觀政刑部，視四人杖畢而疏上。杖，謫貴州都匀衛。羣官以言事被斥者甚衆。以上見明史紀事本末卷六一。吴中行、趙用賢、沈思孝皆吴人。西江，江西，指鄒元標。

〔徂秋玉帛起，獻歲簡書捐〕十一年八月，鄒元標自都匀衛遷吏科給事中。十月，鄒元標劾罷禮部尚書徐學謨。十二月，慈寧宮災。元標復上時政六事。帝謂元標刺己，怒甚。降旨切責。首輔申時行以元標己門生而劾罷其姻學謨，亦心憾，十二年正月遂謫元標南京刑部照磨。謫官前，湯顯祖曾貽書時行子用懋，言降調元標爲不當。以上見尺牘之一與申敬中、明史卷二四三傳、七卿年表、神宗本紀及實録。

【評】

沈際飛評二首四句云：「初唐口吻。」評三首五、六句云：「若此用易便佳。」評四首「維解」、「往蹇」云：「四字不佳。」又評同首末句云：「自傚。」

送右武出關

聚散杳無期，有如驂與騑。送子遊近關，念遠意何微。端簪觸拳勇，弛繡戀閑闈。斗水有清濁，盈庭無是非。丈夫行一意，何在久依違。

【箋】

作於萬曆十二年（一五八四）甲申三月，在北京禮部觀政。三十五歲。據實録，丁此吕（字右武）於是年三月言科場弊，謫潞安推官。潞安在山西，故云：「送子遊近關。」

送沈師門友張茂一餉使歸覲蒲州相國，有感江陵家世

别酒霜林醉碧曛，省郎將餉鴈門軍。鄉關晝錦衣如雪，沙塞春旗陣入雲。紫氣尚憐張壯武，青韶同事沈休文。爲報富平堪卧托，冠陽今日不如君。

【箋】

或作於萬曆十二年(一五八四)甲申,官南京太常博士前。三十五歲。

〔沈師〕自邠,湯顯祖舉進士時以翰林院檢討爲試官。見玉茗堂賦之四酬心賦序。

〔張茂一〕名甲徵。蒲州人。顯祖同年進士。父四維,武英殿大學士,十一年四月丁憂歸。

〔江陵〕指江陵人張居正。故相國。十一年追奪官階,是年四月籍没其家。八月,榜其罪於天下,家屬戍邊。

【評】

沈際飛評「紫氣」二句云:「整。」

徐本充餉遼西歸,有懷萬和父

婺源新尹並吾兄,此日春筵舊鹿鳴。候闕若爲彭澤米,存鄉先乞度遼行。單車北渡愁冰裂,遶鵲南飛愛月明。便作紆迴成底事,蚤禁華髮向逢迎。

【箋】

或作於萬曆十二年(一五八四)甲申,在北京爲禮部觀政進士。三十五歲。萬和父名國欽,江西新建人。顯祖同年進士，授婺源知縣。見明史卷二三〇傳。

送周明行臨海

旌蓋霏霏遶曙霜，仙鳧秋映雁南翔。川分闕嶺江雲盡，山入高麗海岸長。千里家園馳御母，三台列宿始爲郎。知君未愛元明飯，暫與加餐思不忘。

【箋】

作於萬曆十二年（一五八四）甲申，在北京禮部觀政。三十五歲。

〔周明行〕名孔教。臨川人。萬曆八年進士。十二年任臨海知縣。見台州府志。

即事

漢家七葉珥金貂，不見松陰嘆緑苗。卻嘆江陵浪花蕊，一時開放等閒消。

【箋】

或作於萬曆十二年（一五八四）甲申，在北京觀政禮部。三十五歲。據明史紀事本末卷六一，去年三月甲申追奪張居正官階。今年四月，籍張居正家。八月丙辰，榜張居正罪於天下。家屬戍邊。居正，江陵人，故首輔。

送譚侍御歸茶陵

侍御疏，閣中故有絲綸簿，爲大璫竊去。觸璫，詔旨切責，問出何記。御史臺爲言，竟謫歸。

惠文冠影正沖飛，自點秋霜拂繡衣。江漢有人雄畫省，絲綸無簿愧黄扉。遥帆半落湘雲盡，疎磬全分嶽影微。不道清時容臥托，草堂猿鶴似依依。

【箋】

作於萬曆十二年（一五八四）甲申，或在北京禮部觀政。三十五歲。

野獲編卷八絲綸簿條云：「向傳閣中有絲綸簿，爲擬旨底本。無論天語大小，皆録之，以備他日照驗。聞上初年，爲馮璫共江陵相匿之，以滅其欺妄之跡。或云，正德初年，已被劉瑾、張綵藏去久矣。甲申年，御史譚岳南（希思）耳剽其説，遂疏請查簿下落，以還舊規。閣中疏辨，謂向無此簿，亦初不聞其説。上詰譚此語所從來，令即回話。譚亦衹以傳聞臆對，因重貶去。」譚希思，湖南茶陵人。萬曆二年進士。

【評】

沈際飛云：「傲然。」

湯顯祖集全編詩文卷七　玉茗堂詩之二

詩五十八首　一五八四——一五八五，三十五、三十六歲。在南京太常博士任。

除南奉常留別沈胤盛亳州

比舍遊蘭共夕薰，參差選下欲離羣。盃深梅雨沾衣色，歌罷流鶯接座聞。仙治自然依道德，霸臺長是宿風雲。惟餘濠濮千年意，秋水盈河候使君。

【箋】

作於萬曆十二年（一五八四）甲申秋，時以北京禮部觀政進士除官南京太常博士。三十五歲。

沈烝湯氏同年進士。亳州是老子故里。濠濮，見莊子秋水。

【校】

〔亳州〕亳，原誤作「亳」，今改正。

出都晚登里二泗道院高閣

弭舳聚煙熅，躧舄凌暉皎。旅積方此舒，波情亦增繞。榛丘憶蒙密，重關思窈窕。況此羽人居，青熒滿幽眺。雙扉永平直，層樓迥飛矯。陵巒翠西矗，河渠白東淼。橦檣密林樹，伊優軋魚鳥。封畛四如畫，岐術紛可了。非經灞陵役，復異河陽遶。如何帝鄉雲，悠然映江表。

【箋】

此起十二首詩作於萬曆十二年（一五八四）甲申秋，三十五歲。湯顯祖離北京南行赴南京太常博士任。據實録，丁此吕於去年八月陞山東道御史，今年三月謫潞安推官，十四年二月以南太僕丞陞湖廣僉事，而據答丁右武稍遷南僕丞懷仙作、汶上懷右武維揚兩詩所云，此吕已由山東而山西（潞安所屬），而揚州，又據罪惟録卷二七，南太僕丞或駐揚州或駐滁縣，知此吕由潞安推官遷南太僕丞必在是年，且在八月前。此詩亦爲顯祖本年任官南都之證。如湯於去年南下，則汶上懷右武維揚爲不可能事。里二泗道院在北京南，瀕運河。

【評】

沈際飛云：「摹初唐。」

逢采藥者關外

張公非韻淺，孫生乃思沉。處處可采藥，何爲來上林？昔來當夏首，今去欲秋深。停艫張暑幔，借宅延風襟。肅氣豈不蚤，叢灌有幽陰。穠條俱下靡，弱蔓且旁尋。傾崖隱蟬唱，列隧繞蟲音。黍稷雖已齊，膏雨尚遲臨。在客豈無時，一再食林禽。想我家園中，榛蘖常見侵。懷香不可問，遠志復難任。

【箋】

或作於萬曆十二年（一五八四）甲申秋，南下出都門作。三十五歲。參看前詩。

〔昔來當夏首，今去欲秋深〕謂采藥者。

〔一再食林禽〕顯祖在北方兩度經秋。

【評】
沈際飛評首句云：「起魄。」評「傾崖」兩句云：「自幽。」

別梅固安

黄村别徑曉塵輕，仙令梅生出送行。薄暮離情向汾水，白溝河上遶秋聲。

【箋】
或作於萬曆十二年(一五八四)甲申秋，自北京南下就太常博士任途中。三十五歲。梅國楨爲湯顯祖同年進士，授固安知縣。據實録，十六年三月始擢爲御史。

甲申見遞北驛寺詩，多爲故劉侍御臺發憤者，附題其後

江陵罷事劉郎出，冠蓋悲傷并一時。爲問遼陽嚴譴日，幾人曾作送行詩？

【箋】
作於萬曆十二年(一五八四)甲申秋，南下就南京太常博士任道中。三十五歲。明詩紀事庚

箋卷二，此詩題作「題東光驛壁是劉侍御臺絶命處」。詩云：「哀劉泣玉太淋漓，棋後何須更説棋。聞道遼陽生竄日，無人敢作送行詩。」又引列朝詩集云：「先是過客題詩哀劉侍御者，偏滿驛壁，義仍書此詩，後人遂絶筆。瞿元立爲余（錢謙益）誦之，與今集本異。」按，東光在今河北省，瀕運河。萬曆四年正月，御史劉臺劾大學士張居正專擅威福，奪職爲民。居正後借他事戍臺廣西，置之死。時爲萬曆十年。十一年二月，復臺原官，贈光禄寺少卿。遼陽，劉臺原任御史巡按遼東。見明史紀事本末卷六一、明史卷二二九劉傳、實録册三七七。

【校】

〔甲申見遞北驛寺詩〕遞，當是「題」字之誤。

【評】

沈際飛云：「高古絶倫。」

臨清哭王太史懋德

太史同郡不相識，病且死，自以爲恨。感而哭之。

交知有重壤，相闊無近親。徒聞君顏色，清如渌水蘋。處心在規閾，不隨衆飛塵。生平無半雅，哀鳴能見珍。諸人無物色，之子有人倫。寧聞四海言，引重一時人。相期發心素，婉孌來相親。何意我南徂，逢君亦不辰？有疾不堅卧，就醫朝國闉。良醫不在國，修生宜乞身。歸春行采藥，慎夏臨清濱。往往温克人，沉疾善悲嗔。委蜕即非有，攝妄自傷真。托身賢地主，送此虚無賓。馳魂迫東岱，委魄遡南津。在家了爲寄，客死理亦均。予非噭噭者，懷緒此沾巾。

【箋】

或作於萬曆十二年（一五八四）甲申秋，在山東臨清途中。三十五歲。參看前詩。

〔臨清〕在山東西北，瀕運河。

〔王太史懋德〕王懋德字敬甫，號順齋。金谿人。隆慶五年進士。考授庶吉士，陞檢討。引假歸省，後應詔復起，遷南少司成。舟次臨清，疾卒。見撫州府志卷五一。

陽穀田主人園中

宣游無滯情，端居有遥寄。北窗何娟娟，纖襟出延吹。宛轉曲闌通，依微連圃遞。青華猶被隴，朱實已盈器。南人善澆注，北叟忘機事。坐仰密雲隮，直望靈膏墜。恢恢九夏遒，晻晻三秋至。我行豈不永，葡萄兩抽翠。丘園何足論，一身已如質。倏見漢陰人，空傷仲長志。

【箋】

作於萬曆十二年（一五八四）甲申秋，南行過山東陽穀。三十五歲。參看前詩。

〔田主人〕名宗。見本卷詩陽穀助田主人宗祈雨。

〔我行豈不永，葡萄兩抽翠〕顯祖於去年歲首北行應春試，今年秋始南下。

雀兒行 在七級作

棲陰魯陽穀，信宿田公廬。道逢雙髻子，手提黄口趨。問從何方來，答言從構櫨。登嬉發苕户，母出子見拘。直用充貍脯，不足奉賓廚。羣雛何啾啾，魂魄在須臾。觀聽發三嘆，爲乞此兩雛。答言無所歸，巢傾母已無。放之不能去，空爲大鳥餔。屏營作方略，令持示我姝。爲我置高軒，養大縱所如。我姝應聲起，削楷以爲樞，縷桔數縱横，網薄相離婁；籍以翠枝葉，安設繡窗隅；飲以冰盤水，飼以紅粟餘。

仍爲潔瓜果，致祝兩禽初。一是星中鶉，一是日中烏。精氣感無微，當知護汝軀。惠養豈不至？野性終踟躕。兒童愛觀弄，長者意自殊。羽翼自成飛，但往不復呼。

【箋】

作於萬曆十二年（一五八四）甲申秋，在山東陽穀途中。三十五歲。參看前詩。

〔七級〕地名，陽穀縣的古鎮之一。以七級古渡著名。距縣約三十公里。

〔我姝〕北京娶之傅氏夫人同行。少婦嘆云：「長安少女嫁南郎。」答内傅詩自注：「父傅淳，盛德士也。母蕭，京師人。」

【校】

〔放之不能去〕放，萬曆本誤作「故」。

〔飲以冰盤水〕冰，原本作「水」。據萬曆本、沈際飛本改。

陽穀助田主人宗祈雨

叢壇歲有秩，社樹禮無違。巫歌既宛轉，葆舞亦芬菲。何爲闕幽應？希復驗靈微。滁川悲杲杲，瞻嶺佇祁祁。畯旅停揮笠，園婦罷抽機。西郊殊自密，東皋良已稀。畏壘今居是，汾陽余德非。豈愁行路暍，將念主人饑。占鳥時開筴，迎龍稍下幃。迴雲通海嶧，轉潤借河沂。揚冥洗熛怒。吐澤遂蒼威。昏祈畢月染，宵遲零雨飛。寧辭墊輕帢，兼此滁塵衣。主人登夏穱，浮客待秋薇。雖無蘭與菊，椒糈餞神歸。

【箋】作於萬曆十二年（一五八四）甲申秋，南行至山東陽穀。三十五歲。參看前詩。

【校】〔浮客待秋薇〕待，沈本作「侍」。

陽穀主人飲

趨蹌乃人理，卧托非世資。經知華闕路，稍悟山中時。蕭蕭河上游，日暮風塵吹。何意客陽穀，始得坐茅茨。前扉眺南雲，後牖延北颸。幽樹蟬鳴中，稍與樵歌宜。主人重風義，斗酒相過隨。時時道風俗，間雜以書詩。主客自臨酌，童婦或觀闚。并言此官客，日昨自河湄。如何屏騎從，冠帶了不施。妝薄不厭進，鷄寒亦肯持。客聞自驩噱，愈益縱巾綦。想念家田下，風義亦如斯。蕭曠樂斯土，奈何當見離？勉身一從秩，不獲戀所怡。旅翼終南飛，徘徊經宿池。人生苟有情，別夢當游兹。

【箋】

作於萬曆十二年（一五八四）甲申秋，在山東陽穀途中。三十五歲。參看前詩。

【評】

沈際飛評首句云：「率。」評「如何」數句云：「不落套。」

答丁右武稍遷南僕丞懷仙作

斯人負高概，情藝藹紛饒。觸邪注冠影，雅志在公朝。衣服近吾身，有如裘與蕉。升蕉有涼燠，寒裘終不凋。斯人乃可去，將無念霜朝。西迴太行軸，南縱廣陵橈。有客從琅邪，從君獨酌謡。巾帶若山人，玉鈎横在腰。他人富貴媢，斯人貧賤驕。山中讀道書，玉女時相嬌。但令有真骨，數至自飄飖。靈阿發昭輝，逸駕動鳴椒。雲冥深秀資，霞延仙隱標。庶反山中駕，聊用倚逍遥。

【箋】

作於萬曆十二年（一五八四）甲申，三十五歲。丁此吕當有懷仙詩來，湯以此詩答之。

〔西迴太行軸〕丁此吕於是年三月謫潞安推官。

〔南縱廣陵橈〕丁此吕今年遷南太僕丞，駐滁縣。

【校】

〔題〕萬曆本作「喜丁右武稍遣南僕丞治滁」。

〔但令有真骨〕真，萬曆本作「仙」。

〔靈阿發昭輝〕阿，萬曆本作「瑣」。

汶上懷右武淮揚

山經嘆鞏草，風人吟鹿苹。徒言用相取，寧悟氣須并。輸驩情有贅，奈雜趣無嬴。美劍沉西山，佩服豈得輕。約結并倫品，雅意鶩通明。佳期易中折，初願難竟程。浮游滄海姿，歸作豫章行。相期齊魯間，并泭東南征。津途問來者，告我以淮瀛。邅予滯南徙，濡舫不逢盈。棲陰陽穀館，迎涼秋月生。秋風亦已肅，秋河亦已晶。庭樹稍靡靡，熠耀且熒熒。燕姬陳箄幄，魯客媚樽楹。徒知秋士愜，寧知秋士驚。如何廣陵道，花色重盈盈。下作合歡種，上作芙蓉精。經過但言賞，趺豔即前呈。丁生自言剛，聊爲此所縈。佩珠思漢女，鼓瑟懷湘靈。沉回自有托，摇落詎能平。旁人謁一官，不殊兒見餳。豪情自滔蕩，豈在束塵纓。念與君游時，出谷鳴初鶯。如何汶陽道，獨聽雁悲聲？

【箋】

作於萬曆十二年（一五八四）甲申秋，在山東汶上途中。三十五歲。參看前詩。

〔西山〕在江西新建。丁此吕故里也。

【校】

〔寧悟氣須并〕須，萬曆本誤作「頊」。

〔并泭東南征〕泭，萬曆本誤作「浙」。

〔趹驄即前呈〕趹，沈際飛本誤作「趺」。

【評】

沈際飛評「輸驩」二句云：「語劣。」評「不殊」句云：「俚。」又於「如何廣陵道」、「如何汶陽道」評云：「兩如何複。」

右武侍御視馬

簾捲西山拄笏看，風塵馳道雪初乾。府中驄馬隨宜出，殿上危冠取次彈。去色關梅逢臘盡，歸心陌草避春寒。年來印秣渾閒事，直是天情惠養難。

【箋】

約作於萬曆十二年（一五八四）甲申，在南京太常博士任。三十五歲。姑附前二詩之後。

〔右武侍御視馬〕據實録，丁此吕於萬曆十一年八月陞山東道御史，今年三月以言科場之弊忤政府，謫潞安推官，十四年二月以南太僕丞陞湖廣僉事。太僕丞司馬政。此吕字右武，明史卷二二九有傳。

【校】

〔簾捲西山拄笏看〕拄，原誤作「柱」，今改正。

南旺分泉

依陰發泉壑，開陽盛雲雷。揮珠即橫厲，弭枻暫徘徊。神媪膏雲落，天孫瀵雨開。唯王資轉輸，畫地此縈迴。涓涓連衛潞，灑灑注河淮。高牂刺雲日，橫籌傲山崖。鮮冰敵陽至，神木斬陰來。浮吹徹終夜，飛艦常千枚。珠粒山東泉，藿肉江南財。當知禹貽厥，宜歌帝念哉。

【箋】

作於萬曆十二年（一五八四）甲申秋，在山東途中。三十五歲。參看前詩。

〔南旺〕在山東，瀕運河。

【校】

〔依陰發泉壑〕發，萬曆本作「有」。

〔開陽盛雲雷〕開陽，萬曆本作「蒙屯」。

魯橋南望山

雲波美川色，綠蘚蘢潺湲。在舟徒可詠，居情殊未閒。魚梟今透亂，蘭菊舊追攀。徘徊河上路，塵冥京洛間。馬首臨西山，積雪徒清顔。素心悲荏苒，幽期常往還。秋光汶陽水，忽見湖上山。隱映不能去，空然怨出關。

【箋】

作於萬曆十二年（一五八四）甲申秋，在山東途中。三十五歲。參看前詩。

〔魯橋〕在山東南陽湖東岸，瀕運河。

【校】

〔素心悲荏苒〕從萬曆本。苒，天啓本、原本作「染」。

【評】

沈際飛云：「鋪綴得法，結句有情。」

夜泛魚臺河

日夕汶陽道，明湖影青岑。發興已孤遠，中波夾平林。平林煙色微，迢遞表暉陰。明月若佳人，杳靄來窺臨。夜黄時叫嘯，陽魚恣奔沉。颸颸高柳鳴，檣繂撓風音。籟寂警玄律，空明泂素心。紛晝即冉冉，良夜稍愔愔。愧彼滄洲客，茲遊常映衿。

【箋】

作於萬曆十二年（一五八四）甲申秋，在山東魚臺運河途中。三十五歲。參看前詩。

〔魚臺〕在山東西南。

【校】

〔題〕萬曆本作「夜泛魯臺河渠接沛」。

【評】沈際飛評「籟寂」二句云：「静遠。」又評「紛晝」二句云：「句淺可删。」

江上逢龍使君話沅辰事有嘆

繡被同舟可奈何，萋萋吳楚舊經過。秋風北固留長嘯，夜月南飛入短歌。涉世始知愁宦拙，過江真作苦情多。深杯莫話壺頭事，浪泊迴鳶看伏波。

【箋】或作於萬曆十二年（一五八四）秋，時湯顯祖南下就南京太常博士任。三十五歲。龍宗武曾任太平府江防同知，故云「使君」。餘見後詩箋。

【校】〔浪泊迴鳶看伏波〕泊，萬曆本誤作「迫」。

寶劍贈龍身之

甘棠聽棘舊池陽，萬人遮泣動臺郎。沉雲不散三天日，是雪先浮六月霜。沅陵拔幟功名偉，世路何人惜葑菲。即知潘岳暫除名，不道中郎爲敝鬼。晉帝營西日彩收，吴妃宫北水雲流。當時并道豪雄主，今日翻爲詔獄囚。龍生滿身俱俠骨，此事當時殊草率。不知僞旨出誰人，乍許爰書歸獄卒。遺君寶劍莫輕裁，美酒銷心亦怪哉。見説漢家尊太守，春風應得赦書來。

【箋】

作於萬曆十二年（一五八四）甲申，或在南京太常博士任。三十五歲。身之即龍宗武。萬曆二年，宗武調任太平府江防同知。九年，以僉辰沅備兵事鎮壓五開衛之變，升湖廣參議專備兵兼學政。十一年春罷歸。十二年以吴仕期屈死案逮戍合浦。見湯顯祖前朝列大夫飭兵督學湖廣少參兼僉憲澄源龍公墓志銘。

〔不知僞旨出誰人〕萬曆六年，龍宗武在太平府江防同知任。時吴仕期作論張居正書，又有王制者僞造海瑞疏醜詆居正，而假旨以下。吴仕期瘐死獄中。時龍宗武爲問官。參看野獲編卷二二龍君揚少參條及湯顯祖作前文。

初入秣陵不見帥生，有懷太學時作

佳人遲暮思何其，直是郎潛世不知。世路未嫌千日酒，才情偏愛六朝詩。入門便坐從炊黍，上榻横眠聽解頤。獨怪過江愁欲死，眼前秋蟹要人持。

【箋】

作於萬曆十二年（一五八四）甲申秋，在南京太常博士任。三十五歲。萬曆四年、八年，湯顯祖兩度游南京太學，時帥機任南京禮部郎中，得共言笑。是年帥機遠在貴州，任思南知府。

聞沈純甫郎中卧病宅旁見魅欲奏

丹荒逐流禦，愍遺存百身。虎氣既奄昴，龍魂始奮辰。還生及無恙，溘死見陽春。管吾經祓浴，越客定吟呻。胡爲罹孤痗，沉卧倏兼旬？豈棲華子室，寧竄清漳濱。傳聞君舍側，詭象若爲隣。循形異中散，聽招殊孔賓。張口每聞笑，飛彈時中人。一車紛可駭，九鼎具難陳。劾之了無應，唾之行復親。朗朗長安陌，雄雄帝座宸。日月交照耀，雷電倏精新。云何坐官邸，見此非人倫。幽憂豈淫滯，軫結在棼泯。有醜既懟雅，宜笑倍傷均。且事立糧藥，無爲廢經申。玉司空上檢，金明閒列真。予官南奉常，高寢肅宗禋。行祈盛威曄，無令斯鬼神。

【箋】作於萬曆十二年。在南京太常博士任。三十五歲。據實録，十三年沈思孝已爲太常少卿。〔沈純甫郎中〕名思孝。萬曆初入爲刑部主事。五年十月張居正父喪奪情，刑部員外郎艾穆與沈思孝合疏劾居正。受杖，思孝戍神電衛。居正死，召復官。詩首數句即叙謫官及召還事。明史卷二二九有傳。

【校】〔若爲隣〕隣，原誤作「僯」，今改正。

和答帥思南

春鶯出谷草萋萋，闗右傳書喜欲迷。東箭晚隨霄漢北，南冠今滯夜郎西。叢臺氣色連滄海。漵浦風煙接朗溪。具道故人能鳳舉，那知郎吏欲鷄棲。

【箋】或作於萬曆十二年（一五八四）甲申，在南京太常博士任。三十五歲。時帥機任貴州思南知府。

送汪仲蔚行藥匡山

長陵美雲氣，日至候靈飈。神皋方晻靄，祠署肅嘉招。如何侍清列，不見子風韶。青青能幾時，幽谷有鳴喬。方當振辰纓，與子立於朝。風迴閶闔遠，林寒芳意銷。滅燭動孤寢，山川殊未遥。棲香爐嶺雲，同波江海潮。方深子牟嘆，非忻園綺超。寂歷有寤語，棲遲成久要。出自漢西門，南望石城橋。的的芳梅萼，猗猗嘉橘條。雖無玄朔姿，庶以南國標。何爲來水裔，倏忽在山椒。終知及遲暮，聊用永今朝。勉爾山中人，當知予寂寥。

【箋】

或作於萬曆十二年（一五八四）甲申八月初任南京太常博士時。三十五歲。據詩「如何侍清列，不見子風韶」定。汪仲蔚，應蛟號。時任南京禮部郎中。明史卷二四一有傳。

〔匡山〕一名廬山。在江西。

〔爐嶺〕即香爐峯。在廬山。

〔漢西門〕在南京。

【校】

〔出自漢西門〕漢，天啓本、原本誤作「嘆」。據萬曆本改。

【評】

沈際飛評「滅燭」句云：「動字妙。」又評「雖無」等句云：「都是想境。」

靈洞篇呈趙太史蘭陰

赤松隱靈勝，寶婺明清淑。高霞流紫白，鳴泉亂松竹。參煙石藤古，瀉月峯蓮獨。時棲唼蕊禽，或倚啣花鹿。春橋遊士女，煙皋下樵牧。丘壑自專一，巖洞古傳六。芊綿步東迴，嵌空臨下矗。雨華石乳滴，日氣丹芝馥。蕪没半千歲，始獲第三谷。太史此藏書，江潭遂初服。侍講金華殿，試結蘭陰屋。隔以清淺流，障以森沉麓。激耳流風鮮，過眼歸雲熟。夜明山氣深，巾帶坐如沐。吾鄉張與鄧，於兹信言宿。雲跡各飛眇，世事有牽促。出山亦偶爾，幽意豈忘目？流想青桂遲，坐嘆紅蓮速。祇恐丹青人，無因反巖築。

【箋】

作於萬曆十二年（一五八四）甲申秋，在南京太常博士任。三十五歲。實録云，是年三月命南京國子監司業趙志皋爲右春坊右諭德掌南京翰林院事，十月以趙志皋爲左諭德兼侍讀往北京。志皋，蘭谿人，故云：「趙太史蘭陰。」

〔靈洞〕一名洞巖山，在蘭谿東二十里。趙志皋於此築有山房。見蘭谿縣志卷一。

〔吾鄉張與鄧〕張位曾官南京尚寶丞，鄧以讚曾任南京國子監祭酒。兩君俱江西新建人。張與趙又爲同年進士。

【校】

〔嵌空臨下矗〕嵌，原本作「嵌」。據萬曆本改。

〔坐嘆紅蓮速〕蓮，萬曆本作「蘭」。

【評】

沈際飛云：「詞堅而響，着景亦妙。」又評「巖洞」句云：「執着語。」評「巾帶」句云：「逼真。」

送歐虞部

秋興君能發，詩名衆所聽。登臨人共遠，摇落醉初醒。客鬢過梅嶺，鄉心到草亭。遥遥槎上客，知作老人星。

【箋】據秣陵集卷首虞部公行狀，歐大任萬曆十年陞南京工部虞衡司郎中，次年秋致仕，詩或作於萬曆十二年（一五八四）甲申秋。

【校】〔摇落醉初醒〕摇，原本作「遥」。據萬曆本改。

【評】沈際飛評「鄉心」句云：「令人思。」

懷戴四明先生並問屠長卿

八月十日到官寺，是日臨齋多所思。明堂碧海舊經遊，複道香街始爲吏。三日南雍拜聖人，爐煙闕道青璘珣。四明戴公昔臨吹，金尊寶瑟殊清真。東堂罷講西窗竹，愛聽蕭蕭長此宿。早時風雨上孤亭，殘尊宛轉夜三更。忽報金塘蓮半吐，遶塘銀燭看花行。行行屈折掀圖畫，煙波滿壁濛濛挂。如此風流自可人，禮法之人閒見嗔。世事英豪能拂手，雪竇春泉宜醞酒。不知漁父醉曾無，卻道次公狂似有。似有人兮華頂陰，我欲從之雲氣深。清寒剡溪歷九曲，藤花倒影揺千尋。光陰幾處愁情動，衣冠黯淡臨門送。山下常聞鸞鳳音，樓上能爲金石弄。祇愁吟弄愜幽心，秀骨清容鶴在林。緑荷灘畔花開賞，新婦巖前月映臨。開花映月同誰子，諸賓幾許能玄史？赤水之珠屠長卿，風波宕跌還鄉里。豈有妖姬解寫姿，豈有狡童解詠詩？機邊折齒寧妨穢，畫裏挑心是絶癡。古來才子多嬌縱，直取歌篇足彈誦。情知宋玉有微詞，不道相如爲侍從。此君淪放益翩翩，好共登山臨水邊。眼見貴人多卧閣，看師游宴即神仙。

【箋】

作於萬曆十二年（一五八四）甲申十一、十二月，在南京太堂博士任。三十五歲。

〔戴四明〕名洵，奉化人。萬曆八年，湯顯祖游南京太學，爲祭酒戴洵所賞識。作此詩時，戴已里居奉化。

〔屠長卿〕名隆（一五四三—一六〇五），號赤水。是年十月，禮部主事屠隆被劾，謂與西寧侯宋世恩淫縱，削籍，明年始歸鄞。故詩云：「此君淪放益翩翩，好共登山臨水邊。」著有曇花記、彩毫記、修文記傳奇及白榆集、棲真館集、鴻苞等。

〔八月十日到官寺〕是年八月十日始就南京太常博士任。

〔雪竇〕山名，奉化名勝。

〔華頂〕峯名，在天台山。

〔剡溪〕流經新昌、嵊縣，與奉化近。

【校】

〔忽報金塘蓮半吐〕塘，萬曆本作「堂」。

【評】

沈際飛評「卻道」句云：「鬆。」又評「晝裏」句云：「嫩而弱。」

送臧晉叔謫歸湖上，時唐仁卿以談道貶，同日出關，並寄屠長卿江外

君門如水亦如市，直爲風煙能滿紙。長卿曾誤宋東鄰，晉叔詎憐周小史。自古飛簪説俊遊，一官難道減風流。深燈夜雨宜殘局，淺草春風恣蹴毬。楊柳花飛還顧渚，箬酒苕魚須判汝。興劇書成舞笑人，狂來畫出挑心女。仍聞賓從日紛紜，會自離披一送君。卻笑唐生同日貶，一時臧穀竟何云。

【箋】

作於萬曆十三年（一五八五）乙酉三月，在南京太常博士任。三十六歲。臧懋循字晉叔，長興人。官南京國子監博士。每出必以棋局、蹴毬繫於車後。又與所歡小史衣紅衣，並馬出鳳臺門，中白簡罷官。見列朝詩集小傳丁集上。參看前詩及懷戴四明先生並問屠長卿詩箋。臧氏家住顧渚山下，號顧渚山人。近太湖，故詩題云湖上。據臧氏先妻吴孺人行狀，還鄉在五月。詩作春景，

送行後未即啓程。

【評】

沈際飛評「一官」句云：「妙解，人不曾説。」

贈唐仁卿謫歸海上

津衢無奥士，蒨峭有奇人。居懷徒可積，抗辨乃誰馴？道術本多歧，況復世所尊。風波一言去，嚴霜千古存。揆予慕甘寢，未息兩家紛。方持白華贈，殊望桂林雲。

【箋】

作於萬曆十三年（一五八五）乙酉三月，在南京太常博士任。三十六歲。實録云，是年三月「謫南京户部署郎中事唐伯元三級調外。伯元上疏醜詆新建伯（王守仁）不宜從祀。且謂六經無心學之説，孔門無心學之教。守仁言良知，又邪説誣民。又進石經大學，云得之安福舉人鄒德溥。已爲置序。南兵科給事中鍾宇淳糾之。後降海州判官。」伯元字仁卿，廣東澄海人。見明儒學案卷四二。

【校】

〔抗辨乃誰馴〕乃，原本作「力」。據萬曆本改。

【評】

沈際飛評「道術」以下四句云：「雄峻。」

聞罷内操喜而敬賦

世皇初御玉麟驄，左右雲龍相映飛。重華殿上徊青蓋，環碧池邊賜寶衣。胡來自有玄兵殛，清宮那用旗星直。也曾九御上西陵，也曾七馬遊南國。七馬空餘碧玉驕，先帝騎將出殿朝。偶過上林聞獵諫，旋停中禁入兵妖。吾君謝騎稱雄便，十載杓提客星見。楚相晨趨寶善門，徐戎夜出圓暉殿。文昌未動忽先摧，可笑千官發佞哀。一禿待麾蒲子去，雙驄原爲柏人來。由來聖主心存變，在日曾尋霍光傳。因兹中貴許權兵，詎是美人能教戰。貂璫自古説刑餘，可使操兵向玉除？授劍章龍那可道，飛刀笑虎欲何如？懸知此事關朝社，他時將相難高下。北斗三垣忽夜明，西園八校從今罷。自此龍阿不倒持，長無兵氣入宫墀。小臣拜舞高陵下，願壽吾君億萬斯。

【箋】

作於萬曆十三年（一五八五）乙酉三月，在南京太常博士任。三十六歲。據實録，練兵内庭，自去年始。據户部尚書王遴去年十二月奏，秏銀九萬兩。宦官掌兵，宫掖易生不測。羣臣屢諫不納，且多獲譴。至是始以兵科都給事中王致祥疏罷。

别光禄周公

光禄大夫奉常士，在昔符卿孝廉子。曾遊此地醉飛花，今日飛花復遊此。戴公蕭散帥郎真，酒中駘宕風雲新。煙波出没邈難見，我亦簪裾纏此身。正喜君來君亦病，交情吏迹恒難并。拚知世業改容華，爲惜流光與明鏡。

【箋】

作於萬曆十三年（一五八五）乙酉四月，在南京太常博士任。實録云，去年七月補南鴻臚寺卿周弘祖爲太常寺少卿，八月，陞太常寺少卿閻弘祖爲南京光禄寺卿。「閻」、「祖」二字誤。弘祖至南京任當已九月，在顯祖後，故詩云：「正喜君來君亦病。」實録又云，本年四月南京光禄寺卿周弘祖以謁陵穿紅爲南京御史王學曾所劾，黜爲民。

〔戴公蕭散帥郎真〕萬曆四年湯顯祖遊南京太學，受知於祭酒戴洵。時好友帥機爲南京禮部精膳司郎中。作此詩時戴洵家居，帥機遠在貴州思南知府任。

【校】

詩題下原本有小注「諱弘祖」三字，據萬曆本删。

帝雩篇宿陵下作

軒帝十二紀乾靈，玉燭調輝寶露零。胡門忽斷江河色，祕室遥占雲雨星。初冬涉夏雩龍見，帝圃無青悲赤縣。浪説行春杏葉田，空思避暑芙蓉殿。邂逅陽門欲縱陰，蒼葱斗氣不乘金。曾無太尉心勤雨，似有星官起作霖。吹豳舞帗從來有，直是中天遘陽九。后土平乾翠蝀橋，行塵半渴飛魚口。靈臺開筴變離爻，天子身親衣白茅。未道孝文祠北苑，且看光武出南郊。素服齋居還減膳，詔止帷宫復辭輦。遥憐百郡有譏彈，未許三公行策免。東西千里欲朝饑，大廟還宣奏捷威。忽報風霾猶占虜，仍遲露雨一沾衣。加恩洞壑掄才俊，下粟鄖襄止流殣。臺符詔獄有反除，織室陶官俱減進。蠲圭食玉本精勤，更待何人出紫雲。獨宿山陵祈帝祖，因歌雲漢感吾君。

【箋】

作於萬曆十三年（一五八五）乙酉五月，在南京太常博士任。三十六歲。據實録，北京自去年八月至今春二月不雨，三月來大雩求雨三次。四月皇帝朱翊鈞致齋於武成殿，布素步出南郊雩祀。詩爲此作。

〔未許三公行策免〕據實録，四月己未「大學士申時行以調燮無狀，疏求罷斥。上不允，遣中使至第諭旨。時行疏謝。自是大臣以旱災引咎者，上並優詔答之。亦免百官自陳。」

〔大廟還宣奏捷威〕實録云，三月己丑「巡撫遼東兵部侍郎李（如）松，總兵官寧遠伯李成梁帥師大破虜於邊外。斬首八百餘級，獲其馬五百餘匹，甲仗稱是。……以大捷聞。……（五月丙子）宣遼東捷，遣公徐文璧等告於郊廟，上御皇極門受羣臣賀」。

〔忽報風霾猶占虜〕實録云，三月「丁丑日亭午，大風從西北來，有聲，黄埃蔽天。占曰，邊兵起。……（次日，）上敕諭兵部曰：昨日風異示儆，恐虜有謀。爾部馬上差人傳與東邊，慎加防備毋怠」。

〔加恩洞壑掄才俊〕據實録，三月丁丑，叙録建言諸臣。

〔下粟鄖襄止流殣〕實録云，四月「湖廣饑，以鄖陽府庫餉軍銀八千兩，同前次餉軍銀五千兩，分賑鄖、襄、承、德四郡」。

〔臺符詔獄有反除〕據實録，四月，詔録囚徒，申理冤抑。

〔織室陶官俱減進〕實録云，三月「詔減袍服織造，從浙江撫臣王世揚之請也。舊例每年一萬匹，後增至一萬二千匹，至是一年二運，一運止四千匹矣。……詔減尚衣監料銀。尚衣主造冠服龍鳳鞠衣。其料價自嘉靖以至萬曆四年皆六百六十兩，十年增至二千一百兩有奇。工部以爲言。有旨，視十年之數減其半焉」。四月，以御史鄧鍊陳事，停未造屏風、燭臺、棊盤、花瓶、大龍缸等磁器。

按：皇帝所爲如此，無非虛應故事，時湯顯祖竟深爲感動。十三年後，即萬曆二十六年旱，皇帝露禱，湯顯祖作詩聞都城渴雨時苦攤税，予以辛辣諷刺，前後判然不同，可參看。

【箋】

萬曆本題下有小注云：「時有爰立。」爰立，任命輔臣也。或當時有此風聞，後乃作罷。

【校】

〔軒帝十二紀乾靈〕帝，萬曆本作「皇」。

【評】

沈際飛評云：「一味平實使事。」又評「靈臺」句云：「鑿。」

僊蒲靈松二篇爲畢太宰作。太宰石埭人，以五日生，時以司農徵

蕤賓五日承暉慶，詔赴三台肅朝命。須經浦口競華舟，爲覽江心躍明鏡。江皋節物紫茸芳，剩取僊蒲泛玉漿。見説生辰逢艾節，懸知出世御蘭湯。星流嶽降真奇詭，異雀靈鶉對飛止。高門昔説孟嘗君，晝省今推胡伯始。明年賜扇及佳辰，宫縷千絲續命新。爲報尚書班扈正，兼懽襞綵示農人。

三峯秀峭撫靈松，九曲長林御積風。幾見竹花吹粉礫，曾看柏葉改梧桐。何如此樹標齡節，謐鬱蕭疎殊可悦。偃蓋全棲寶柱雲，樛枝細拂金城雪。尚書當日盻庭

柯，爲想山中薩女蘿。誰道桂枝攀偃蹇，不令槐樹對婆娑。暫喜司徒符昔夢，行臺并發春花送。洛陽丹漆自薰香，直取真心作梁棟。

【箋】作於萬曆十三年（一五八五）乙酉五月，在南京太常博士任。據明史七卿年表，三月畢鏘任户部尚書，次年五月病免。明史卷二二〇有傳。畢鏘曾任南京吏部尚書，故云太宰。

【校】〔尚書當日盻庭柯〕盻，當作「眄」。

夕讌吴駕部署中

銀燭驚風颯玉盃，齋餘乘興一過陪。松間薦茗廚煙近，竹裏彈碁幔影開。客思甌閩能賦海，鄉心吴會欲登臺。懸愁十月歸茗水，犯雪同誰看早梅。

【箋】或作於萬曆十三年（一五八五）乙酉，在南京太常博士任，三十六歲。吴駕部，兵部郎中湖州吴仕銓也。是年五月吴與臧懋循俱以狎孌童貶官。詩當作於此前。

【校】〔懸愁十月歸苕水〕後五字，萬曆本作「鴈後仙郎別」。〔犯雪同誰看早梅〕同誰，萬曆本作「誰邀」。

送鄒爾瞻吏部

蕤蕤青鳳臺，裛裛嘉林枝。嘉林有餘蔭，孤鳳無停姿。予本都人士，獲此映光儀。昔來楊柳津，今歸流火時。遊旋及多暇，琴尊良寄兹。高張不可常，委迤非我思。山川時出雲，中和爲德滋。一節趨以晚，列宿光何遲。美人常滿堂，目成今復誰。徘徊德音遠，何以慰參差？

【箋】　作於萬曆十三年（一五八五）乙酉七月，在南京太常博士任。三十六歲。爾瞻，元標字。據實録，是年三月鄒元標補南京兵部主事。七月，遷吏部驗封司主事。以母老不拜。求改南不許。詩云「昔來楊柳津，今歸流火時」，時日正合。

〔鄒爾瞻〕名元標。吉水人。萬曆五年進士。以論張居正奪情事，廷杖，謫戍都勻。後爲東林黨領袖人物。政治立場與湯顯祖接近，交誼亦深。可參看鄒忠介公全集之存真集卷四湯義謫朝陽尉序。明史卷二四三有傳。

送魏光禄便過歸覲

光禄前爲侍御，時哭其弟茂權。

幾逢清論得深過，爲喜遥遷奈别何。子舍春懷難自淺，人琴秋恨不宜多。青驄氣色連三署，鴻雁風聲隔九河。盡道太官無可獻，梅羹今日在調和。

【箋】　光禄名允貞，萬曆五年進士。南樂人。明史卷二三二有傳。其弟允中字懋權，萬曆八年進士。據顧憲成涇皋藏稿卷二〇哭魏懋權文，吏部主事魏懋權卒於萬曆十三年七月，詩作於同時而略後。

【校】

〔時哭其弟茂權〕權，萬曆本作「逨」，似誤。

〔子舍春懷難自淺〕難自，萬曆本作「殊未」。

答王恒叔給事憶丁鄒二君

赤城芙蓉青桐柏，煙霧連山海氣白。中有懷人幽意多，卻對墀庭芳草積。金書婉孌風霞開，寶瑟逶迤月露夕。飄飄欲羨茂陵人，鬱鬱自憐金馬客。秋風祠下颯驚春，逐日江東佳氣新。分作十年陵署客，曾無一日犯齋人。忽昨開軒細流酌，中酒中寒愁卧閣。竹圃雙童會煮茶，紗窗少婦閒吹藥。開門上馬即人間，陌頭喜見鍾陵山。幾處池臺招不去，有時山水醉忘還。道士天壇長稽首，玉女星樓時進酒。激玉調笙世上無，鳴鷄吠犬天中有。王郎奏事日幾封，清顔秀筆動天容。每侍夔龍集東省，曾窺鸞鶴下中峯。傳來玉價連城起，祗愁蘭葉當門委。山川白雲徒間之，日月河清今有幾。鄒生玉律悲迴風，御史無雙行殿中。豈有片言觸天上，亦隨二美遊江東。江東佳麗殊未央，持以待君君莫忘。星軒倘使碧鷄路，斗酒相迎朱雀航。

【箋】

約作於萬曆十三年（一五八五）乙酉，在南京太常博士任。三十六歲。據臨海縣志，王恒叔名士性，臨海人。時任禮科給事中，丁母憂在籍。恒叔當先有詩來，顯祖作此答之，而不知其係内艱南還，故詩云「豈有片言觸天上，亦隨二美遊江東」也。二美，一指丁此吕，時任南太僕丞，一指鄒元標，是年七月補吏部驗封司主事，以母老不拜。

〔赤城〕山名，在天台縣北。近臨海。

〔芙蓉〕洞名，在臨海縣東。

〔王郎奏事日幾封〕王士性曾上書請召還沈思孝、吴中行、艾穆、鄒元標、顧憲成等，又爲丁此吕辯。見明史卷二三三本傳。

【校】

〔鳴鷄吠犬天中有〕犬，萬曆本誤作「大」。

【評】

沈際飛評「曾無一日犯齋人」句云：「率。」

送饒伯真之天台，兼訊王給事明德長君五松子

羅公弟子真神仙，煙裝露宿能經年。晝採露花盱姥宅，夜調春酒神公泉。武夷幔亭曾拂首，子晉中峯一攜手。尋師直泛昆池蓮，懷人戲折燕臺柳。爾時誰到天台峯，大羅真人名五松。五松一去光響滅，曾誰伐鼓朝天宗。汝今再響天台策，淮水金碑注桐柏。寧言六代有衣冠，且道千門對巾幘。由來此地足煙霞，緑海春深汝憶家。若見方平留畫扇，爲報麻姑掃落花。

【箋】

王給事名士性，臨海人。萬曆十三年丁憂歸，詩當作於此後二三年内。姑繫於前詩之後。饒伯真，不詳。明德長君五松子，羅汝芳之長子。

【評】沈際飛云：「筆氣朗快。」

答恒叔並憶夢白伯符

玄湖煙雨半霏微，鍾阜晴雲濕更飛。卧聽鳴猿谷曙起，遊看宿鳥山明歸。由來意性難塵雜，到處風流饒吐納。吴中有酒酒須酤，洛下無書書省答。相看似憶海人煙，犯雪裁書已隔年。巾子山前憑岸幘，旗亭樓畔好迴鞭。多君正直能玄史，今日南中美無此。寶刀將寄祇丁卿，玉律閒調是鄒子。别後交情一問君，山郎謝病欲何云。如今曉事歸年少，漫道長安吃子雲。

【箋】參看前二詩。詩云「犯雪裁書已隔年」，較答王恒叔給事憶丁鄒二君或遲一年作。夢白，姓趙，名南星。明史卷二四三有傳。伯符，不詳。巾子山在恒叔故里臨海。

【評】

沈際飛評結二句云：「如題。」

李惟寅宅恭閱洪武天容衡嶽碑有贈

神爵推恩接上勳，列侯人地忞推君。新開禹跡移朱嶽，舊扆天圖拜紫雲。畫省半參江左客，柳營初按殿前軍。甘泉羽檄年年異，漫倚清時即好文。

【箋】

惟寅名言恭，萬曆二年襲封臨淮侯，以勳戚留守南京。列朝詩集丁集上有傳。據實録，萬曆十四年二月以南京守備掌南京中軍督府事調任總督京營戎政。姑繫萬曆十三年。

寄右武滁陽

奉常東署黯離居，賓從逢君興有餘。夜館聽歌迴騎曉，春城中酒落花初。山當拄笏時看馬，客過濠梁獨羨魚。最是隔江楊柳色，鄉心那惜數行書。

【箋】

作於萬曆十三年（一五八五）乙酉，在南京太常博士任。三十六歲。時丁此吕以南京太僕丞駐滁縣。

送祁羨仲訪琅邪丁太僕

汝家羅浮煙月深，青衫笑拂梅花琴。明珠珊瑚亦何有，海上蕭條遊俠久。遊子蕭條白雲飛，琅邪之人先繡衣。幾度寸心横夜語，能餐秀色臨春暉。昨許佩刀曾寄與，直似精靈夜飛楚。半燭燕姬胡帕頭，對此嗝嘲作燕語。男兒生不遇風塵，酒婦人中頓此身。一擲蛾眉能百萬，看君似是有心人。

【箋】

作於萬曆十三年（一五八五）乙酉前後，在南京太常博士任。三十六歲。據實録，去年三月御史丁此吕言科場事，謫潞安推官。明年二月以南太僕丞陞湖廣僉事。時丁以太僕丞駐山東。琅邪，今山東諸城。

〔祁羨仲〕見問棘郵草之一紅泉卧病懷羅浮祁衍曾箋。

【評】沈際飛評「幾度」二句云：「宛曲。」評「酒婦」句云：「拙。」又評結句云：「嚼蠟。」

送彭虎少歸滁陽謁丁僕丞馬司理

春明遊子逐春歸，雜樹花開鶯亂飛。照水銀鞍桂枝柮，片語維揚初拂衣。藉草臨岐當日送，班荆贈恨神魂動。琅邪遷客寄書來，數道孤眠恒見夢。夢回江海一相親，色笑玲瓏似燭銀。若非醉色招才子，定是琴心教美人。似有多情彭虎少，落筆雲霓紛照耀。在北從知王氣高，來南更索金臺妙。愁予空谷謬春聲，小吏津前見馬卿。爲報張憑言道德，祇應公子著刑名。

【箋】作於萬曆十三年（一五八五）乙酉前後，在南京太常博士任。三十六歲。參看前詩。太僕丞亦駐滁縣。

〔彭虎少〕名光祖，全椒人。全椒縣志有傳。

【評】

沈際飛評「琅邪」句云：「序次得。」

春酒篇寄帥思南

憶昨遊吳正秋月，桂樹芬葚遠難掇。流光閶闔轉春風，江上梅花動紅雪。忽憶牂牁江水前，行春太守習風煙。擊鼓半喧蠻部樂，唱歌催斸漢人田。太守能文有風性，時時卧閣能清净。無煩問訊説神明，但道移書知種姓。黔中徼外若椒蘭，何如漢署老祠官。已道清明書著晚，空驚正旦酒留殘。每向長陵斟玉盞，便似長安沾素漼。此時駘蕩客傷心，舊日登臨人在眼。眼中人物悵春盃，定解春池倒載回。況復南中多醖法，無事東朝給酒媒。

【箋】

約作於萬曆十三年（一五八五）乙酉，在南京太常博士任。三十六歲。據陽秋館集卷三亡男秀士廷銑墓志銘，萬曆九年秋，帥機陞任貴州思南知府，又據湯詩赴帥生夢作，十五年罷任。

【評】

沈際飛評「江上」句云：「巧綴。」

送陳司勳兼柬魏見泉李于田二吏部

司勳奏績自河陽，相送那闗吏部郎。大有旌旗臨别館，可無盃酒盡同鄉。新波泛鷁蒹楊色，舊路乘驄苜蓿香。幸好洛橋名勝在，肯將花鳥逐年光。

【箋】

約作於萬曆十三年（一五八五）乙酉，在南京太常博士任。三十六歲。據實録，明年六月乙酉陞南京吏部驗封司郎中李化龍爲河南僉事提調學政。化龍字于田。魏見泉名允貞。明史各有傳。

【校】

〔司勳奏績自河陽〕萬曆本作「聞君奏最出江陽」。

寄羅青浦有懷舊令長卿

詔下圍桑與度田，五茸飛舄去翩翩。時同漢殿迎宣札，自愛梅花索往篇。關月曉舒連騎出，海雲春重一帆懸。江東吏迹能招隱，有客鱸魚舊釣船。

【箋】

或作於萬曆十三年（一五八五）乙酉，在南京太常博士任。三十六歲。長卿屠隆去年十月罷歸，時自青浦知縣内召甫年餘也。見實録及野獲編卷二五「曇花記」條。

【評】

沈際飛評「自愛」句云：「偶然得句正佳。」

送徐司理金華，司理時以縣屬相戲及之

天臺斜月醉初厭，起見雙旌拂畫簷。陌上風雲籠去馬，越中山水鏡行幨。香吹梅渚千峯雪，清映冰壺百尺簾。道有泉源堪種秫，只應留着醉陶潛。

【箋】或作於萬曆十三年（一五八五）乙酉，在南京太常博士任。三十六歲。據金華府志卷十一，徐萬仞福建浦城人。萬曆十三年任推官。

【箋】據金華府志卷一一，劉文卿，江西廣昌人。萬曆十九年任金華推官。傒如當即文卿。若士略改首二句，又以送另一人行。官場應酬詩有如此者。

【校】萬曆本詩題作「送劉傒如司理金華」；首二句作「曲江花雨半垂簷，紫閣青尊夜未厭」。

【評】沈際飛云：「官樣，有韻。」

金壇歌贈王悦之，從焦弱侯所徙太常東署側

金壇富家金作盆，王生鄧生不到門。王生背秋來過我，左拍黄卿右兩孫。中坐

但言世交薄，添花改葉度寒温。家貧闕養妹未嫁，有屋讓弟供晨昏。昔有仲華爲友婿，于生贈妾風義存。過江讀書苦乏絶，借住焦先花竹園。采葛成衣葛枯死，采葵作食傷葵根。秋清摇落已如此，歲晏崢嶸寧可言。我聞此語長太息，爲借閒房與裝飾。雨雪寧并左伯衣，日暮還須故人食。王生且坐讀書詩，珠桂如山我酬直。黄生孫生苦饒興，時時過我酒可得。君不見江東男子有饑寒，江西壯士無顔色。

【箋】

當作於萬曆十二年至十五年間，在南京太常博士任。姑繫十三年（一五八五）乙酉，三十六歲。

據詩，王悦之，金壇人。原借住焦弱侯（竑）所，移居太常東署側湯顯祖寓。以下四首詩或同時作，可參看。

【校】

〔采葵作食傷葵根〕作，原本作「成」。據萬曆本改。

夜聽鄧孺孝説山水

終日他鄉作遊子，到處不曾離屋底。鄧生爾時何許來，罷酒彈燈説山水。君家最近三茅君，我家貫看鑪峯雲。山水眼前人不住，遥山遠水復何云？

【箋】

鄧孺孝，當即前詩所云之鄧生。名伯羔，金壇人。參看玉茗堂賦之一銅馬湖賦箋。

【評】

沈際飛評「山水」句云：「二語已足。」

聞王悦之説閶門隱者

王郎道有閶門人，白首青蒲自編席。入城賣席常清晨，未到中時即歸宅。便持百錢虎丘寺，但坐相逢成主客。就飲何曾忘嘯歌，歌罷回船動西夕。自言一生不持扇，半世蓬頭少巾幘。三家市裏足埋藏，百歲人中堪戲劇。爲看閶門來去人，不争遲蚤俱頭白。

【箋】

姑繫於金壇歌贈王悦之，從焦弱侯所徙太常東署側詩之後第二首。

〔閶門〕在蘇州。

〔虎丘寺〕在蘇州閶門外虎丘山上。

【校】

〔但坐相逢成主客〕坐，萬曆本作「是」。

【評】

沈際飛評「但坐」數句云：「神傳矣。」

聽説迎春歌

帝里迎春春最近，年少尋春春有分。可憐無分看春人，忽聽春來閒借問。始知簾户即驚春，夾道妝樓相映新。樓前子弟多春目，樓上春人最着人。

立春日憶孫生

孫生本是山東美，卻似江東作鄉里。惜別何時遊故人，吴歙半入新安水。水上寒雲暗不流，片片雪花吹錦裘。似有金尊映明燭，日暮留君君不留。留君不住祇愁人，別後年光一色新。莫論明日爲人日，且道今春已立春。

【箋】

參看前數首詩。

【評】

沈際飛評「吴歙」二句云：「數語着情。」

黄卿歸廬江

荆卿何歸歸斗城，紫蓬星高黄道明。黄家俊叟有五子，中有一子字荆卿。心愛荆卿即爲字，王生孫生次第至。 盡日横遊輕薄篇，追風直上英雄記。 風心楊柳正堪攀，卻送春江少婦還。 香氣氛氲箏笛浦，離聲婉孌鳳凰山。 氛氲婉孌無窮已，交態閨情良有以。 春來君去即應愁，春去君來殊未擬。 來來去去出風流，輕衫細帽紫華騮。 花燈不信吹横笛，寒食能來鬭綵毬。

【箋】

參看前數首詩。 廬州（今安徽省合肥市）有金斗之稱，荆卿爲合肥黄道日之字。 廬州府志卷三二云：「舉於鄉，入國子監讀書，爲一時名流推賞。 工翰墨，行草俱爲世所珍。」但同書選舉志鄉試中式者不載其姓名。

【校】

〔離聲婉孌鳳凰山〕孌，各本都誤作「戀」，今改正。 後同，不另舉。

【評】

沈際飛云：「全首渾成。」又云：「以景結。」

三生落魄歌送黄荆卿

世上衆生多沃若，我處三生常落魄。孫生美色無婦人，與伯同寒翳空郭。江東王生遥寄居，土床并食時有蛆。無油白日自纂組，小婦能繡身能書。淮南黄生時折簡，半尺青絲寄錢眼。君不見杖頭纔可百餘錢，未問中人十金産。

【箋】參看前數首詩。

夜月太玄樓 在神樂觀

芙蕖花發出城遊，江光雲色映芳洲。下榻縈回金碧影，開燈還動紫華樓。樓前娲娲垂雲幄，樓上嘈嘈奏天樂。何如邀佩戲層城，直似吹笙停半嶽。輕風拂袖解人醒，急雨能添别院清。高興明星一回首，琪樹蒼茫河漢聲。

【箋】

作於萬曆十二年至十五年間，在南京太常博士任。姑繫於十三年（一五八五）乙酉，三十六歲。

〔神樂觀〕洪武十一年建於郊祀壇西。設提點、知觀，掌樂舞，以備大祀天地神祇及宗廟社稷之祭。隸太常寺。

【校】

〔在神樂觀〕萬曆本無。

〔琪樹〕琪，萬曆本作「仙」。

【評】

沈際飛評末句云：「韻」。

太玄樓留客

有亭不高良已清，開虛作牖傍層城。能通月色和煙色，可聽風聲雜雨聲。紫閣流雲應可掬，玄樓夜色迴明燭。也知清興未能闌，便合移壺就深竹。風燈密竹雨珠跳，漪漪曄曄又瀟瀟。偏多宿鳥翻冥密，自有啼蟲隱寂寥。人家草樹空成列，仙家洞館能清絶。花間着屐總成遊，竹裏吹笙殊可悦。回闌側袖倚烏巾，此雨持沾衣上塵。若道我疲玄夜酒，相看誰是竹林人？

【箋】

作於萬曆十二年至十五年間，在南京太常博士任。姑繫於十三年（一五八五）乙酉，三十六歲。參看前詩。

【校】

〔偏多宿鳥翻冥密〕冥密，萬曆本作「淋漓」。

【評】

沈際飛評第二句首二字云：「二字穎。」又評「漪漪」句云：「句不入格。」

送程中舍還朝

薇垣清切羡中書，鳳詔啣飛得自如。别路幾逢花樹密，宦情真覺酒期疏。江皋曉色侵行佩，河漢秋星轉使車。爲報太常能吏隱，葱陵長對碧窗虚。

【箋】當作於萬曆十二年至十五年，在南京太常博士任。姑繫於十三年（一五八五）乙酉，三十六歲。

【評】沈際飛云：「清疎。」

大樓僧真這

銅陵山北九華西，秋浦風煙似會稽。入座但知遊褐履，卷簾誰解對簪珪。新参漢畤神光滿，舊宿花城佛影低。爲憶年時歌吹晚，月明乘醉下青溪。

【箋】據詩「新參漢時神光滿」，當爲初任南京太常博士時作。暫繫於萬曆十三年（一五八五）乙酉，三十六歲。

【評】沈際飛評末句云：「俊。」

送吴司簿朝朔上都

長年美氣屬天正，玉珮全充使者行。謁帝早辭陵下路，先春人切去時情。鷄聲北闕雲含曙，馬首西峯雪似晴。爲道寢園初薦酎，奉常原重漢西京。

【箋】當作於萬曆十二至十五年間，時在南京太常博士任。姑繫於十三年（一五八五）乙酉，三十六歲。

【校】

〔題〕萬曆本作「送吴司簿朝正」。

〔先春人切去時情〕切去時情，萬曆本作「報洛陽城」。

〔鷄聲北闕雲含曙〕含，萬曆、天啓本及原本都作「舍」，今改正。

湯顯祖集全編詩文卷八　玉茗堂詩之三

詩三十七首　一五八六——一五八八，三十七歲——三十九歲。在南京太常博士及詹事府主簿任。

三十七

我辰建辛酉，肅皇歲庚戌。初生手有文，清羸故多疾。自脱尊慈腹，展轉大母膝。剪角書上口，過目了可帙。家君有明教，大父能陰騭。童子諸生中，俊氣萬人一。弱冠精華開，上路風雲出。留名佳麗城，希心遊俠窟。歷落在世事，慷慨趨王術。神州雖大局，數着亦可畢。了此足高謝，别有煙霞質。何悟星歲遲，去此春華疾。陪畿非要津，奉常稍中秩。幾時六百石？吾生三十七。壯心若流水，幽意似秋日。興至期上書，媒勞中閣筆。常恐古人先，乃與今人匹。

【箋】

作於萬曆十四年（一五八六）丙戌，在南京太常博士任。三十七歲。

〔我辰建辛酉〕湯顯祖生於八月，是年八月爲乙酉，「辛」字當誤。

〔肅皇歲庚戌〕湯顯祖生於明世宗嘉靖二十九年庚戌。肅皇，世宗謚欽天履道英毅神聖宣文廣武洪仁大孝肅皇帝之簡稱。

〔幾時六百石〕猶言何時休官也。漢書兩龔傳云，邴曼容「養志自修，爲官不肯過六百石，輒自免去」。漢制，太常博士秩六百石。

【校】

〔展轉大母膝〕大，萬曆本作「太」。

〔大父能陰騭〕大，各本都誤作「太」。

送習司業赴北徵

習前官太史，以失江陵意謫。

爲著陽秋出建章，十年徵拜自儀郎。承華漸入東僚貴，佩玉還留西序光。暫過琴亭貪衣錦，須參講殿一含香。清時舊德宜開閣，獨笑孫弘在太常。

【箋】

作於萬曆十四年（一五八六）丙戌四月，在南京太常博士任。三十七歲。據實録，四月己巳陞南京國子監司業習孔教爲右春坊中允管國子監司業事。

〔爲著陽秋出建章〕據實録，萬曆五年十月首相江陵張居正奪情，翰林院編修吴中行、簡討趙用賢，刑部員外郎艾穆、主事沈思孝各上疏諫阻，廷杖甚慘，修撰習孔教等具疏救，格不入。未幾，習孔教謫官去。

送沈鄖陽

清漳藻奇色，奥嶺結暉英。興文既以鬱，勉身能自清。萎蕤曲臺上，徘徊多友生。青鍾臨樹羽，尊酒寄琴笙。方歌零蔓草，何言流蚤鶯。陶陶孟夏中，悠悠江漢征。澧沮映南渚，秦蜀遞西傾。流眄易風聽，卧理即神明。無事東陽守，徒流高詠聲。

【箋】

據鄖陽府志卷五，萬曆十四、十五年沈鈇任鄖陽知府。詩或作於萬曆十四年（一五八六）丙戌孟夏。三十七歲。時在南京太常博士任。

【校】

〔流眂易風聽〕眂，萬曆本作「人」。

〔卧理即神明〕萬曆本作「玄岳倍神明」。

【評】

沈際飛評「勉身」句云：「相勖語。」

丙戌五月大水

芳皋有熱芸，空疇猶浩溔。時欣日華漏，未覺風心皎。北上湧朝隮，南垠滯昏曉。妨粢愁奉常，祈田肅京兆。府署氣無鮮，壇場意俱悄。梧竹靄滄涼，井邑浮虚杳。地脈交龍斷，硯席涎蝸遶。扇節尚春衣，籬門喧水鳥。從陵上原隰，登臺望江表。天貌此沉沉，客心方渺渺。何日風雲掀，俯辨山河了？

【箋】作於萬曆十四年（一五八六）丙戌五月，在南京太常博士任。三十七歲。

顧膳部宴歸三十韻

時大水，饑。

年深情易盈，春蘭氣方燠。齋房常自清，登臨每傷獨。同人風義生，命我春清熟。新雨道無人，越歌山有木。甚設苦難常，爲期省相速。適往纔張具，且坐遺巾服。行碁過格五，點局殘花六。豆間依古禮，坐次隨年録。素盞溢芳醞，青蔬雜蘭菊。無事極脂膏，風斯映明淑。心清笑則雅，興洽談逾穆。留連清夜沉，偶嘆春年肅。河北人猶流，江南子初鬻。行人深掠食，縣官粗賦粥。杏花差有畔，苦草正無幅。黄星春不死，青歲鳥猶宿。微禄幸三飽，清齋休五肉。秀麥候皇明，妨粢悵神牧。一人同向隅，諸兄須仰屋。凡百關天運，有萬依王福。江湖初繞霤，神州方蘊櫝。舉白但歡展，辭觴敢嚬蹙。滅燭步除陰，明月隱深竹。風庭猶數杯，淋浪居末逐。金柝夜沉沉，玉街清琭琭。還齋深思餘，倚檻端居伏。風露藹延和，華桐暗相馥。岸幘且輕首，啜茗殊清目。側看星尾遲，遠聽鳴鷄速。向署首明祠，靈妃方捧祝。

【箋】作於萬曆十四年（一五八六）丙戌，在南京太常博士任。三十七歲。湯顯祖另有丙子五月大水詩，當同年作。

【評】沈際飛評「凡百」句云：「成何語。」評「滅燭」以下數句云：「叙事爾，了無知見。」

送安卿

明星祠前夜通火，此外祠官閉壇坐。白日風塵横直遊，只似安卿無不可。安卿此時三十餘，未三十時金陵居。去今十年始相見，當時太學今何如？當時禮樂從寬政，三山陌上繁華盛。莫言槐市富簪裾，且説蘭房雜衣鏡。五陵年少宿青臺，一歲煙花幾度開。驕驄逐處尋人去，鸚鵡排門喚客來。是日新妝殊可動，高樓大道連雲棟。別有妖姬不見人，動是安卿出迎送。迎如新月送如雲，個人貪着茜紅裙。揚州大舸歌將去，天卜風流妬殺君。爲問佳人近佳否？桃葉渡江此來久。詢知此地舊繁華，不似從前盛花柳。花柳迎春不貯春，舞榭妝樓貼向人。亦知遊子偏多病，未許逢人即道貧。安卿詩人亦畫史，翩翩世上佳公子。釣魚巷曲水亭幽，隔水平衢入花裏。世路蕭疎君得遊，一行作吏只關愁。春色明年亦如此，昨日悲秋今憶秋。秋盡雲寒菊有花，吳山惠水是君家。不惜秋光與君酌，水氣城陰生暮霞。人生對酒莫咨嗟，月露光陰判不賒。有興調琴就明燭，隨宜拂袖枕烏紗。君不見胡繡衣陳寶鷄，此時但附要離塚，何曾一醉太常泥。一醉城頭烏夜情，滿船燈火送安卿。不憂清客隨潮去，自有諸郎能夜行。

【箋】

約作於萬曆十四年（一五八六）丙戌，在南京太常博士任。三十七歲。

詩云「去今十年始相見，當時太學今何如」，湯顯祖於萬曆四年遊太學。詩又云「何曾一醉太常泥」，亦與官銜合。

〔三山〕街名，在南京。

〔胡繡衣〕官御史，餘不詳。

〔陳寶鷄〕名貞父，萬曆八年在寶鷄知縣任。

【評】

沈際飛評「迎如新月」二句云：「煙雲拂拂紙上。」又評「昨日悲秋」句云：「得意句不減希夷。」

吹笙歌送梅禹金

感嘆龍君揚郡丞、沈君典太史、姜孟穎明府。

紫裓春衣可曾絜，絲竹西州可曾去？秋水微波木末亭，秋花半菊吴陵署。從官迫鬱有三年，似汝驕奢留幾處。邀懽托宿故言寒，罷酒更衣幾愁曙。新林小婦寄書來，一種風流許君據。朝落鉛華妾自知，夜拂蘭幬君不御。梅生開書欲長跪，托道留連在山水。即知遊子幾曾遊，自説美人詎知美。先時拾翠淩陽池，憶汝吹笙出桃李。天涯此日龍使君，世上何人沈太史。已覺叢殘姜令非，空驚綽約梅生是。津途變化裁十年，光響消浮祇千里。潮水長看三往還，交態今誰一生死。何況青眉并皓齒，美酒銷憂祇如此。

【箋】

作於萬曆十四年（一五八六）丙戌八月，在南京太常博士任。三十七歲。詩云「從宦迫鬱有三年……津途變化裁十年」；又玉合記題詞云：「余往春客宛陵……時送我者姜令、沈君典、梅生禹金賓從十數人，去今十年矣。八月，太常齋出，宛然梅生造焉。爲問故所遊長者俱銷亡，在者亦多流泊」，宛陵（宣城）之遊在萬曆四年，知詩文同時作。

〔龍君揚郡丞〕前太平府江防同知龍宗武於萬曆十二年（一五八四）戍廣東合浦。

〔沈君典太史〕名懋學，萬曆十年卒。

〔姜孟穎明府〕前宣城令姜奇方。時「丞武林而病疽」（見宣城令姜公去思記）。

〔木末亭〕在南京雨花臺附近。

〔新林〕新林浦，在南京南。

〔先時拾翠淩陽池〕指萬曆四年宣城之遊。

【評】

沈際飛評首數句云：「瀟瀟疎疎，正似其人。」又評「天涯」四句云：「入姓氏不痕。」

招梅生篇

敬亭雲飛出祠署，新林夜客遊何處？翩翻桂樹可重來，宛轉花中詎能去。青絲繫馬緑楊條，斜簪細帽作輕飄。打槳浪催桃葉苦，投壺醉喝蓮花嬌。擽知着處能唐突，爲許穠情兼弱骨。寧知有女泣春雲，不悟同人候秋月。同人秋月對河津，翠竹流螢風露新。空抛錦字持招客，無那香纓欲挂人。

【箋】

作於萬曆十四年（一五八六）丙戌八月，在南京太常博士任。三十七歲。時梅鼎祚有南京之行。參看前詩。

〔敬亭〕山名，在宣城。

【評】

沈際飛評云：「翠色欲流。」

戲贈梅禹金

蓼花秋冷菊花殘，惹盡垂楊興不闌。上客向歸留佩語，美人抽怨入琴彈。山中月色忘懷易，水上風心欲寄難。衣帶到家應減盡，還誰先得抱腰看。

【箋】

或作於萬曆十四年（一五八六）丙戌八月，在南京太常博士任。三十七歲。參看前詩。

【校】

〔蓼花〕蓼，原本作「藕」。據萬曆本改。

〔上客向歸留佩語〕萬曆本作「才子勸歸將酒送」。

【評】

沈際飛評「山中」二句云：「流麗。」

凌陽篇

金城石室晝氤氳，巖竇曾棲漢令君。朝餐飲日赤黄氣，春食流空葱翠雲。爲愛凌陽仙侯美，竟日清談縣中理。緑水飛看白玉魚，丹書教服曾青髓。已知兄弟逐絃聲，復聞妻子好吹笙。參差二女青童侍，窈窕雙簫白鳳迎。江上絃歌一迎送，雲表笙簫還按弄。斜睨白嶽白龍飛，直駕黄山黄鶴控。龍津鶴苑駕翩旋，地脈星臺吐玉泉。祇道冲飛裁七粒，懸知服食已三年。精靈歲月潛遊陟，氣候煙霞難望識。朝祠勝節罷中元，夜谷餘光空五色。蓉城秋浦送飛軒，紫霧春潭濯夢魂。未見雲光同葉縣，且欣風物似花源。

【箋】

湯顯祖詩吹笙歌送梅禹金云「先時拾翠凌陽池，憶汝吹笙出桃李」，此詩云「已知兄弟逐弦聲，復聞妻子好吹笙」，當亦爲梅鼎祚作。作年不可考，姑繫於前詩之後。

【評】

沈際飛云：「有功夫文字。」

送李于田吏部北上

微波木葉自繽紛，雁影離心江上聞。澹蕩平臺過淥酒，青葱別署有玄文。遊吴並道人如玉，入洛懸知客似雲。爲笑芳林恒獨賞，明年春色會思君。

【箋】

作於萬曆十四年(一五八六)丙戌秋，在南京太常博士任。三十七歲。據實録，六月，陞南京吏部驗封司郎中李化龍爲河南僉事提調學政。化龍字于田。

【評】

沈際飛云：「與送劉祠部等耳。」

天妃宫玉皇閣夕眺

寶蓋珠幢青佩裙，拂雲來謁斗中君。因攀帝閣臨元氣，卻過雷門動紫氛。諸天蒼莽開南牖，下視塵衢思矯首。繡嶺平分草樹前，清淮半出人家後。還緣梯路俯東軒，睥睨飛甍儀鳳門。表裏都城如玉切，高低道院似雲屯。參差向北隨形勢，雉堵獅峯兩迢遞。可憐平圃不抽花，未許招山徒植桂。迴飈拂袖倚西櫺，樹影潮音入暮聽。山中氣接江流白，江上山連浦口青。青山四面迴靈澤，二百年來深栝柏。能棲寶露足風朝，會徙陰煙宜月夕。夕暉山色靄松門，仙家日氣也黄昏。若待少年婚宦畢，徑須猿鶴怨王孫。

【箋】

或作於萬曆十四年（一五八六）丙戌，在南京太常博士任。三十七歲。湯顯祖作續天妃田記云：「今上九年……後五年，予率太常官屬視後堂。」詩或同時作。

〔天妃宫〕在南京儀鳳門（今興中門）外，下關附近。

〔雉堵獅峯兩迢遞〕天妃宫東即爲城墻及獅子山。

【校】

〔樹影潮音入暮聽〕暮，萬曆本作「梵」。

〔二百年來深栝柏〕栝，沈本作「檜」。義同。萬曆本作「紫」。

〔徑須猿鶴怨王孫〕徑，各本誤作「經」，今改正。

【評】

沈際飛評「能棲」數句云：「川原迴合，殊有勝寄。」

和別李儀郎道甫

湛氣浮虛中，流塵日相輸。細人常不閒，君子亦云鶩。銷心緣宿迷，洗氣令新悟。對俗自含嘿，傾知忽流露。旁人非所睎，之子獨延晤。經知世上懷，頗愜英流趣。何用慰晨風，長言警宵露。

【箋】

作於萬曆十五年（一五八七）丁亥春，在南京太常博士任。三十八歲。實録云，是年二月陞南京禮部郎中李三才爲山東僉事，整飭武定等處兵備。三才字道甫。儀郎，禮部儀制司郎中也。明史卷二三二傳云：「再遷南京禮部郎中，會（魏）允貞、（李）化龍及鄒元標並官南曹，益相與講求經世務，名籍甚。」湯顯祖答淮撫李公(三才)五十韻序云：「公……與大名魏公允貞、長垣李公化龍，皆余奉常時永夕之好。」李三才後爲東林所擁護，反對礦稅，不遺餘力。其政見與湯顯祖頗相近。

【校】

〔流塵日相輸〕輸，萬曆本誤作「諭」。

〔君子亦云鶩〕鶩，萬曆本作「騖」。

〔旁人非所睎〕睎，萬曆本誤作「晞」。

送汪汝立郎中奏最，兼懷吴幼鍾馬長平

京華今幾時，當君客淮上。車煩想舟楫，塵勞愛波浪。君爲賢主人，夜月隨官舫。浣此客心憂，清光與浮漾。素惟風義佳，轉愜神情王。朋尊故静好，落葉時惆悵。所知新太宰，吾師今副相。人生豈無涯，世法各有當。緬君蒼素姿，暑路風塵傍。不知歸皖否，可悉吴生狀？前觀乞米帖，君歸與籌量。無令卒饑死，負此時賢望。北遊君有人，猶龍馬生壯。此生好馳馬，吏事能精强。嚴役在江嶺，還都足酣

暢。有才費雕刻，雅意歸玄匠。送君過夏首，節物深駘蕩。日氣清江陰，煙光緑蕪漲。但去勿徘徊，長安心所向。

【箋】

作於萬曆十五年（一五八七）丁亥夏，在南京太常博士任。三十八歲。

詩云：「所知新太宰，吾師今副相。」據明史宰輔年表，是年二月副相許國晉吏部尚書建極殿大學士。太宰，吏部尚書也。湯顯祖詩負負吟序云「春秋大主試余、許兩相國」，許即許國也。〔馬長平〕名猶龍，固始人。時任廬州推官。見廬州府志。

【評】

沈際飛評三、四二句云：「淺語正微。」又評「不知」二句云：「如話」；「無令」二句云：「迫甚」；「有才」二句云：「雅。」又云：「入吴、馬處，最得章法。」

聞吕玉繩大父相國謚議作

名公子孫今絶倫，先朝相國幾經春。不應朝士紛紜語，曾是頭頭第一人。

【箋】或作於萬曆十五年（一五八七）丁亥，在南京太常博士任。三十八歲。呂玉繩名允昌，餘姚人。祖父本嘉靖二十八年（一五四九）以少詹事兼學士入閣，四十年丁憂歸。是年卒。贈太傅，謚文安。據明史宰輔年表及餘姚縣志。

送顧思益膳部

桂苑分華得並年，曲臺文物早周旋。陵祠再接春官禮，歲氣雙歌雲漢篇。奏計甘泉逢避暑，歸心大火欲流天。清秋攝篆真饒事，剩與閒曹乞俸錢。

【箋】作於萬曆十五年（一五八七）丁亥秋，在南京太常博士任。三十八歲。詩云：「奏計甘泉逢避暑，歸心大火欲流天。」是年考察京官。

德州逢李道父觀察

太史南河盡，朝陽東路行。星辰郎位合，煙雨嶽雲平。魯酒能香色，燕歌到羽聲。知君有奇氣，長揖漢公卿。

【箋】作於萬曆十五年（一五八七）丁亥秋，在南京太常博士任。三十八歲。在北上京察道中作。據實録，李三才（道甫）時任山東僉事，整飭武定等處兵備。

【評】沈際飛評「煙雨」句云：「好句。」

陽穀店 丁亥

獨來陽穀店，遶屋是青山。似有江南色，蕭蕭簷樹間。

【箋】作於萬曆十五年（一五八七）丁亥秋，時以南京太常博士往北京考察歸。三十八歲。

【評】

沈際飛云：「畫。」

髮落

草木根地陰，頭顱向天闊。凜秋風落山，卷地吹長髮。沐櫛臨朝陽，消颯去如拔。粗可試輕簪，省復下勁刷。星星幸未出，側室在伺察。即知金附蟬，了非三十八。美鬢當時人，亂頭且光滑。俛仰復何道，客至就巾抹。

【箋】

作於萬曆十五年（一五八七）丁亥，在南京太常博士任。三十八歲。

長至奉慰趙祭酒鄉思

東朝使節舊丰茸，南國威儀盛辟雍。獨嘆芳遊塵蕙幄，偶陪春薦入歌鍾。鄉心梅蕊休争迸，至日恩華且自逢。太史今朝候雲物，忍拚仙氣即成龍。

【箋】作於萬曆十五年(一五八七)丁亥冬至,在南京太常博士任。三十八歲。明年,顯祖調任南京詹事府主簿。據實録,二月陞右庶子趙用賢爲南京國子監祭酒,十七年八月陞南京禮部右侍郎。詩云「偶陪春薦入歌鍾」,必作於太常博士任。

懷郭美命編修吉除勸駕有作

與君初攬結,知是鳳條英。風煙積宛洛,冠冕闊吴荆。寂歷明星祠,駘宕臨春城。瀰瀰江波渌,悠悠漢水清。邂之宛一人,其人秀以貞。出京多晤言,宛轉若同生。仙舟雖可泛,蓬山非我行。忽彼麻衣雪,映此生芻情。光景若流駒,中盧常自驚。在昔寒泉嘆,復此有懷并。素悲差已盈,禮樂宜未傾。澹澹平安始,惻惻笙歌成。長安惜往日,春鶯能惠聲。

【箋】或作於萬曆十五年(一五八七)丁亥,在南京太常博士任。三十八歲。

郭正域,字美命,江夏人。與湯顯祖同年進士。選庶吉士。服闋,授編修。明史卷二二六有傳。

【校】

〔風煙積宛洛〕洛，萬曆本誤作「落」。

京察後小述

邑子久崖柴，長者亦摇簸。含沙吹幾度，鬼彈落一箇。大有拊心嘆，不淺知音和。參差反舌流，倏忽箕星過。幸免青蠅弔，厭聽遷鶯賀。賤子亦如人，壯心委豪惰。文章好驚俗，曲度自教作。貪看繡裌舞，慣踏花枝卧。對人時欠伸，説事偶涕唾。眠睡忽起笑，宴集常背坐。敢有輕薄情？祇緣迂僻過。一命淹陵署，六歲逢都課。「浮躁」今已免，「不謹」前當坐。有口視三緘，無心嗔八座。骨相會偏奇，生辰或孤破。吾心少曲折，古人多頓挫。脱落慕仙才，點掇希王佐。咄咄竟何成，冉冉誰能那！

【箋】

作於萬曆十五年（一五八七）丁亥，在南京。三十八歲。

〔京察〕明制，京官六年一察，察以巳、亥。其目有八，曰：貪、酷、浮躁、不及、老、病、罷、不謹。

〔含沙吹幾度，鬼彈落一箇。……參差反舌流，倏忽箕星過〕湯顯祖答王宇泰太史書云：「南都偶與一二君名人而假者，持平而論天下大事。其二人裁伺得僕半語，便推衍傳説，幾爲僕大戾。」其爲人所忌如此。

〔厭聽遷鶯賀〕指湯顯祖由南京太常博士秩滿，改官南京詹事府主簿。

〔曲度自教作〕紫釵記傳奇成於是年前後。考證見拙作年譜附玉茗堂傳奇創作年代考。

【校】

〔慣踏花枝卧〕踏，萬曆本作「沓」。

赴帥生夢作 有序

丁亥十二月，予以太常上計過家。先一日，帥惟審夢予來，相喜慰曰：「帥生微瘦乎？」則止。予以冠帶就飲，帥生别取山巾着予，甚適予首。嘆曰：「人言我兩人同心，止各一頭。然也。」嗟乎！夢生於情，情生於適。郡中人適予者，帥生無如矣。乃即留酌，果取巾相易，不差分寸，旁客駭嘆。記之。

青雲覆嘉林，明月映珠津。理絶有連氣，況乃在人倫。歷落帥生姿，禮食先一旬。采擷極玄史，詞賦落璸璘。我生弱冠餘，良遊非撫塵。子爲膳部郎，予入南成均。今上歲丙子，再見集庚辰。前後各傾展，言笑日温新。家能造清酒，兒能娱父賓。昔是新相知，今爲舊比鄰。上計邊越來，醉我鳳城春。笑謔不下樓，安知誰縉紳。契闊四五年，流思月相巡。予滿太常秩，子罷思江綸。日夕夢我歸，入門魂魄親。交手無别言，但問瘦何因。冠帶即延酌，易我以山巾。尺寸了不殊，形影若可循。世人言我汝，同心徒異身。今看巾幘交，益知頭腦匀。説夢未終竟，報我及城闉。歲寒冰雪中，松心竹有筠。三嘆此何時，滅没旁人嗔。眼觀一堂内，夢見千里人。見交等形隔，卧托乃疑神。素車尚前語，迷途猶見遵。況我見爲人，分明江海濱。立語卒不盡，且坐留飲醇。易巾果所宜，夢與形骸真。盍簪此爲契，彈冠安足陳。

【箋】

作於萬曆十五年（一五八七）丁亥十二月，在南京太常博士任。三十八歲。據詩序。

〔予以太常上計過家〕是年京官考察。考察後歸省臨川。

〔我生弱冠餘，良遊非撫塵〕湯顯祖學餘園初集序云：「二十友帥惟審，講古今文字聲歌之學。」

〔子爲膳部郎，予入南成均。今上歲丙子，再見集庚辰〕萬曆四年（一五七六）丙子，湯顯祖游南京國子監，時帥機爲南京禮部精膳司郎中。八年庚辰，湯顯祖春試不第南歸，再晤帥機於南京。帥仍在南京禮部任官。

〔予滿太常秩，子罷思江綸〕萬曆九年帥機陞任貴州思南知府。時已罷官。

二京歸覺臨川城小

舊京三四年，望鄉心鬱然。拜計東華門，歸舟鴻雁天。遠色入江湖，煙波古臨川。夙聞賢府主，冠帶相緜延。賓親盈郡中，往反日夕旋。北窺青羊洞，南上銅林阡。門巷不相當，轉側在眼前。始覺都城大，三轂未摩肩。人世且區域，況乃登雲煙。下視大小城，數點何蒼然。枌櫝古在兹，寸心安可便？

【箋】作於萬曆十五年（一五八七）丁亥十二月，任南京太常博士，時以京察赴北京歸家。三十八歲。

〔青羊洞〕即羊角洞，在臨川城内。參看卷二登西門城樓望雲華諸仙詩箋。

〔銅林〕又名蕭家嶺，土名古城，在臨川城内。

【評】沈際飛云：「惜未暢。」又評「遠色」二句云：「老辣。」

欲遊棲霞寺不果

金陵王舍城，攝山有佳景。雅意緋桃路，極望青霞嶺。吴生要我住，幽意夙已領。安知净土薄，春淹水田頃？徒資稗子粥，未蒙居士請。行乞自明相，飯過中時影。彌天入饑劫，陰光謝靈境。膏車正佳事，早晚未應騁。直須稍支濟，得復向清整。坐夏了難期，結秋西引領。

【箋】或作於萬曆十五（一五八七）、十六年夏，在南京。三十八九歲。據詩「彌天入饑劫」定。

〔棲霞寺〕在南京東北四十里棲霞山中峯西麓。

〔攝山〕即棲霞山。

丁亥戊子大饑疫

西河尸若魚，東嶽鬼全瘦。南北異肌理，生死一氣候。山陵餘王氣，户口入鬼宿。猶聞吴越間，積骨與城厚。宿麥失先雨，香秔未黄茂。長星昔中天，氣燄十年後。乘除在饑疫，發泄免兵寇。君王坐終北，遍土分神溜。何惜飲餘人，得沾香氣壽。

【箋】作於萬曆十六年（一五八八）戊子，在南京詹事府主簿任。三十九歲。參看後詩。

疫

西河尸若魚，東嶽鬼全瘦。江淮西米絶，流餓死無覆。炎朔遞煙熅，生死一氣候。金陵佳麗門，輻席無夜晝。腦髮寘渠薄，天地日熏臭。山陵餘王氣，户口入鬼宿。猶聞吴越間，疊骨與城厚。宿麥苦遲種，香秔未黄茂。長彗昔中天，氣燄十年後。乘除在饑疫，發泄免兵寇。恩澤豈不洗，鼎鬲多旁漏。精華豪家取，害氣疲民受。君王坐終北，遍土分神溜。何惜飲餘人，得沾香氣壽。

【箋】據詩原注，作於戊子、己丑間。前一詩題云「丁亥戊子大饑疫」，内容與此首同，而不及此首激切，蓋一爲初稿，一爲定稿也。詩當作於萬曆十六年（一五八八）戊子，在南京詹事府主簿任。三十九歲。

戊子春

南都昔佳麗，太學曾紆軫。士女接春游，清郎陪勝引。俱稱石城樂，未問長安近。重來十星歲，颯沓歡意盡。豈無春日遲，常似風淒緊。素屋少生煙，紫陌多流殣。耳目都非是，言笑復何忍。況此官行疎，但覺吏議謹。在清豈魚樂，吾遊非雉隱。忽忽清齋罷，林行拾青菌。

【箋】

作於萬曆十六年（一五八八）戊子春，在南京詹事府主簿任。三十九歲。

聞北士饑麥無收者

關河昔泛舟，汶洛今懸罄。方茲隴麥稠，已絶行人逕。餘芒上拂冠，棄桴深隱踁。河上積尸明，田中穀王勝。小蹇運新洗，太平氣須應。但使夢維魚，寧須生玉甑？

【箋】

據疫詩自注，此亦作於戊子、己丑間。神宗本紀云，三月「山西、陝西、河南及南畿、浙江並大饑疫，夏四月賑江北、大名、開封諸府饑」。詩當作於萬曆十六年（一五八八）戊子，在南京詹事府主簿任。三十九歲。

李母詩爲彭生作

星氣美中都，温泉臨古滁。良哉二千石，延安今則無。自有賢夫人，鷄鳴相其夫。時時親女工，一一窺圖書。終以寒女心，從容汶水隅。五馬行何之，歸視堂上姑。箴管日在側，脂膏誠有餘。尊人忽已遠，清房行復徂。青鸞爲子孫，樹羽各扶疎。誰謂桑榆光，俯映朝陽梧。兩見戊子春，載過長夏初。王母坐花勝，侍女紛離褕。云是郡夫人，年初九十餘。燕喜方未央，仙靈源自殊。母家苦縣李，夫是彭大夫。

【箋】

作於萬曆十六年（一五八八）戊子，在南京詹事府主簿任。三十九歲。彭生，參上卷送彭虎少歸滁謁丁僕丞馬司理。

内弟吴繼文訴家口絶穀有嘆

巴丘有再獲，瑯邪豈豐糴？萬端給一口，常爲饑鬼笑。幸堪童子師，筆舌苦難掉。汝祖長沙王，漢册遠有耀。千秋子孫大，舊日衣冠妙。先疇近零落，莓田苦暵燒。變化乏工本，打勞復沙剽。今年普天餓，非汝獨愁叫。河海半相食，木礫飼老少。雖然發臺穀，幸自息流嘯。地産覺今疲，天意敢前料。海珠不受採，河魚將息釣。積著漏奄戚，屑越流邊徼。池竭每目中，沙隳直緣峭。未賜江南租，久讀山東詔。秋毫自帝力，害氣吾人召。汝等牛一毛，生死負犁銚。芝蔴同婦種，豆蟲須裸照。冬稌如可晞，休車有餘醻。

【箋】據疫詩原注，此詩亦作於戊子、己丑間。神宗本紀云，十六年（一五八八）四月，賑江北、大名、開封諸府饑。「雖然發臺穀，幸自息流嘯」，指此。又云，七月免山東被災夏稅。「久讀山東詔」，指此。詩似作於萬曆十六年（一五八八）戊子，在南京詹事府主簿任。三十九歲。

【校】

〔冬稌如可晞〕晞，原本誤作「晞」。

寄問三吴長吏

鍾陵今若何，帝都非可問。白骨蔽江下，赤疫駢門進。豪家終脱死，泛户春零燼。人多地欲癢，物極天爲震。嘆此開天域，作鎮京吴近。河朔仰津濟，江東紆轉運。諸君股肱地，朝廷肩髀郡。德星青未沉，早晚照吴分。

【箋】

據疫詩原注，此亦作於戊子、己丑間。明史神宗本紀云：三月「山西、陝西、河南及南畿、浙江並大饑疫」。詩似作於萬曆十六年（一五八八）戊子，在南京詹事府主簿任。三十九歲。

送王當世理台州，有懷天台勝寄，乞縣不果偶及

帝城風彩日飄飖，君向中台躡絳霄。避暑早辭河朔飲，迎寒初下渭陽朝。春旌氣色温陵近，秋筆風霜海國遥。肯借章安容岸幘，不妨吟望赤欄橋。

【箋】

作於萬曆十六年(一五八八)戊子,在南京詹事府主簿任。三十九歲。據台州府志,王道顯,閩人,是年任台州推官。

【校】

〔帝城風彩日飄飖〕萬曆本作「霞城西影日飄飄」。

〔不妨吟望〕望,萬曆本誤作「岸」。

寄章衡陽吏部。公舊以郢令起當塗,清方見擢,喜之

氣連三輔日舒遲,猶記荒疲奏最時。世路玄同關令識,故人疎懶巨源知。當筵尚駐陽春曲,過里微開罨畫詩。欲附青雲渾不少,獨憐寒谷未應吹。

【箋】

詩當作於萬曆十六年(一五八八)戊子。據當塗縣志,章嘉禎十四、十五年任當塗知縣,下任十六年來替。縣志,嘉禎作嘉正;十四年爲丙戌,誤作丙申。據負苞堂集詩卷二寄章選部元禮,

章任吏部文選司主事。按，章嘉禎字元禮，浙江湖州德清人。故詩云「過里微開罨畫詩」。衡陽當是其别號。詩「猶記荒疲奏最時」，指其知蒲圻時政績。

江西米信

半郡倚宜崇，合路承旴贛。數載年穀多，出入頗流濫。云何忽饑貴，小斛千錢甀。所在津梁絶，似有流傭瞰。家君勉調濟，寄書教省淡。江湖氣方急，牛女星未暗。契闊江乘人，喧趨米船纜。

【箋】

據疫詩原注，此詩亦作於萬曆十六年（戊子）、十七年（己丑）間。

【校】

〔寄書教省淡〕淡，當作「澹」。與「贍」通。

過太常博士宅

太常東署中，五年足棲集。南風多爽塏，春梅未湫濕。兒子此生成，琴書此敦習。逼迫徙詹事，後者來何急。出門别井竈，致詞如欲泣。臨去幾回首，向後恒過入。昔作主人居，今向賓階揖。已悲題字滅，稍訝新堂葺。觸迹有思存，循年真悵悒。舊隸猶瞻叩，比鄰都問及。坐深難可留，簷庭去猶立。百年渾似此，前人互通執。弱心誠自嗤，懷來非可戢。

【箋】

約作於萬曆十六（一五八八）、十七年間，在南京詹事府主簿任。詩云「逼迫徙詹事」，又重得亡蘧訃二十二首之六云「博士齋頭詹事府……何處不曾牽手教」，顯祖曾官詹事府爲必有之事，據詩爲任太常博士後五年。明史職官志云，南京詹事府惟設主簿一人。從七品。實録云，隆慶六年十月吏部題疏，報可。疏云，品級正從之間得量爲設處。如原任正七品，對品無缺，則從七品相應缺，俱得改調。仍支正七品俸，並可依原品叙遷。又，顯祖於十七年遷南京禮部祠祭司主事。〔兒子此生成〕據詩癸卯秋宿鍾陵玉嶺公館兒開遠年十六侍逆推，三兒開遠生於是年春，猶在太常博士任。

聞李元冲無錫入銓

燕吴長望海雲空，千里郎官列宿同。寶氣經年逢令尹，名流今日候山公。罘罳曉拂金臺霧，睥睨秋高玉樹風。獨笑嵇生貪卧閣，肯令人在絶交中。

【箋】

約作於萬曆十六（一五八八）、十七年間，在南京詹事府主簿任。

〔李元冲〕字復陽，江西豐城人。湯顯祖同年進士。時由無錫知縣改官禮部主事。入銓是吏部，當是傳聞之誤。見常州府志。

湯顯祖集全編詩文卷九

玉茗堂詩之四

詩八十二首

一五八九——一五九一，四十歲——四十二歲。在南京禮部祠祭司主事任。

署客曹浪喜

今冬寒多忽乍煖，羊脂臘酒青甆椀。達曙留連歌笑言，蓮花漏水今宵短。點燭侍兒熏繡衾，新綿細帖令人懶。始怪明星出不低，何來曙鳥啼都滿？疎窗小竹真蕭瑟，淺帳寒梅動疎散。客省經知無印開，祠曹報説添人管。北闕雲霞青鬢疎，南朝煙月歸心款。鍾鼓空思長樂宮，江山別築忘憂館。四十頭顱君不知，爲看年來衣帶緩。

【箋】作於萬曆十七年（一五八九）己丑春，初陞南京禮部祠祭司主事。四十歲。是年六月作徐司空詩草叙已陞禮部，知今冬不指十二月而指年初。

【校】〔署客曹浪喜〕客曹，爲「祠曹」之誤。南京禮部不設主客司主事。與「客省經知」一聯亦不合。

〔今冬寒多忽乍煖〕乍，從萬曆本改，原本作「作」。

〔始怪明星出不低〕出，萬曆本作「高」。

【評】沈際飛評「南朝」句云：「款字不凡。」

遷祠部拜孝陵

寢署三年外，祠郎初報聞。臣心似江水，長遶孝陵雲。

【箋】作於萬曆十七年（一五八九）己丑，在南京禮部祠祭司主事任。四十歲。

再寄帥思南

供奉園陵五薦新，祠郎初占曲臺春。也知歲月能高隱，無奈心情厭雜賓。湖海浪談天下事，湘流還是眼中人。何年對汝歌聲出，金碧巖前醉幾巡。

【箋】作於萬曆十七年（一五八九）己丑春，在南京禮部祠祭司主事任。四十歲。帥思南，名機，曾任貴州思南知府。

饑

西北久食人，千里絶煙影。如何江海氣，遍濕東南境。越人苦蛟龍，吴都復蛙黽。梟茨涸濱澥，木皮盡蹊嶺。由來三輔民，仰粟二西省。所在亦中熟，津梁各有警。江船絶盱贛，楚粟慳衡郢。陵麥青未熱，香秔種猶冷。底春歌已斷，涉夏饑殊永。淋滲傷雨氣，滄茫視風景。京尹裁施粥，市人稀説餅。心蘇流殣積，色沮俘庸騁。江漢漕方下，水衡粟已請。且賜今年租，徐看水田穎。

【箋】據疫詩原注，此亦作於戊子、己丑間。詩云「津梁各有警」，指十七年春太湖、宿松（俱屬今安徽）農民起義爆發，致「江船絶盱贛，楚粟慳衡郢」，詩當作於萬曆十七年（一五八九）己丑，四十歲。在南京禮部祠祭司主事任。

送何衛輝，時喜潞藩新出

帝子新封接帝鄉，何郎新命守河陽。江花碧署年光滿，雲氣蒼梧秋色長。内史未須秦法律，朝歌曾識漢循良。人傳萬乘旌旗出，總爲猗蘭是國香。

【箋】作於萬曆十七年（一五八九）己丑三月，在南京禮部祠祭司主事任。四十歲。據康熙衛輝府志，時知府爲霍鵬，字雲程，直隸井陘人。萬曆五年進士，今年以南京工部郎中陞任，明年去任。

何當由音近而誤。

〔潞藩〕明史諸王世表云，潞簡王翊鏐，穆宗嫡四子。隆慶五年（一五七一）封。是年就藩衛輝府。據實録，潞王以三月丙寅之國。

【校】

〔是國香〕是，萬曆本誤作「定」。

【評】

沈際飛評云：「應制體。」

送朱學使江西並爲廬嶽之期

握臂豈無人？談心非所罄。我友朱司功，冰凌骨色稱。精入世界理，渺含人外興。疎燈坐蕭瑟，微言動笙磬。及此暮之春，忽枉將離贈。青衿久相待，追琢必鮮瑩。應須校録餘，稍及旌干定。琴書既静好，雅俗殊風聽。投分必標吕，下軾帷張鄧。幽芳鹿洞啓，静響龍潭應。于役在江嶺，獨此事弘勝。遲帆宫蠡雲，仄屐香爐徑。倘懷煙霧姿，歧予素心證。

【箋】

作於萬曆十七年（一五八九）己丑三月，在南京禮部祠祭司主事任。四十歲。

〔朱學使〕名廷益，字汝虞。是年以僉事督江西學政。見江西通志卷一二七。

〔標呂〕鄒元標、丁此呂，俱江西人。明史卷二四三、二二九各有傳。

〔張鄧〕張位、鄧以讚，俱江西人。明史卷二一九、二八三各有傳。

【校】

〔下軾帷張鄧〕帷，當作「惟」。

喜麥

時皖賊初散，南都解嚴。

滔滔春雨過，已入孟夏月。絶流今夏寒，塵生井逕竭。所欣秀麥冷，青黄夜生發。今晨米價落，數歲草根掘。北極自河漢，南都有宫闕。氣脈動三楚，精華受百粤。向賊幸幺小，江湖未深窟。就麥自開散，官軍失倉卒。但願雨入律，經營土冒橛。嘉生良在兹，鍾陵氣未歇。

【箋】

作於萬曆十七年（一五八九）己丑四月，時在南京禮部祠祭司主事任。四十歲。明史神宗本紀云：「十七年春正月……太湖、宿松賊劉汝國等作亂，安慶指揮陳越討之，敗死。二月丙申，吴淞指揮陳懋功討平之。」

送朱司空上都二十韻

朱公前南客曹時，陸公南祠郎也。

心知豈無人？遇合故有命。奉常凡幾年，虚微自本性。朱公南鳳凰，軒豁五雲慶。凝華整官屬，齋心感靈聖。衣簪時在公，禮法竊所敬。拜别南滁坰，過肅西曹政。刑名何必深，奏決多爲令。無因贊君子，佩玉歸朝請。人知襟想清，未信容顔盛。屏居二十年，海上風期敻。桃李豈須言，松筠自相映。春曹忝虚薄，故事存高詠。偶標朱陸期，妙寀清華並。陸公濬名理，談宗真水鏡。朱公與莫逆，寤語争奇正。德業遠相致，大雅深儒行。倏忽世道往，未覺津途净。尚有老成人，端居鎮流競。陸公滯南宰，恨晚紓餘勁。司空向巖陛，次第調機柄。匠器方此呈，碎職何足竟。丹青大臣節，契闊在百姓。初書大有麥，祠官費祈禜。閉關心隱鬱，談時氣奔迸。稍待歲氣復，當歸理貧病。深淺嘆河梁，衝波豈遊泳。

【箋】

約作於萬曆十七年（一五八九）己丑，在南京禮部祠祭司主事任。四十歲。詩云「陸公滯南宰」，陸光祖曾歷任南京禮部主事、祠祭司主事、儀制司郎中等職，與序云「陸公南祠郎也」合。據明史卷二二四本傳，萬曆十五年陸光祖起任南京刑部尚書，就改吏部。又據七卿年表，陸於十七年五月入爲北京刑部尚書，詩云「滯南宰」，謂久任南京吏部尚書也，詩當十六、十七年作。

〔朱司空〕名天球，曾任南京工部尚書。又據詩題，多年前曾任南京禮部主客司郎中。參看萬曆三十八年（一六一〇）作庚戌初夏夢侍漳浦朱澹翁尚書奉常。

【校】

〔虛微自本性〕自，萬曆本作「有」。

六月苦旱渴，偶就弘濟寺得江水飲

斗水十餘錢，誰云江海闊。孤生已四十，正爾今年渴。池井各封閉，關梁遞遮遏。注喉如沃焦，敢復費澆抹。延生喘脇際，常恐命蒂脱。朝窮雲漢呼，夜厭飛蟲聒。明河雖按户，斗杓肯低斡。井參雖在闞，玉繩不可掇。稍移江上寺，江水遠明活。熱乏此甘露，點滴在瓶鉢。沉冥洞翣氣，迴風撓虚豁。嵌空倚絶壁，日光傾隱割。雖非清涼山，冰雪見毫末。水觀蕩陰靄，晚浴宜巾葛。江海足相忘，都人困吹沫。安得取水龍，傾城此囊括！

【箋】

作於萬曆十七年（一五八九）己丑六月，在南京禮部祠祭司主事任。四十歲。作年據詩「孤生已四十，正爾今年渴」定。明史神宗本紀云：六月，南畿、浙江大旱，太湖水涸。

〔弘濟寺〕在南京燕子磯附近，門臨大江。

〔清涼山〕南京城内有清涼山，此當指山西五臺山。

董光禄招遊城南三蘭若，同南海曾人蒨即事

新秋縹緲孤飛鶻，我與世人殊恍惚。董公自是心期人，片語相邀出林樾。洞庭曾生颯前往，自覺嶺海氣超忽。峯雲昨夕水波生，細雨微寒弄纖葛。主人小憩長干寺，世界微明水天佛。聖母蓮花誰送致，東海紫衣長信謁。開經錦氎照掀翻，乞食香廚能細滑。忽然興寄盡飛鳥，別自亭臺生木末。虛壑階前山翠微，夕陽樹裏江明活。隨意觥籌就花雨，滿目山川映雲物。北瞻陵嶽東霞開，南候方山西日没。井里依微界斗城，宫殿玲瓏對天闕。丹陽王氣隱崢嶸，紫海帝江相遶斡。西北薇垣燕氣高，東南地軸吴都闊。董公繡衣歷河華，曾生草履過閩越。各自論都有形勢，獨此開天正葱鬱。得生中華在倫好，況直太平卧簪紱。且追金策度神臯，爲拂寶花依佛窟。高僧神理舊微茫，吾曹酒意新疎豁。已覺數年兼吏隱，復是同人思清越。河漢無梁過七夕，海上靈槎占八月。董公早晚未留滯，曾生信宿當明發。銅盤碧藕青絲壺，乘閒醉就雲公歇。

【箋】

作於萬曆十七年（一五八九）己丑七月，在南京禮部祠祭司主事任。四十歲。詩首句云「新秋縹緲孤飛鵲」，據實録，去年十月陞尚寶司司丞董裕爲南京光禄寺少卿，十八年正月改北。是董裕新秋惟此年於南光禄任。據撫州府志卷四八，董裕樂安人，曾任河南道御史。所著董司寇文集卷一八有詩初秋偕湯祠部曾孝廉集木末亭遂登雨花臺，當同時作。

〔城南三蘭若〕南京城南報恩（長干）等三寺。

〔木末〕亭名，在南京雨花臺附近。

【校】

〔紫海帝江相繞斡〕斡，萬曆本誤作「幹」。

〔西北薇垣燕氣高〕薇，萬曆本誤作「微」。

〔曾生草履過閩越〕履，萬曆本作「屩」。

〔河漢無梁過七夕〕過，萬曆本作「度」。

〔曾生信宿當明發〕生，萬曆本誤作「公」。

己丑立秋作

水價日百錢，淮清江水闊。他生常苦饑，今生直愁渴。渴烏無轉勢，枯魚自嘘沫。斷想入梅雨，已覺露華歇。山川不出雲，星雩盡茲月。始疑天意遠，敢云地津竭。迎秋稍沾浥，木葉早枯脱。夏雨瀝金珠，秋水灌毫末。

【箋】

作於萬曆十七年（一五八九）己丑立秋，在南京禮部祠祭司主事任。四十歲。

【評】

沈際飛評首數句云「抵得六月苦旱詩多少句」；又評結尾云「秋旱一筆寫盡」。

金陵歌送張幼于兼問伯起

金陵花月蔽江空，可憐六代多離宫。潮去潮來都應月，花開花落等隨風。真人握鏡開神烈，便作神皋賜金策。二百餘年天下清，往往將軍禮逢掖。肅帝高居俯絳河，金碧詞人闕下多。一日鼎成罷宫觀，詞人四海空勞歌。佳麗南都足風景，浪客紛紜難記省。挾筴時過驃騎航，調絃半逐胭脂井。張君别自老詞場，兄弟三張此二張。昔歲過君梅乍吐，是日逢君菊有芳。芳花幾度勞攀折，晏歲崢嶸難具説。古稱遊子澹忘歸，可耐思歸告離別。相逢相别不相難，傲吏清時也閉關。最愛君家張仲蔚，滿徑蓬蒿不出山。

【箋】

〔張幼于〕名獻翼（一五三四—一六〇四），長洲人。弇州山人四部續稿卷一八張幼于兄薄遊金陵，過從甚數，忽爾告返，聊成一章送之，並寄長公伯起並韓令作於萬曆十七年。此詩或亦同時作。

〔肅帝〕明世宗朱厚熜。

〔兄弟三張此二張〕張鳳翼及其弟獻翼、燕翼並有才名。吴人語曰：「前有四皇，後有三張。」燕翼早死，故云「此二張」。獻翼、鳳翼，列朝詩集小傳各有傳。

〔昔歲過君梅乍吐〕指萬曆十一年（一五八三）北上春試，順道訪張氏兄弟於吴門。

〔最愛君家張仲蔚〕仲蔚指張鳳翼（一五二七—一六一三）。嘉靖甲子四十三年（一六一五）舉人。作有紅拂記傳奇。晚年不事干請，鬻書自給。

【校】

〔題〕張幼于，萬曆本作「張太學」。

〔真人握鏡開神烈〕開神烈，萬曆本作「飛桐柏」。

〔昔歲過君梅乍吐〕乍吐，萬曆本作「白盡」。

【評】

沈際飛評「潮去」二句云：「聲脆」。又評「兄弟三張」句云：「鄙。」

送武部周元孚歸黄州

波瀾拂青鳥，風雲翔翠螭。俛仰各有致，浮沉中自知。楚客詠蘭芷，江煙渺佳期。及此晤言笑，已惜青春時。我心殊鬱陶，世路良參差。關河氣未死，江海人猶饑。王氣緬終古，輕心常在兹。武庫新留仗，羽林舊孤兒。略約未敢問，精整存有司。當官廣有人，須材今復誰？君當江陵相，天出蚩尤旗。契闊上封事，的皪施顔眉。長星十年後，流人千里思。邊風鴈門影，海氣青田姿。賴有董夫人，雅麗精文詞。奉倩惑傾城，安仁惜瑶姬。棲遲長路意，婉孌洞房私。有情能不極？多才難自持。秋色何蒼然，懷人益淒其。風塵淮楚路，煙波河漢涯。誰能世紛淺，願言顔髮滋。

【箋】約作於萬曆十七年（一五八九）己丑，在南京禮部祠祭司主事任。四十歲。時周元孚任南京兵部主事。

〔武部周元孚〕名弘禴。麻城人。萬曆二年（一五七四）進士。十三年春上疏指斥朝貴，謫代州判官。再遷南京兵部主事。約在十七年召爲尚寶丞。詳見明史卷二三四本傳。

〔關河氣未死，江海人猶饑〕指本年旱災。神宗本紀云，六月南畿、浙江大旱，太湖水涸。

〔江陵相〕張居正。

〔契闊上封事〕指萬曆十三年春上疏指斥朝貴事。

〔邊風鴈門影〕指謫代州判官。

〔海氣青田姿〕指謫代州後，量移處州推官。見處州府志卷十三。

〔賴有董夫人，雅麗精文詞〕小字少玉，周弘禴之繼室。有詩名。據馮夢禎快雪堂集卷四八萬曆十六年（一五八八）正月十七日日記，董氏萬曆十五年十月去世。故後詩云「安仁惜瑤姬」。見列朝詩集小傳閏集西陵董氏少玉傳。

【校】

〔楚客詠蘭芷〕芷，萬曆本誤作「沚」。

【評】

沈際飛評「王氣」二句云：「此等句，鍾、譚知己。」又評「邊風」二句云：「悲壯。」

同董光禄望雪漢西禪閣陪胡瑞芝武部

鄉闕望不極，江漢此登臨。山川照雲雪，城闕動光陰。色與空門净，寒棲佛影深。得從桑梓敬，來傍紫芝尋。冠蓋人如玉，琴尊月在林。飛霜曾白簡，繁露滿青衿。祠署春能入，幽蘭思不禁。惟餘光禄宴，清切歲寒心。

【箋】

約作於萬曆十七年（一五八九）己丑，在南京祠祭司主事任。四十歲。據實録，去年十月陞尚寶司丞董裕爲南京光禄寺少卿，明年正月改北。胡瑞芝名桂芳。二君俱撫州人。湯、胡後爲兒女親家。

【校】

〔詩題〕武部，萬曆本作「武郎」。

【評】

沈際飛評云：「清妥好詩。」

送王侍御以論耿公歸蜀，侍御故吉州人

自是安成舊世家，偶隨雲物映三巴。吳兒自愛彈文好，楚叟新知物論譁。畫舸江連巫峽雨，繡衣春作錦城花。君恩未報難高隱，剩取餘冠氣觸邪。

【箋】

作於萬曆十七年（一五八九）己丑，在南京禮部祠祭司主事任。四十歲。

王侍御是南京廣東道御史，名藩臣。耿名定向，湖廣黄安人。時任南京右都御史。詩云「楚叟」，指耿。明史卷二二一耿傳云：「御史王藩臣劾應天巡撫周繼，疏發踰月不以白定向。定向怒，守故事力爭，自劾求罷，且詆藩臣論劾失當。……藩臣坐停俸二月。於是給事中許弘綱、觀政進士薛敷教、南京御史黄仁榮及（王）麟趾連章劾定向。麟趾言南臺去京師遠，章疏先傳，人得爲計，如御史孫鳴治論魏國公徐邦瑞，陳揚善論主事劉以煥，皆因奏辭預聞，一則夤緣倖免，一則捃摭被誣，故邇來投謁有遲浹月者，事理宜然，非自藩臣始。語並侵大學士許國、左都御史吳時來、

副都御史詹仰庇。執政方惡言者，勒敷教還籍省過，麟趾、仁榮亦停俸，時已除定向户部尚書督倉場，定向因力辭求退，章屢上乃許。」據實録，耿定向休官在十一月。此爲南京官場一大風波，事歷半年乃已。凡新進及言官與大老有紛争，湯顯祖每同情前者而反對後者。二年後顯祖上疏論輔臣科臣，與王藩臣等主張頗近。

【評】

沈際飛云：「得忠愛大體。」

送俞采並示姑孰子弟

采故叔白鹿生，賢豪人也，悲之。

遊子常年風性高，龍生地主垂干旄。絳帳後堂延弟子，春裝别墅擁賢豪。何處山川不留飲，何處風光能薦寢？花落時粘縹緑箋，杯翻只污蒲桃錦。爾時閭井多懽娱，爾家弟兄猶讀書。長星出天十年内，經過舊地百不如。江上更番起戍隊，河南學館今蕪廢。地主才高落網羅，門生産盡歸闤闠。君家少父識人稀，白鹿騰空人事非。頻年落第常留醉，幾夜浮橋獨送歸。此情此日堪憐處，故人上官得陵署。從今見憶直須來，幾日相過那便去。春酒春燈花月深，離愁今夕動春心。親知報李非無玉，直笑栽桃未有陰。

【箋】

約作於萬曆十七年（一五八九）己丑，在南京禮部祠祭司主事任。四十歲。詩云「長星出天十年内」，查作於十六年之疫詩云「長星昔中天，氣燄十年後」，作於十七年之送户部周元孚歸黄州云「長星十年後，流人千里思」，年份自當略同。又詩云「江上更番起戍隊」，是年安徽太湖、宿松一帶正有農民起義軍在活動。

〔俞采〕姑孰人，餘不詳。

〔龍生地主〕萬曆四年（一五七六）春，湯顯祖往遊太平（姑孰）、宣城時，龍宗武任太平府江防同知，故云龍生地主。

〔河南學館〕即志學書院，在宣城開元寺。原爲羅汝芳所創建。

〔地主才高落網羅〕萬曆十一年（一五八四），龍宗武自湖廣少參罷歸，未再逾年，逮戍合浦。參看湯文前朝列大夫飭兵督學湖廣少參兼僉憲澄源龍公墓志銘。

〔故人上官得陵署〕作者自指。

【校】

〔題〕姑孰，各本都誤作「姑熟」。今改正。

〔花落時粘縹緑箋〕緑，萬曆本誤作「緣」。

【評】

沈際飛評「花落」等句云：「口角津津。」又云：「亹亹，末句排偶少力。」

聞王子聲令太湖，是明德先師舊涖

雲夢諸孫年少郎，羅公愛月舊池塘。不應此縣宜仙令，百藥山前常異香。

【校】

〔雲夢諸孫年少郎〕諸孫，萬曆本作「湘騷」。

【箋】

約作於萬曆十七年（一五八九）己丑後，在南京禮部祠祭司主事任。四十歲。

〔王子聲〕名一鳴，湖北黄岡人。萬曆十四年（一五八六）進士，授太湖知縣。見列朝詩集小傳丁集下。

〔明德先師〕理學家羅汝芳，去年九月卒。

北望同劉司業兑陽

南都幸華予，祠郎復清秩。雖無當世心，願奉清時畢。依依鍾陵雲，望望長安日。但聞臨幸稀，轉覺軒闈密。天高百靈護，玉色喜精實。驩幸無深淺，燕語有得失。貴弟欲分手，前星時在膝。戴北起明雲，早晚宫車出。

【箋】

作於萬曆十七年（一五八九）己丑，在南京禮部祠祭司主事任。四十歲。據實録，八月陞翰林院編修劉應秋爲南京國子監司業。詩若八月作，則潞王已之國，不得云「欲分手」；詩若三月作，應秋猶在北京。疑有誤奪。

〔但聞臨幸稀〕神宗本紀云，三月丙辰，免陞授官面謝。自是臨御遂簡。

〔貴弟欲分手〕明史諸王世表云：潞簡王翊鏐，穆宗嫡四子。是年就藩衛輝府。又據實録，潞王以三月丙寅之國。

【校】

〔天高百靈護〕萬曆本作「天好若靈花」。

〔戴北起明雲〕戴北，萬曆本作「萬歲」。

登報恩塔，歸騎望塔燈，同汪仲蔚

珠塔淩觚稜，鍾陵看建業。表裏山川盡，勝寄煙雲愜。江光日氣飲，世界空明攝。迴聽風穴壯，側看飛鳥怯。下方燈欲上，歸人影相躡。千枝蓮出臺，四照花開葉。見頂色依微，開陰點層疊。𨷂摩如可遇，佛光於此接。文祖發威神，彌天歸震慴。匪報佛王恩，自顯天人業。花宮窮勝麗，孽火傳灰劫。華趺暗消隱，畫墻堅巇嶫。三匝禮空存，四遊心苦涉。裁量百年中，蘭膏幾輝燁。

【箋】

作於萬曆十七年（一五八九）己丑，在南京禮部祠祭司主事任。四十歲。送汪仲蔚備兵入閩詩云「予還主祠事，君還省客軒」，汪任南京禮部郎中，湯陞禮部主事，俱今年事。又據同詩，汪於今年十一月備兵入閩。是此詩必今年作。

〔報恩塔〕見卷一〇望報恩寺塔燈詩箋。

〔汪仲蔚〕名應蛟。明史卷二四一有傳。二人交誼，參看本卷送汪仲蔚備兵入閩詩。

〔文祖發威神〕文皇帝成祖朱棣永樂十年（一四一二）始重建報恩寺。

【校】

〔華趺暗消隱〕趺，萬曆本誤作「跌」。

己丑長至奉陪王趙二宗伯齋居有感

侍從當年玉佩分，長陪鍾律報天文。南遊爲占春曹日，北望還書太史雲。燭殿星華流宛轉，鍾陵雲氣接氤氳。微臣自結迎祥履，何限金門奉聖君。

【箋】

作於萬曆十七年（一五八九）己丑長至，在南京禮部祠祭司主事任。四十歲。據實録，六月，王弘誨陞南京禮部尚書，八月趙用賢陞南京禮部右侍郎。

送汪仲蔚備兵入閩

肅帝金天精，庚戌秋八月。七日予生辰，再七我如達。是月太白高，大臣有誅殺。云何旬朔中，受生多穎發？子共毘陵顧，我同柏舉梅。清節顧能立，瓊林梅並開。今皇二載春，遘予北容臺。十年南署郎，子真文武才。予始上春官，都亭逢折簡。歧予謬通籍，驚見若同産。封章口不言，世人心有眼。拜秩南太常，周旋映主瓊。子旋謝疴去，握手清漢門。蒼蒼古龍山，輝輝寶婺源。有書字豈滅？三歲心嬋媛。予遷主祠事，君還省客軒。顔髮稍蕭疎，文言自清整。止酒爲君開，加餐意吾領。時時步雙闕，夜夜捫參井。滄江臣子心，鍾山帝王影。鍾山烈以神，石馬含風雲。軒轅誠可畏，蒼梧如有聞。是日日南至，清齋緬靈氛。報子得高遷，往憲興泉軍。念當江海遥，豈云歲華暮。昔在遊鄒吕，未嘗隔昏曙。十年幾相見，夢寐非明晤。人生豈無期，交遊亦有數。即知君子交，凡百慎所儀。煙波日云遠，素絲良不欺。與君偶同辰，悠悠心自知。惟當白露月，清酒祝吾私。

【箋】

作於萬曆十七年（一五八九）己丑冬。在南京禮部祠祭司主事任。四十歲。據實録，十一月陞南京禮部郎中汪應蛟爲福建按察司副使。詩云「予遷主祠事，君還省客軒」，知汪爲主客司郎中。詩又云「是日日南至，清齋緬靈氛。報子得高遷，往憲興泉軍」，汪以按察司副使分司興（化）泉（州）清軍也。時間、官名俱合，仲蔚當爲應蛟字或號。明史卷二四一有傳。

〔肅帝金天精四句〕湯顯祖生於明世宗（肅帝）嘉靖二十九年（一五五〇）庚戌八月十四日（公曆九月二十四日）。

〔是月太白高，大臣有誅殺〕是月蒙古俺答部入侵，直薄北京城下。兵部尚書丁汝夔及左侍郎楊守謙被逮棄市。見明史紀事本末卷五九。

〔子共毘陵顧，我同柏舉梅〕謂汪顧與湯梅各以同日出生。柏舉，麻城也，此指梅國樓。本書卷四六寄梅瓊宇云：「仁兄與弟生同年月日。」瓊宇，國樓號。顧謂常州（毘陵）無錫人顧憲成，承芝加哥大學馬泰來先生録示顧端文公年譜，憲成生於嘉靖二十九年八月初七日。

〔今皇二載春，遣子北容臺〕汪應蛟萬曆二年進士。春試時，湯顯祖遇應蛟於禮部試場。容臺，禮部也。

〔清漢門〕或指漢西門，南京西面第二門。

〔蒼蒼古龍山，輝輝寶婺源〕汪應蛟婺源人。龍山或在婺源境。

〔昔在遊鄒呂〕指鄒元標、丁此呂。二君俱顯祖同鄉友人。

太常謝公北泊天妃宫有作，來年正朔立春

謝公前使琉球，感天妃神光濟海焉。

漢使河源虚織女，君得天妃下神語。海氣雲驚葉璧山，江關雪憶梅花嶼。白澤賜衣金佩刀，神鯨怪燕争波濤。精氣自淩星氣遠，功名早逐風雲高。只言世上堪平步，候氣尋針非此路。常依北闕玩芳華，暫向南都瞻玉樹。南北園陵佳氣重，太常新入近天容。況復青郊候祈穀，立春春朔幾人逢。

【箋】

作於萬曆十七年（一五八九）己丑冬，在南京禮部祠祭司主事任。四十歲。參看二十史朔閏表。據實録，去年八月陞光禄寺少卿謝杰爲南京太常寺少卿。謝杰字漢甫，號繹梅。萬曆二年進士。官至户部尚書。著有白雲集。見福建通志卷六一。按，明史藝文志列謝杰使琉球録六卷。

〔天妃宫〕在今南京下關。

【校】

〔題〕來年，萬曆本作「明年」。

〔濟海焉〕萬曆本無「焉」字。

〔功名早逐風雲高〕逐，原本作「遂」。據萬曆本改。

【評】

沈際飛評末二句云：「直似贊詞。」

文登羽客謁齊王子宿天妃宫

四十爲郎忽欲老，海月江花真草草。何處煩憂著此身，誰人未老思仙道？客卿行色滿煙霞，王孫故國多梨棗。每説從人大父遊，安知不羨兒童好？長嘯相看了君意，明珠闌干須自保。玉女祠前雲氣流，春官署裏明星早。忽忽臨風吹玉笙，蒼茫欲認鷄鳴島。

【箋】

作於萬曆十七年（一五八九）己丑，時在南京禮部祠祭司主事任。四十歲。

〔齊王子〕或指承綵，字國華，時已爲庶人。見陳作霖金陵通傳卷一五。

【校】

〔明珠闌干須自保〕明，萬曆本作「流」。

寄李岧嶅内鄉，追憶陳寶鷄

仙令長安君以後，繡服霑春幾迤逗。赤縣彈琴自一時，公庭舞鶴泠清漏。笑浪紛紜陳寶鷄，鳴鞭載酒御橋西。諸賓歷亂淩風舞，小史温融映雪啼。意氣滿堂心自許，密燭迴簾深夜語。誰知生死十年期，忽漫浮沉兩仙侣。陳君曲折殊可憐，君家一掌順陽川。隆中故宅若爲遠，安衆諸劉時往旋。少室僧來喜相慰，能言岧嶅身閒貴。兄弟中原詞賦名，兒郎上路風雲氣。紛吾四十滿爲郎，每愛嵩鄖夾内鄉。幸好分麾河嶽路，真須一飲帝臺漿。

【箋】

作於萬曆十七年（一五八九）己丑，在南京禮部祠祭司主事任。四十歲。詩前半回憶萬曆八年事。參看卷一〇過宛平縣治，憶庚辰春雪，寶鷄令陳貞父同訪李岸嵍，時雙鶴飛舞，今岸嵍已去郎位，而貞父物故，鶴猶迎舞，泫焉悲之。李岸嵍名蔭，字于美，内鄉人。曾任宛平知縣（仙令長安），後遷户部主事，時已家居。其兄蓘曾任翰林簡討，以博學名。

【校】

〔赤縣彈琴自一時〕自，原本誤作「目」。據萬曆本改。

送太常西署翁君歸潮

肅祖玄威兵積戰，酋雄俺答天心見。北闕大臣誅死多，汝好家公當一面。金革衣冠鐵林冢，詔書星火潮陽縣。蒼梧起家多苦霧，紫荆過國仍微霰。文武全材一豁披，忠孝深心兩留戀。精華寧雁尹侯書，蒼茫莆海鄒公傳。尚書功名星月旗，卒不封侯天子知。有子晚入師氏學，有女遠嫁鄒公兒。鄒君與我長安道，鳳池蓮府非其好。公子參軍亦何有，得薄南常轉風操。親祧朔食每經過，帝寢年華多祭告。素王自合鍾球禮，元勳略受丹青報。稍遷清秩奉春祠，得侍玄都觀羽翮。三年奏最自公府，四十爲郎豈高蹈。君當勉爲太夫人，姊壻中書足鸞誥。誰知即作羅浮遊，只尺雲濤春浩浩。歸攀桃李惜羅裙，卻過金城樹紫芬。終當一出臨邊郡，且學圖南候海雲。

【箋】

作於萬曆十七年（一五八九）己丑，在南京禮部祠祭司主事任。四十歲。

〔翁君〕前兵部尚書翁萬達之子。潮州揭陽人。據揭陽縣志卷六，萬達唯一子名思佐，以蔭得官。

〔肅祖〕明世宗謚。

〔北闕大臣誅死多〕世宗嘉靖二十九年（一五五〇），蒙古俺答部入侵，直迫北京。兵部尚書丁汝夔、巡撫侍郎楊守謙棄市。見明史紀事本末卷五九。

〔汝好家公當一面〕丁汝夔得罪，即以翁萬達爲兵部尚書。時翁丁父憂在籍，去京八千里，倍道行，四十日乃至。爲嚴嵩所讒，降兵部右侍郎兼右僉都御史，經略紫荆諸關。三十年以微過斥爲民。三十一年復起兵部尚書，未聞命卒。年五十五。見明史卷一九八。

定安五勝詩 有序

敬覩縹録大宗伯王公仙居瓊海定安山水，奥麗鴻清，條爲五勝，頗存詠思。某雖性晦天海，神懸仁智，至如幽探閟采，常爲欣言。不覺忘其滓懷，永彼高躅云爾。

五指山

遥遥五指峯，嶄絶朱崖右。飛聳明光輪，嵌空巨靈手。叠嶫開辰巳，修纖露申酉。天霄煙霧中，海氣晴明後。一峯時出雲，四州紛矯首。主人定安秀，晞蹤鑿靈牗。嵐翠古森灑，揮弄亦已久。方從吴會間，離離攡星斗。

彩筆峯

五指發高華，地脈淩飛遶。建江輝藻筆，兹峯實奇矯。突嶂抵層雲，銛巒撥飛鳥。葱蘢石筍大，刻削蓮峯小。翰林爲主人，含毫相緬緲。懸知東壁夜，直拄南雲曉。時時几研間，倒影來青嶫。何來玉字書，蹤峥映華表。

金鷄岫

彩筆淩峯雲，清溪隱崖嘯。離爲朱鳥方，巽得金鷄妙。崢嶸冠雲石，葳蕤被林峭。非止金華鮮，傳聞昔光耀。遠氣星潮引，近色暾霞照。送此翰林人，撫翼天門召。羈棲漢祠影，未振秦川叫。暫此鷄籠山，憑虚舒聽眺。

馬鞍峴

五指的南溟，一指摇東境。佳氣若駿奔，奇石相項領。遠飲朱崖津，高折騎田嶺。精靈常五色，權奇非一景。中有最懸石，如人踞鞍騁。秦鑿餘烏龍，漢祠倏金影。峴口發精奇，噴玉煙華整。白雲起鞍中，天門路方永。

青橋水

海中有靈宅，四望千迴溪。偃宛丹石橋，綽約青雲梯。西暉灌文馬，東影明金鷄。地脈素流美，風物並縈隄。緑石碎雲日，青苔没鳧鷖。春橋宜笑語，煙水足遊棲。遠夢滄浪清，憺言芳草萋。朱門若江海，推排庶可齊。

【箋】約作於萬曆十七年（一五八九）己丑，在南京禮部祠祭司主事任。四十歲。金鷄岫詩云：「暫此鷄籠山，憑虚舒聽眺。」鷄籠山在南京城北。

〔大宗伯王公〕據實録，六月陞王弘誨爲南京禮部尚書。又據一統志卷四五三，王弘誨，瓊州定安人。

【校】

〔頗存詠思〕存，原本誤作「爲」。據萬曆本改。

〔晞嵸鑿靈牖〕晞，各本誤作「晞」。今改正。

〔何來玉字書〕來，萬曆本作「爲」。

【評】沈際飛評云：「詩乏遠致，所語畫肉。」評彩筆峯云：「此首勝。」又評金鷄岫第三句云：「形家言。」

至日聞聖主深居有感

雲物徘徊宫殿閒，祠郎簪笏侍儑班。飛灰蚤覺微風應，聽樂親知淑氣還。萬里神光分泰畤，長年子夜接鍾山。南都至日逢南至，傳道天心欲閉關。

【箋】作於萬曆十七年（一五八九）己丑冬至，在南京禮部祠祭司主事任。四十歲。明史神宗本紀云，是年三月，神宗免陞授官面謝，自是懶於設朝。

送杜給事出憲延安，並問高君桂吴君正志二郎吏

杜諱華先，失同鄉楊太宰意出。

金臺桃李氣相新，接手徘徊君意親。君向河源作星使，予從江表寄波臣。不謂君遷亦南省，祠曹歲月蒼梧影。雖知歷落映心期，未及留連盡煙景。何知即出鎮西軍，晴雪芳皋歸鴈羣。少婦將雛裁滿月，尊君割錦正停雲。吏迹牽旋從此始，邊候烽煙殊未擬。由來計策重諸生，似是人情薄鄉里。豸繡牙旗君少年，何必男兒不在邊。

甘泉健令宜君尉，獨笑爲郎江閣眠。

【箋】

或作於萬曆十七年（一五八九）己丑，在南京禮部祠祭司主事任。四十歲。據實録，十一月，杜華先論劾南京户部尚書耿定向、應天府丞周希旦等。十二月，陞南京吏科給事中杜華先爲陝西按察使僉事，整飭延安兵備。明陞暗貶，後有人以此劾楊巍。杜華先，顯祖同年進士。山東通志卷二八有傳。又據實録，是年正月禮部主客司郎中高桂劾科場作弊，詞連首輔王錫爵。二月高桂降二級調邊方用。又據明史七卿年表，吏部尚書（太宰）楊巍明年二月致仕。

【校】

萬曆本詩序作「時杜過省其尊人明府山西」。與此全異，時或有所諱也。

送黄侍御出遷東粤暫歸洪都

侍御以論王弇州行。

滿歲原知出帝鄉，誰言即餞此年芳。春開積雪歸鴻滿，花入晴湖泛鷁長。仙井煙霞迴柱史，梅關消息到韶陽。高冠繡服堂堂去，恨不留臺竟觸羊。

【箋】作於萬曆十八年（一五九〇）庚寅春，在南京禮部祠祭司主事任。四十一歲。實録云，十七年九月「南京廣西道御史黄仁榮論劾南京兵部右侍郎今陞南京刑部尚書王世貞，言其補兵部侍郎未久，前任以巡撫陞大理卿，被劾回籍，不得通理前俸，違例考滿，希圖恩廕，並參吏部扶同欺罔。吏部尚書楊巍辨，世貞被劾在籍養病，歷經薦舉起用，自當另議，與論劾改調以後任之日爲始者不同。……得旨……王世貞照舊供職」。世貞號弇州。據實録，黄仁榮與杜華先同在去年十二月戊寅「陞」官，黄仁榮陞爲廣東按察使僉事整飭南韶兵備。詩末句云「觸羊」，「羊」或雙關楊巍也。

送越客

陪郎真得省朝参，年少相過不厭談。東署泛尊深月色，西山别袂影晴嵐。花枝路轉丹陽郭，蕙草春窺越女潭。爲報倚門人漸老，不應遊子滯江南。

【箋】或作於萬曆十八年（一五九〇）庚寅春，在南京禮部祠祭司主事任。四十一歲。詩云「陪郎」，當指南京主事，去年陞此職，明年夏貶官。

【校】

〔陪郎〕陪，萬曆本誤作「陌」。

送董光禄北上

人生貴可談，富貴亦何與。悠悠鄉里心，董公有佳處。兩過都亭飯，及此金陵署。世故無不論，寸心稍流輸。煙波木末賞，雲雪高齋度。何以燈燭深，但覺文尊互。大器笙鏞姿，冗從安能駐？願言傾夕秀，江山極遊遡。等爲光禄勳，歲中南北騖。北上蚤風塵，南中多月露。月露使心清，風塵令鬢素。況此馳驅久，精華亦有數。公卿了可見，曲折自時務。中春承詔旨，清和即江路。昨者留道書，足知心所寓。無以大官廚，忍斷素食趨。悟門時有入，印證及遲暮。

【箋】

作於萬曆十八年（一五九〇）庚寅四月，時在南京禮部祠祭司主事任。四十一歲。據實録，萬曆十六年十月陞尚寶司司丞董裕爲南京光禄寺少卿。十八年正月改北。詩云「中春承詔旨，清和即江路」，詔至南京已二月，清和，四月也。

〔董光禄〕名裕，事迹見撫州府志卷四八本傳。

〔悠悠鄉里心〕董裕，撫州樂安人，與顯祖同郡。

〔等爲光禄勳，歲中南北鶩〕指董由南京光禄寺少卿改北。

送伍大儀入都。大儀舊知澧州，是年冬虜入鳳凉

南國山川照夕曛，茱萸緑酒坐氤氲。煙波似惜湘沅晚，閶闔新愁河漢分。喜見天王朝十月，驚看太白下秦雲。江皋幾片閒秋色，並與登高一送君。

【箋】

作於萬曆十八年（一五九〇）庚寅秋，在南京禮部祠祭司主事任。四十一歲。據實録，是年六月青海火落赤部犯舊洮州。副總兵李聯芳敗没。七月，再犯河州，臨洮總兵官劉承嗣敗績。十二月，遣廷臣九人閱兵。

懷路鞏昌汶上

僊郎賞勝逐年新，猶記登臨送入秦。幸好蒼黄逢吏語，那堪衰白障胡塵。尚書起第人原重，太守還家自不貧。最是湖南盛花柳，煙波並作汶陽春。

【箋】

或作於萬曆十八年（一五九〇）庚寅，四十一歲。詩云「僊郎」，自指，時在南京禮部祠祭司主事任。詩又云「那堪衰白障胡塵」，是年夏秋間，火落赤部犯洮河、河州，鞏昌亦告警。時路已離職還山東。據甘肅通志卷二四，路梗汶上人，曾任鞏昌知府。

送徐民部北奏歸覲

托交亦無因，通懷在所攄。昔我奉常里，與君對門居。軒窗雜花竹，來往蔭紅魚。造次巷無人，散步心閒虛。夜分亦不辭，清晨常對梳。私懷備宣展，時事或欷歔。戊子初陽春，三五日華初。兩家生男女，恨遠不相如。以此兩家人，相憐難自疎。時時遺甘果，雜以繡偏諸。婦儀貴筐篋，男禮重瓊琚。長庚好公子，飛光能照車。娟娟我兩雛，窺書臨石渠。亦各愛少子，追從常戀裾。知爲兒女情，暫令言笑舒。何意流光積，都爲離恨餘。昔君春涉秋，浦口治軍儲。君歸我祠署，宫繚隔儲胥。被病省人事，驤赴常趦趄。問君邇何爲，奏計承明廬。君言與世淺，幔亭賦歸與。君才若貞松，忍比道旁樗。里中多貴人，長者宜吹噓。暫歸采蘭鯉，豈足問樵漁。留君日夕遊，文園交綺疏。河色過涼雨，林影遞虚徐。中庭眷梧楸，幽塘亂芙蕖。曈曨秋氣鮮，月露方愁予。年華浩已流，遠意不可除。陵祠我當滿，亦欲歸著書。問子春能來，一歲此躊躇。

【箋】

或作於萬曆十八年（一五九〇）庚寅秋，在南京禮部祠祭司主事任。四十一歲。民部，吏部郎官也。徐名民式，福建浦城人。

〔戊子初陽春數句〕十六年戊子，顯祖子開遠、女詹秀（不同母）生。

【校】

〔戊子初陽春〕戊，萬曆本誤作「我」。

〔三五日華初〕五，各本誤作「王」。據萬曆本改。

送徐吏部出參閩藩

漢家高士出南州，後人千載嗣風流。山川不鬱精靈色，文物長陪霄漢遊。君美顔髯多意度，昔在南都稱吏部。何曾尊酒忽離分，碧海泉山春洗霧。此時兵火絶東南，令節銜齋每放參。見説南方花木早，知君遶屋樹宜男。

【箋】

與送徐民部北奏歸覲似非爲同一人作。

【校】

〔昔在南都稱吏部〕昔，原本誤作「惜」。

【評】

沈際飛評「山川」句云：「正大。」又評末句云：「祝詞。」

送艾太僕六十韻

太僕以乙科爲郎，論江陵起復戍起南鴻臚。

世閥高臨汝，衣冠起岳州。精靈華蓋曉，氣脈洞庭秋。江漢稱才子，瀟湘托好逑。儒林蒼玉滿，郎署白雲悠。是日江陵相，長星寓縣愁。禮嫌金革變，權誤墨縗留。奮筆含香勇，衝冠執法羞。燕臣隨伏闕，楚客竟爲囚。御梃驚魂落，丹墀濺血流。動傳天詔獄，分作鬼投幽。遠竄逢羣魅，銷冤失爽鳩。秦城將急杵，漢黨欲窮鉤。淚濕條支盡，身拚井鬼休。扶顔依枸杞，作語向犛牛。洗雪人難待，迷陽運忽周。機權還太乙，氣色隕蚩尤。詔旨須人望，恩波許自由。玉關歸鳥道，青海發龍湫。遂作雲雷起，還令湘漢浮。法星低照蜀，明月遠通涪。復有東門恨，難爲西塞憂。猿鳴初黯淡，鶴怨轉夷猶。龍影迴江郭，巴雲護岳樓。文章霑入霧，富貴起隨漚。天在山難畜，王明井必收。九河原曲直，百鍊肯剛柔。光禄徵能就，陪臺出似遊。蒼梧蟠帝寢，芳樹繞潮溝。典客高情映，祠郎清燕酬。如雲瞻鸑鷟，似雪恥蜉蝣。好以青琴弄，時將白簡抽。似緣參世業，不惜偶人儔。下秩依園廟，齋心隔冕旒。時時分羽籥，一一聽鳴球。署色朝霞起，祠陰宿鳥啾。才情空荏苒，耆舊得優遊。翰墨飛長紙，壺觴引薄脩。忘年過灑落，浹歲語綢繆。受命同嘉橘，孤株感若榴。看松高蓋偃，援桂晚枝樛。世事留黄閣，公才尚黑頭。乞歸丹疏入，言佩尺書投。巖望宜專坐，朝銓且七騶。離心眷蘭菊，別韻起梧楸。冠蓋鴻臚道，干旌白鷺洲。月卿争祖席，雲從識仙舟。岸草摇清篋，江花點敝裘。行藏燕市古，出入楚門修。去欲蒐戎乘，行將詠德輶。鳳洮鳴鏑滿，雲朔羽書稠。汧渭秦非子，河源漢列侯。羌胡形欲詭，將相語猶偷。馬穀經年減，燕金幾處求。和戎虚漢物，贈策豈吾謀。太白朝芒角，崆峒宿蹊蹂。英雄懷玉劍，形勢惜金甌。老亦趨千里，今何問一丘。駿圖周冏得，戎議傳咸優。並事今吴趙，長流舊沈鄒。羣公心赤苦，高爵歲華遒。未必參帷幙，看君展一籌。

【箋】

作於萬曆十八年（一五九〇）庚寅九月，在南京祠祭司主事任。四十一歲。據實録，是月壬子陞南京鴻臚寺卿艾穆爲太僕寺卿。

艾穆，萬曆五年（一五七七）爲刑部員外郎。值張居正奪情，艾穆上疏請令終制。杖八十，遣戍涼州。九年大計復置察籍。居正死，起户部員外郎，遷四川僉事，屢遷太僕少卿。十九年秋，擢右僉都御史巡撫四川。明史卷二二九有傳。

〔衣冠起岳州〕艾穆，岳州府平江人。

〔鳳洮鳴鏑滿〕六月，青海火落赤部犯舊洮州，副總兵李聯芳敗没。七月，再犯河州，臨洮總兵官劉承嗣敗績。

〔將相語猶偷〕執政申時行、兵部尚書王一鶚、總督梅友松等俱主和，諱敗爲勝。見實録是年七月、八月有關記載。

〔並事令吴趙，長流昔沈鄒〕張居正奪情，編修吴中行、檢討趙用賢、刑部主事沈思孝、刑部觀政進士鄒元標俱以上疏諫阻受廷杖，遣戍邊遠。

【校】

〔御梃驚魂落〕梃，萬曆本誤作「挺」。

〔遠竄逢羣魅〕羣，萬曆本作「魑」。

〔銷冤失爽鳩〕冤，沈際飛本誤作「魂」。

〔恩波許自由〕許，萬曆本作「得」。

〔遂作雲雷起，還令湘漢浮〕遂、令，萬曆本分別作「似」、「同」。

〔難爲西塞憂〕萬曆本作「難分北闕憂」。

〔鶴怨轉夷猶〕轉，萬曆本作「且」。
〔九河原曲直，百鍊肯剛柔〕九、河、曲、剛四字，萬曆本分別作「千」、「尋」、「自」、「隨」。
〔光禄徵能就〕就，沈際飛本作「難」。
〔芳樹繞潮溝〕潮，當作「朝」。
〔似雪恥蜉蝣〕蜉蝣，萬曆本作「浮游」。
〔似緣參世業，不惜偶人儔〕似、偶，萬曆本分別作「何」、「與」。
〔祠陰宿烏啾〕祠，萬曆本作「城」。
〔行藏燕市古，出入楚門修〕萬曆本作「行藏標古色，出入仰前修」。
〔老亦趨千里，今何問一丘〕萬曆本作「自可趨朝列，無煩問故丘」。

【評】
沈際飛評「御梃驚魂落」句云：「事佳。」評「文章霑入霧」句云：「見筆性。」評「天在山難畜」二句云：「不必。」評「月卿争祖席」二句云：「韶令。」又評「英雄懷玉劍」句云：「不呆。」

萬侍御赴判劍州，過金陵有贈

君以邊事論政府行。

迴。紫氣通華嶽，黄圖闢草萊。地遥金柱接，天廣玉門開。雪嶺燕支逼，湟池曳落枚。安攘餘上策，駕御失雄猜。世數嗚沙積，風煙壘壁摧。奸闌嫌説劍，斷道怯行推。倍有金繒去，毫無善馬來。市和虚内帑，買爵富中台。醉吏囊誰問，疲儒轂浪災。虜王迎後佛，胡婦戲前媒。席煖戈猶枕，盟寒塹欲灰。飲河清渭赤，食月白星哀。萬里城危蹴，三公網數恢。借箸沉漢幄，折檻起雲臺。字挾披肝苦，章飛戰血埃。叫閽心展轉，卧閣語徘徊。鬼謁能煬日，神奸不畏雷。繡衣飜遠影，封事委浮材。墉隼掀難下，臺烏落未回。敵人乘障舞，壯士隔河咍。朝露商君藥，章江蜀漢頹。燕磯朝鷁語，牛渚夜星陪。色笑誰雙枕，心知且一盃。燭開燕黯淡，車入劍摧培。角韻寒吟徹，鷄聲暗舞催。春王回斗柄，月將在河魁。冰雪陰將解，風雲氣似倫才。秦中初折柳，江外與題梅。去色連雲棧，歸心灔澦堆。參軍髯自好，灑灑絶

【箋】作於萬曆十八年（一五九〇）庚寅九月後，在南京禮部祠祭司主事任。四十一歲。據實録，是月山西道御史萬國欽上疏劾首輔申時行對外主和，謫劍州判官。萬國欽，江西新建人。明史卷二

三〇有傳。

【校】

萬曆本無小序。

〔湟池曳落迴〕萬曆本作「瑶池駿足迴」。

〔安攘餘上策，駕御失雄猜〕萬曆本作「周王餘上策，漢帝遑雄猜」。猜，萬曆本誤作「清」。

〔奸闌嫌説劍，斷道怯行枚〕萬曆本作「弄文羞説劍，縱武怯行枚」。

〔叫閽心展轉，卧閣語徘徊〕心、語，萬曆本分別作「將」、「幾」。

〔鬼謁能煬日〕煬，萬曆本誤作「煬」。

〔燭開燕黯淡，車入劍摧頽〕萬曆本作「爲開書黯淡，那覺氣摧頽」。

【評】

沈際飛云：「借封事排比。」又評「心知且一盃」句云：「痛。」

右武從辰沅移鎮甘州

春深漢廣不還鄉，少寄丹砂似越裝。自別西涼魂夢冷，流沙千里一舟航。

【箋】作於萬曆十八年（一五九〇）庚寅，在南京禮部祠祭司主事任。四十一歲。據實録，去年四月，丁此呂自湖廣按察司僉事陞四川布政使左參議，今年八月陞陝西副使莊浪兵備。

寄右武莊浪

蘭州潦遶金城關，積石河源星宿間。沙塞封侯良自苦，男兒一上燕支山。

【箋】或作於萬曆十八年（一五九〇）庚寅，在南京禮部祠祭司主事任。四十一歲。據實録，八月，四川左參議丁此呂陞陝西副使莊浪兵備。明年夏調浙江海道副使。

邊市歌

中興漢水天飛龍，夫街月氣何雄雄。已深吉囊占河曲，偏多俺答嘯雲中。二十年中俱老死，分頭住牧多兒子。一從先帝許和戎，盡說銷兵縱行李。也知善馬不能來，去去金繒可復回？未愁有虜驚和市，且是無人上敵臺。別有帳中稱寫契，解誘邊人作奸細。上郡心知虜騎熟，西州眼見孤軍綴。也先種色何紛紜，五千餘里瞰胡羣。不說遼邊小王子，殺降前後李將軍。

【箋】

或作於萬曆十八年（一五九〇）庚寅，在南京禮部祠祭司主事任。四十一歲。參看前二詩。

〔已深吉囊占河曲〕吉囊，蒙古酋長阿著長子，占地河套。嘉靖二十一年死。

〔偏多俺答嘯雲中〕俺答，吉囊之弟。分地開原、上都。萬曆九年死。時蒙古諸部以俺答爲獨盛。自嘉靖八年後不時犯塞，十九、二十年始大舉爲明朝患。至隆慶四年乃以款貢羈縻，邊境無事者凡二十年。至是年邊釁又啓。

〔也先〕明英宗時，蒙古瓦剌部可汗。此指蒙古部族。

〔小王子〕蒙古部落酋長之稱號。

【校】

〔題〕萬曆本作「邊市歌答丁右武」。

【評】

沈際飛云：「邊事弊極矣，存此以警當事者。」

胡姬抄騎過通渭

渭南兵火照城山，十八盤西探馬還。似倚燕支好顏色，秋風欲向妙娥關。

【箋】

作於萬曆十八年（一五九〇）庚寅秋，在南京禮部祠祭司主事任。四十一歲。據明史神宗本紀及實録，六月甲申，青海火落赤部犯舊洮州。副總兵李聯芳敗没。七月乙丑，召見閣臣議邊事，命廷臣舉將材。是月，火落赤再犯河州。臨洮總兵官劉承嗣敗績。八月，停市賞。十二月，遣廷臣九人閱兵。

〔胡姬〕指三娘子屬下火落赤部。

〔通渭〕屬鞏昌府，近秦州，今甘肅東南。詩首句渭南，今西安市東，當是作者一時誤記。

【評】

沈際飛云：「帶風致。」

河州

連峯萬頃接重臺，陣灑龍門戰血開。積石東頭懸騎入，洮河西畔打鷹來。

【箋】

同前詩。

〔河州〕今甘肅臨夏一帶，與舊洮州即西寧衛接境。

弔西寧帥

峽石千兵死戰場，將軍不敢治金瘡。籌邊自有和戎使，閣道無勞問破羌。

【箋】見本卷胡姬抄騎過通渭詩箋。〔西寧帥〕即李聯芳。〔峽石〕即西寧衛東南之硤口山。

【評】沈際飛評結句云：「千古吞聲事。」

王莎衣欲過葉軍府肅州

崆峒問道此何時，祁連陣影欲參差。紅塵自蹴燕支塞，白首高歌王母祠。

【箋】或與前數詩同時作。

寄萬丘澤從經畧河西

緩剪羊毛作稅錢，高材留鎮夏西偏。方舟河上思秦漢，何但姑臧是水田。

【箋】

作於萬曆十八年（一五九〇）十月或略後。萬丘澤名世德，是年十月抵蘭州，在陝西、延、寧、甘肅及宣、大、山西七鎮經略鄭洛下任僉事。見明史卷二二二鄭洛傳及萬氏擬塞下曲自序。

【校】

〔方舟河上思秦漢〕上，各本作「土」。

寄萬丘澤二首

嗚駝蹙水漫沙流，落日牛羊番帳收。獨醉葡萄定風色，知君隔海心無憂。

獨參戎幕海西頭，虜騎蕭條萬里秋。醉裏琵琶驚入破，可能頭白未封侯？

【箋】

參前詩箋。

榆林老將歌

奇萬丘澤。

榆關將軍紫花額，自言能拂雙枝戟。登臺望虜識風塵，度磧尋營知水脈。娶妻胡語能胡言，盜馬與官多得錢。石州雖殘虜多死，榆林獨出兵氣全。頃緣互市邊籌假，市馬與軍非善馬。牽過倒死即須償，就中更有難言者。餘閒老將學耕耘，後來兒子不能軍。但願英雄不生虜，兜零無火更何云！

【箋】

作年不詳，姑繫於此。

【校】

〔奇萬丘澤〕萬曆本無此四字。奇，或當作「寄」。

朔塞歌二首

白道徐流過五重，青春繡甲隱蒙茸。歸驄莫緩遊鄉口，噪鵲長看小喜峯。

獨上偏頭笑一回，娘娘灘上繡旗開。金珠不施從軍婦，順義夫人眼裏來。

【箋】

據明史紀事本末卷六〇，穆宗隆慶五年（一五七一）三月己丑，封俺答爲順義王。詩云順義夫人，當指其妻三娘子。萬曆十五年秋七月，三娘子封爲忠順夫人。同書又云：「吴兑代爲總督。各部俱貢市無失期。而三娘子切切慕華，不時款塞。常詣兑，兑兒女畜之，情甚暱。或三娘子致手書索金珠翠鈿，兑隨市給與，以敦和好。」牡丹亭傳奇第四十七齣李全妻封爲討金娘娘，「但是娘娘要金子，都來宋朝取用」，語含諷刺，與此詩同。作年無考，姑繫前數詩之後。

【校】

〔歸驄莫緩游鄉口〕驄，萬曆本誤作「總」。

〔娘娘灘上繡旗開〕繡旗開，萬曆本作「有寒梅」。

奉贈趙宗伯二十韻

天水璇源鬱上宗，王孫真氣接吴淞。干霄蚤映長虹色，隱海全窺大壑淙。池上白龍浮冉冉，河陽金鳳出喈喈。名傳漢殿收奇藻，氣坼星台發副封。睆柱衆驚歸趙客，涉江兼得唱吴儂。徵書北闕紆蓬苑，祭酒西都領辟雍。通籍舊叨延杖履，奉常新入聽歌鍾。得臨南部山川美，幸典春祠歲月從。列宿乍沉方朔隱，平津偏怯故人逢。纖纖玉井含秋氣，忽忽甘泉奏夕烽。丞相憂邊能宛轉，君王馳傳欲春容。仍懸禮樂推尊俎，幸好精神借折衝。積霰峩峩山嶺桂，餘風謖謖澗中松。年華極目催三秀，春草歸心略五茸。未擬經筵臨白虎，先看畫室正銅龍。光輝自合重明麗，恩澤長分湛露濃。雷翥千年逢少海，雲攢四嶽辨中峯。股肱漢室丹青事，羽翼商山雲壑蹤。相國門前瞻玉樹，懷人江上寄芙蓉。獨憐郎位鍾陵下，霄漢遥遥望九重。

【箋】　作於萬曆十八年（一五九〇）庚寅，在南京禮部祠祭司主事任。四十一歲。是年南京禮部右侍郎趙用賢以吏部郎中趙南星薦改北部。以上據明史卷二二九本傳、卷二四三趙南星傳及七卿年表推。湯顯祖另有奉趙汝師先生序，見玉茗堂文之一。

〔王孫真氣接吴淞〕用賢是常熟人，其先祖爲宋皇族。

〔睆柱衆驚歸趙客〕萬曆五年（一五七七），首輔張居正父喪奪情，時趙用賢任翰林院檢討，疏劾居正，被廷杖，即日驅出國門，除名。

〔徵書北闕紆蓬苑〕居正死之明年復故官，進右贊善，尋充經筵講官，再遷右庶子。

〔祭酒西都領辟雍〕萬曆十五年（一五八七）二月，陞右庶子趙用賢爲南京國子監祭酒。

〔忽忽甘泉奏夕烽〕十八年（一五九〇）六月，火落赤部犯舊洮州。副總兵李聯芳敗没。七月，再犯河州。臨洮總兵官劉承嗣敗績。

【校】

〔題〕二十韻，胡本作「十四韻」，無「名傳」起四句，「列宿」起八句。

〔君王馳傳欲春容〕春，天啓本、原本誤作「春」。據萬曆、沈際飛二本改。

【評】

沈際飛云：「七言長律不易作，寧割廢勿貪多，便無夾雜。」評第二句云：「粗。」評「丞相憂邊能宛轉」句云：「絶湊」又評「雷翥千年逢少海」句云：「練。」

懷帥惟審郎中戴公司成

著冠須訪戴，脱冠須訪帥。磊磊一心人，離離十星歲。戴公入山水，淡迹分明昧。喜沾清悟姿，不惜沉冥醉。帥生能造酒，酒色清如菜。高談常夜分，哀歌忽雷潰。兩君真晉人，土性有癡慧。相見即相親，了非心所解。如雲墮江光，顛倒影在内。心歡長若兹，日月亦清快。重來斷清嘯，不復可人在。彯撇事詩酒，挼挲坐巾帶。帥生煙霧中，戴公江海外。但想即成笑，寄書亦何賴！

【箋】

作於萬曆十八年（一五九〇）庚寅，在南京禮部祠祭司主事任。四十一歲。詩云：「磊磊一心人，離離十星歲。」萬曆八年，湯顯祖遊南太學，時戴洵爲祭酒。同時並與帥機相會。至今十年。

〔帥生煙霧中〕帥機當時已由貴州思南知府罷任歸。

〔戴公江海外〕萬曆九年（一五八一）四月，南祭酒戴洵失意張居正，被劾，以原職致仕里居。戴洵，寧波府奉化人。

【校】

〔高談常夜分〕談，萬曆本作「樓」。

〔如雲墮江光，顛倒影在内〕如雲句，萬曆本作「首足隨二光」。下句「顛」作「傾」。

【評】

沈際飛云：「自有晉概。」

憶丁右武關西

西昆瞰霧隱岷山，爲聽波聲幾歲還。羌笛梅花戍樓裏，可堪春色對吴關。

【箋】

或作於萬曆十八年（一五九〇）庚寅，在南京禮部祠祭司主事任。四十一歲。據實録，去年四月陞湖廣按察司僉事丁此吕爲四川布政司左參議，今年八月陞爲陝西副使莊浪兵備，明年陞浙江副使。

【評】

沈際飛云：「清怨。」

戲寄右武

右武將軍入浚稽，戈鋋如雪照天梯。西峯大有蓮花寺，欲夢蘇卿湖水西。

【箋】

作於萬曆十八年（一五九〇）庚寅，在南京禮部祠祭司主事任。四十一歲。據實録，八月，陞四川左參議丁此呂爲陝西副使莊浪兵備。

江樓曉望同劉司業鄒吏部

夜色明江樓，月露泛涼瑟。俯窺光響流，仰瞰星河溢。徙倚未能寢，昏旦一何疾。空波滅餘霧，高臺障初日。惠風衿帶間，泠泠清意出。

【箋】約作於萬曆十八年（一五九〇）庚寅，在南京禮部祠祭司主事任。四十一歲。〔劉司業〕劉應秋去年八月以翰林院編修陞南京國子監司業。據實録。〔鄒吏部〕據實録，萬曆十三年（一五八五）七月，鄒元標遷吏部驗封司主事。今年十二月調爲南京刑部廣東司署員外郎主事添注。劉、鄒兩君俱江西人。

【評】沈際飛評「空波」句云：「眼尖。」

送方比部北上

念年祠客幾追攀，衣繡居然傲白鷴。往往開帷臨笛渚，時時拄笏對鍾山。生波片席迎潮去，積雨千林送客還。同作南郎清讌少，知君留侍紫宸班。

【箋】詩云「同作南郎清讌少」，在南京禮部祠祭司主事任。湯顯祖十七年陞此職，十九年貶官。詩或作於萬曆十八年（一五九〇）庚寅。四十一歲。方比部，南京刑部主事方沆，字子及，福建莆田人。隆慶二年進士。

【校】

〔知君留侍紫宸班〕侍，原本作「待」。據萬曆本改。

送許伯厚歸長水，便過吴訪趙公

青雲繽紛眼前起，勝氣淩空差可喜。見説君才二十餘，我三十餘只如此。嬌奢不服吴王孫，節俠還從趙公子。家移彈鋏有千秋，路入盤桃知幾里。心知年少足風流，江上梅花雪夜舟。别後春光若相憶，爲上湖南煙雨樓。

【箋】

作於萬曆十八年（一五九〇）、十九年間，在南京禮部祠祭司主事任。四十二三歲。玉茗堂尺牘卷三與門人許伯厚云：「以足下强仕之年」，此信至遲作於萬曆四十三年伯厚往訪臨川前，而此詩云：「見説君才二十餘」，此詩當作於萬曆二十年前，知伯厚此行訪若士於南京。據實録，萬曆十八年南京禮部右侍郎趙用賢以吏部郎中趙南星薦改北部。詩中吴王孫、趙公子都指趙用賢，時以改北還鄉小住也。許伯厚名應培，嘉興人，師湯顯祖。

【評】

沈際飛評「我三」句云：「信筆。」又評「江上」句云：「淡致。」

雪中再送伯厚

緑玉之華青雪英，高堂一奏多寒聲。向人白日祇欲睡，與君達曙非平生。片席吴江風欲颺，深杯急燭談逾壯。知己全看一劍中，通人不在千篇上。世人重别本紛紜，今日酣歌一送君。定道師文能下雪，還念秦青有遏雲。

【箋】

參看前詩。

【評】

沈際飛評「通人」句云：「對得不尋常。」

人日奉别郭京兆並懷李漸老都堂

河尹初徵入帝京，陪圻簪紱迸逢迎。三秋佩惜紅蘭晚，七日盃需綵勝行。親在家園逢令節，人從霄漢接春聲。何緣更借中臺色，四海仙舟李郭清。

【箋】

作於萬曆十九年（一五九一）辛卯正月，在南京禮部祠祭司主事任。四十二歲。是年人日正月初七在立春前。據實録，去年十二月初二日陞應天（南京）府丞郭惟賢爲順天（北京）府丞。〔李漸老都堂〕即玉茗堂尺牘之二奉朱澹菴司空提及之李漸菴，名世達，時爲都御史。見明史七卿年表。

公餞重陪郭京兆暫歸晉江。京兆起清江令爲御史，有清直聲

看君真似玉壺冰，南北長爲京兆丞。人入新年宜薦酒，春祠太一待燒燈。祇聞舊國歌風好，曾見清江攬轡能。綵鷁動攀羣俊滿，一時雲海映飛騰。

【箋】

作於萬曆十九年（一五九一）辛卯正月，在南京禮部祠祭司主事任，四十二歲。參看前詩。據明史卷二二七傳，郭惟賢，晉江人。萬曆二年進士。授清江知縣，拜南京御史。參前詩箋。

送京兆郭公

公以立春日北徵，歸閩覲省。

青陽雲出映風津，少尹行春始立春。正説舊都遊鳳好，何言芳樹聽鶯新。南臺再出封章遠，吏部曾窺水鏡親。今日掄才向邊急，西征還擬太夫人。

【箋】

作於萬曆十九年（一五九一）辛卯正月，在南京禮部祠祭司主事任。四十二歲。參看前詩。

報恩寺迎佛牙夜禮塔，同陸五臺司寇達公作

駕御園開寶色空，水晶燈火映餘紅。焉知爪髮青銅色，依舊長干木寺中。

【箋】

作於萬曆十九年（一五九一）辛卯春。陸五臺，名光祖。據明史七卿年表，陸光祖去年五月任刑部尚書（司寇），今年四月改吏部。又，湯顯祖去年十二月始見達觀於南刑部鄒元標舍。達觀，真可和尚字。

〔報恩寺〕在南京城南。

再禮佛牙遶塔

迦葉留牙印末光，辟支函石更尋常。單蘭吐盡千千劫，紅玉裁消一寸長。

【箋】

同前詩。

曾公如春備兵湘中，徙視秦州茶馬有寄

世路悠悠鄉里親，端居忽忽意中人。鄉書近鴈宜留楚，國計平胡欲借秦。日照宛駒成汗血，風生漢節動情神。何緣一劍崆峒外，州縣徒勞困此身。

【箋】

作於萬曆十九年（一五九一）辛卯二月，在南京禮部祠祭司主事任。四十二歲。據實録，是月陞湖廣副使曾如春爲陝西參政。如春，臨川人。

江東神祠夜聽達公讚唄

沉沉江樹月生雲，潮水金經入夜分。定是清溪靈語笑，千秋纔得唄聲聞。

【箋】作於萬曆十九年（一五九一）辛卯春，在南京禮部祠祭司主事任。四十二歲。

達公過奉常，時予病滯下幾絶，七日復蘇，成韻二首

病注如泉氣色微，看人言與病人違。不因善巧令歡喜，簾外紛披五綵衣。

已分芭蕉欲盡身，遶床心事見能仁。朱門略到須回首，省得長呼達道人。

【箋】約作於萬曆十九年（一五九一）辛卯春，在南京禮部祠祭司主事任。四十二歲。

苦瘧問達公

四海難銷熱，三焦不煖涼。自然心似瘧，何處藥爲王？

苦滯下七日達公來

未進紅罌粟，徒然青木香。精華何處舉，留散在心王。

高座陪達公

一切雨花地，重遊支道林。雲霞法塵影，山水妙明心。境以莊嚴寂，春當隨喜深。金輪忽飛指，江上月華臨。

【箋】

約作於萬曆十九年（一五九一）辛卯春，在南京禮部祠祭司主事任。四十二歲。高座寺在南京雨花臺。參看前詩。

代書寄可上人

三十二相君不少，衣鉢隨身一飛鳥。可知捉塵幾十年，陌上遊魂看不了。知君不住琅邪山，元封主人堪閉關。遠公龍泉在香嶽，頗有佳賓能往還。蘆門江上西風入，畫裏行人高戴笠。幽棲勝處一窺臨，高座熒熒雨花濕。

【箋】

約作於萬曆十九年（一五九一）辛卯春，在南京禮部祠祭司主事任。四十二歲。參看前詩。

【校】

〔可知捉麈幾十年〕麈，各本誤作「塵」。

送乳林齋經入東海見大慈國，寄達師峨嵋

大勞仙人憨復憨，乳林印經南無南。小劫悉春七年七，大海行人三月三。此日青城流梵唱，達觀大師汝和上。華手纔抽寶葉雲，香心正宿蓮花藏。汝去東行入海邦，汝師西映玉輪江。音光寂寂雨花暮，獨宿風吹明月幢。

【箋】

作於萬曆十九年（一五九一）辛卯三月，在南京禮部祠祭司主事任。四十二歲。參看前詩。詩題疑有誤奪。

高座寺懷可上人

萎蕤自公暇，登眺此人同。春湛禪林上，人初佛位中。冥濛江水色，淡澹曉雲空。大地花光滿，諸天雨氣融。峨嵋開遠照，廬嶽會深衷。白月東林裏，何人笑遠公。

【箋】

或作於萬曆十九年（一五九一）辛卯，在南京禮部祠祭司主事任。四十二歲。參看前詩。

【評】

沈際飛評結句云：「亦微。」

送豐城游先民宣城訪禹金

閏與殘春三月三，恰逢遊子思江南。盃香曲泛桃花水，寶氣橫飛劍影潭。隔座爐煙分笑語，孤舟瀑雨過晴嵐。年來最憶梅真子，浩唱閒敲碧玉簪。

【箋】

詩云「閏與殘春三月三」，萬曆十九年、三十八年閏三月。詩當作於十九年（一五九一）辛卯在南京禮部祠祭司主事任。四十二歲。梅鼎祚原韻和詩見鹿裘石室集卷一九游先民見訪，出示湯義仍詩依韻。有云：「蘭署舊時招客處，可仍細帽拂斜簪。」此時仍在南都始合。

【校】

〔題〕萬曆本無「豐城」二字。

〔恰逢遊子思江南〕恰，萬曆本作「卻」。

〔寶氣横飛劍影潭〕横，萬曆本作「長」。

〔浩唱閒敲碧玉簪〕閒，萬曆本作「同」。

送梅禹金應制入都

文脊陵陽幾千仞，上有閒遊公子俊。流水琴中寫素心，博山爐畔摇青鬢。梅壠霏霏阻笑歌，花田灩灩遲芳信。每怨春來不見人，幸好人來春欲閏。春閏春陰桃李蹊，逸興豪心詎肯低。結伴京華聊自喜，含情江館足攀擕。春穀文縈緑波館，敬亭合沓青雲梯。正思公子青蘭暮，肯惜王孫芳草萋。芳草芳心難自歇，與子留連玩芳月。窺飛故燕久應留，學語新鶯殊未滑。香臺棲宿臨三山，蘭署過從映雙闕。借問吴宫佳麗地，何似燕都遊俠窟。燕都複道靄神居，星海雲陘氣有餘。吕郎舊閥連申嶽，樂客初封從望諸。北道主人能載酒，西京才子宜上書。雲水三千悠相激，才名四十看何如。爾家仙尉吴門卒，千秋遲汝飛靈質。青林芝菌雲欲開，渌水芙蓉日初出。陸生洛下古無二，張率吴中今有一。未歷露寒夸羽獵，且向朝陽候雲物。朝陽仙署接才英，極目空江留佩聲。閨中少婦憎啼别，曲裏諸姬解笑迎。直取終春花月滿，不妨初夏雨雲清。繡衿汗色持存在，絲騎香風觸送行。行行拂袖搴華綃，别有名流眷清閣。幽意寧辭暮復朝，容華稍悟今非昨。猶多俊業倚芳堅，似少深心過柔弱。徑須飲玉上池津，莫學投壺飛電爍。飛光滅靄世繽紛，避世南郎君不聞。自許山川儲歲月，止持歌笑抵功勳。來時蕭索風雲合，去路參差河漢分。定向燕臺陪駿影，還念江皋遊鳳羣。

【箋】

作於萬曆十九年（一五九一）辛卯三月。在南京禮部祠祭司主事任。四十二歲。詩云「幸好人來春欲閏」，顯祖官南都惟此年春閏（三月）。「應制入都」，指補恩貢晉京秋試也。

〔陵陽〕原是石埭，此指宣城。

〔春穀〕繁昌。

〔呂郎〕指吏部司封郎中呂胤（允）昌。

〔樂客〕指工部虞衡司員外郎樂（岳）元聲。

〔爾家仙尉吴門卒〕指誤傳鼎祚從弟蕃祚之卒。蕃祚曾任縣之僚佐，故以仙尉稱之，實未死。

〔張率〕指張鳳翼。

【校】

〔每怨春來不見人〕來，萬曆本作「歸」。

〔逸興豪心詎肯低〕逸興豪心，萬曆本作「乘興遊心」。

〔含情江館足攀攜〕江館，萬曆本作「芳靄」。

〔敬亭合沓青雲梯〕亭，萬曆本誤作「沓」。

〔窺飛故燕久應留〕應留，萬曆本作「參差」。

〔且向朝陽候雲物〕末五字，萬曆本作「且向雲陽侍仙蹕」。

〔朝陽仙署接才英〕朝，萬曆本作「雲」。

〔極目空江留佩聲〕目空，萬曆本「浦清」。
〔閨中少婦憎啼別〕閨，萬曆本作「吴」。
〔直取終春花月滿〕花月滿，萬曆本作「寒煖適」。
〔别有名流眷清閣〕清，原本作「青」。據萬曆本改。
〔自許山川儲歲月〕儲歲月，萬曆本作「作期契」。
〔去路參差河漢分〕參差，萬曆本作「周流」。

【評】

沈際飛評云：「名流光景，斐斐亹亹。」又評「窺飛」二句云：「趣。」評「張率」句云：「俳優語。」又評「自許」句云：「能寫自己本色。」

遥憶右武自蜀赴關西

關山渺何處，江海一懷人。上路風雲氣，初春楊柳津。王孫方去蜀，公子正留秦。薄暮笳音起，徘徊芳樹新。

【箋】

作於萬曆十九年（一五九一）辛卯春，在南京禮部祠祭司主事任。據實録，去年八月，陞四川左參議丁此吕爲陝西副使莊浪兵備。詩云「初春楊柳津」，當作於本年春。不久，丁此吕即調任。

牛首飲林尉平將出守南寧即贈

寺湧煙花滿石梯，還留春閏與攀攜。端居玄武湖心北，出守蒼梧雲氣西。月上芳林人去遠，霧迷銅柱鳥飛低。心悲道暍南行日，江嶠籠晴挂飲霓。

【箋】

作於萬曆十九年（一五九一）辛卯閏三月，在南京禮部祠祭司主事任。四十二歲。尉平名鵬飛，福建漳浦人，隆慶五年（一五七一）進士。今年任南寧知府，萬曆二十一年下任接事。以上據康熙抄本南寧府志。

〔牛首〕山名，在南京城南三十里許。山南有普覺寺。

【評】

沈際飛評結句云：「即景。」

送蔣祠部使歸宜興

仙郎鳴佩出東曹，碁局芳尊整自豪。興匝香臺還芍藥，禮成原廟恰櫻桃。春風閏月宜陽羨，舊宅滄浪似漢皋。爲報明年聽鶯蚤，君來吾欲泛江濤。

【箋】

作於萬曆十九年（一五九一）辛卯閏三月，在南京禮部祠祭司主事任。四十二歲。